刑事何森　孤高の相貌

丸山正樹

埼玉県警の何森稔《いずもりみのる》は、昔気質の一匹狼の刑事である。有能だが、組織に迎合しない態度を疎まれ、所轄署をたらいまわしにされていた。久喜署に所属していたある日、何森は殺人事件の捜査に加わる。車椅子の娘と暮らす母親が、二階の部屋で何者かに殺害された事件だ。階段を上がれない娘は大きな物音を聞いて怖くなり、ケースワーカーを呼んで通報してもらったのだという。県内で多発している窃盗事件との関連を疑う捜査本部の見立てに疑問を持った何森は、ひとり独自の捜査を始めていく——。〈デフ・ヴォイス〉シリーズ随一の人気キャラクター・何森刑事が活躍する連作ミステリ第一弾。

刑事何森 孤高の相貌

丸　山　正　樹

創元推理文庫

DETECTIVE IZUMORI, THE FACE OF A MAVERICK

by

Masaki Maruyama

2020

目次

刑事何森《いずもり》　孤高の相貌

二階の死体

その朝は、いつになく寝覚めが良かった。アラームが鳴る前に目が覚めてしまうのは常のことだったが、覚醒した瞬間、何の夢の残片《ざんぺん》もなかったことに何森稔《いずもりみのる》は気分が良くなる。

ここしばらく、悪夢とまでは言わないが意味不明でいて神経を逆なでることだけははっきり分かる類《たぐ》いの夢を見ては夜中に起き、寝直しても繰り返し同じ夢を見続けるということが続いていた。その不快感を払拭するために、起きると同時にシャワーを浴びるというのが日課になっていたのだが、今日はその必要はなさそうだった。

半身を起こし、肩甲骨を動かす。上半身だけが妙に強張《こわば》っているのは、しばらく現場に出ていないせいか。何森が所属する久喜《くき》署刑事課強行犯係では、管内で連続して起きていた強盗事件の被疑者《マルヒ》が数日前に逮捕され、皆一息ついていたところだった。だが何森一人、捜査の慌ただしさとも解決の安堵《あんど》とも無縁に書類仕事に忙殺されていたのだ。

久しぶりにゆっくり湯舟にでも浸《つ》かろうかと、ベッドから下りた。浴室に行きスイッチを入れる。風呂が沸くまでとタバコを取り出したところで、テーブルの上に乱雑に積まれた書類の隙間から一枚の紙片がはみ出しているのが見えた。「結果通知」の文字が目に入る。

棄《す》てたと思っていたのに――。自分の整理の悪さに唇を嚙む。紙片を引っ張り出すと今度こそ四つに破き、ゴミ箱に突っ込んだ。改めてタバコに火をつけたものの、先ほどまでの気分は消えていた。やめろ、もう考えるなと言い聞かせたがもう遅い。数週間前に上司と交わした会話が脳裏に蘇《よみがえ》っていた。

「ご苦労なこったな」

三度目となる警部補昇任試験の学科試験に合格し、二次試験の面接を終え刑事課に戻ってきたところだった。次長のデスクを通り過ぎようとした時、聞こえよがしの声が耳に入ったのだ。

「受けてもどうせ受からんのにな」

次長の口の端には、はっきりと冷笑が浮かんでいた。察してはいたが、ここまではっきりと言われると黙ってはいられなかった。

「どういうことです」足を止め、向き直った。

「分かってるだろ」次長は薄笑いをやめない。

「いくら学科に通っても、昇任はできんよ」

「私が領収書を書かないからですか」

次長の顔から笑みが消えた。強張った顔でこちらを見据えると、言った。

「狭山《さやま》署の経理の奴の話を聞いたか」

「何のことです」

「知らないならいいさ」

言い捨てると立ち上がり、「しょんべんでもしてくるか」と廊下に出て行った。

狭山署の経理……？　誰のことかは分からないが、言わんとしていることには見当がついた。

自分以外にもいるとは風の便りに聞いていたのだ。

組織不適合者を表す符号、(不)《マルフ》——。

いくら命じられても、警察組織あげての「裏金づくり」のための偽の領収書作成を拒否し、「非協力者」の烙印《らくいん》を押された警察職員。そいつが一体どうなったというのか。

考えたくなかった。

風呂に入って気分を変えよう。まだ沸いてはいないと思ったが、タバコを消して立ち上がった。

テーブルの上の携帯電話が着信音を発したのは、その時だった。土曜日の早朝から携帯が鳴れば理由は一つだ。今の自分に招集がかかるとはよほど大きな事件《ヤマ》が起きたに違いない。何森は、久しぶりに胸の高鳴りを覚えながら携帯を手に取った。

1

玄関に一歩足を踏み入れると、署内の様子が一変していた。職員たちは忙《せわ》しげに行きかい、テーブルや椅子などを運びこむ見覚えのない姿もある。どの顔にも、一様に高揚した表情が浮かんでいた。殺人事件が起きて活気づくというのも不謹慎ではあるが、県警本部と合同の捜査《ちょ》本部《うば》が立つのも久方ぶりであれば仕方がない。

三階に上がりエレベータを降りると、廊下の先に直属の上司である強行犯係長の背中が見えた。見知らぬ顔と真剣な様子で話し込んでいる。おそらく県警本部《ほんぶ》組だろう。

「遅くなりました」

係長はこちらをちらりと見たが、無言で奥の会議室の方に顎《あご》をしゃくった。その横を一礼して通り過ぎる。

背後から、「あれが例の？」と囁《ささや》く声が聞こえた。返す声は耳に届かなかったが、苦虫を嚙みつぶしたような係長の表情は想像がつく。上司と言っても入署年次は同じ。主任になったのは何森の方が数年早かった。きっとやっかい者を押し付けられて貧乏くじを引いたと感じているのだろう。普段はほとんど目を合わせることもなかった。

捜査本部が設けられた署で一番広い会議室に入ると、すでにホワイトボードに現場の見取り図等が掲示され、その横には席次が書かれた紙が貼られてあった。それを見て、与えられた席を探す。

所狭しと並べられた長机の一番後ろ。近づくと、隣の席で退屈そうに配布された紙片を眺めていた男がこちらに顔を向けた。ペアを組むことになる県警本部の捜査員に違いない。三十代前半ぐらいか。スーツには皺《しわ》が寄っており、眠そうな顔といい、エリート揃《ぞろ》いの捜査一課《ソウイチ》にしては風采の上がらぬ外見だった。

僅かに黙礼して席に着こうとした何森に、相手は慌てたように腰を浮かせて「県警本部の間《ま》宮《みや》です。よろしくお願いします」と一礼してくる。

「久喜署の何森です」

短く答えて席に着く。

「失礼、もう一度お名前を」

「いずもり。何に森、でそう読む」

初対面の相手に名を尋ね返されるのには慣れていた。読むのに難しく発音しても聞き取りにくい。このやっかいな苗字《みょうじ》で得をしたことは一度もなかった。

「何森さんですね。どうぞよろしくお願いいたします」

もう一度頭を下げてくる。妙に腰の低い男だった。自分のよからぬ噂《うわさ》を聞いていて恐れをなしているのか。それだったらあえてこちらから歩み寄ることもない。二度目の礼を返すことはせず、配布資料とホワイトボードを交互に見やって事件の概要を把握するのに努めた。

事件現場は、市の北側にある住宅街に建つ一軒家。その二階の一室で、世帯主である桑原寿《くわばらす》美子《みこ》・五十七歳が頭から血を流して倒れていると一一〇《マルデン》番通報があったのが、日付の変わった十月十三日深夜一時十八分。同時に消防にも通報はあったものの、すでに生体反応はなく、遺体の近くに血痕のついた花瓶が落ちていたことから殺人事件の可能性が高いとされ、未明のうちに久喜署の刑事課と県警本部の機動捜査隊《きそうたい》へ臨場《りんじょう》の指令が下った。この時何森は、珍しく心地の良い眠りについていてそんなことが起きているとは知る由もなかったわけだ。

被害者の寿美子は二十八歳になる娘・さやかとの二人暮らしだったが、通報したのはこの娘ではなく、市の福祉事務所に勤務するケースワーカー・相原弘幸《あいはらひろゆき》、三十五歳となっていた。この辺りの事情はこれからの報告を聞いてみないと分からない。

検視官による検視結果は出ていて、死因は頭部打撲によるくも膜下出血。いわゆる撲殺だ。凶器と見られるのは、遺体のそばに落ちていた花瓶。指紋の照会結果などについてもこれから報告が上がってくるはずだ。死斑《しはん》や死後硬直の様子と直腸内温度から判断された死亡推定時刻は、昨夜の午後十時から十二時の間。目撃証言はないが、午後十一時四十五分ぐらいに、二階から大きな物音がするのを階下にいた娘が聞いている。物音を不審に思った彼女が、知己《ちき》であった相原に連絡し、駆け付けた相原が二階に上がり被害者が倒れているのを発見、通報したという経緯だった。

事件の概要をざっと把握した何森の脳裏には、二つの疑問が浮かんだ。

なぜさやかは自分で二階に上がって確認せず、相原なる男を呼んだのか。

なぜ物音を聞いてから遺体を発見、通報するまでに一時間半前後もかかっているのか。

「娘は車椅子らしいです」

何森の表情から疑問を察したのか、隣から間宮が言った。

「車椅子？」

怪訝《けげん》な声を返した何森に、間宮が続ける。

「何でも以前の事故の後遺症で半身不随とかで。自分は二階に上がれないので」

そこまで言いかけた時、

「気をつけーっ、敬礼！」

大きな掛け声に、周囲の男たちが一斉に立ち上がった。

縦並びで入って来た久喜署署長、県警本部捜査一課課長、同管理官に敬礼をすると、再び席に着く。何森も間宮も、それに倣《なら》った。

「それではこれから、第一回捜査会議を始めます。真鍋《まなべ》君、ここまでの報告を」

ひな壇からの署長の言葉に、久喜署刑事課長の真鍋が立ち上がり前へ出る。

「久喜署刑事課の真鍋です。ここまで判明したことを報告します」

ホワイトボードに書かれてあることを真鍋がなぞる。

「被害者《マルガイ》の桑原寿美子は無職。同居家族は娘のさやかのみ。夫の康弘《やすひろ》は八年前の平成十一年に車の事故で死亡。ちなみに、娘のさやかもその時の事故が元で大きな後遺症が残り、現在も車椅子生活を余儀なくされています。このほか判明したことについては、初動捜査班から」

「はい」

先ほど廊下で会った強行犯の係長が立ち上がる。やや緊張した面持ちで報告をした。

「遺体が発見されたのは二階の、被害者の寝室。室内に荒らされた形跡はありませんでしたが、道路に面した窓が開いていました。ピッキング等の痕跡はありませんでしたので、おそらく施錠し忘れたのではないかと思われます。窓の下に足場はありませんが、外壁沿いにある雨どいをつたって登って来ることが可能です」

「不審人物などを見た者は？」真鍋が訊《き》く。

「今のところ、おりません。隣家の主婦が、深夜の零《れい》時半ぐらいに車が乗り付けられた音を聞いていますが、これはおそらく通報者である相原が乗ったタクシーかと。近隣の防犯カメラも確認中ですが、特に不審な人物は検知できておりません。遺留品等については証拠品《ブツ》担当班から」

「はい」

同じく強行犯係の須永《すなが》という捜査員が立ち上がった。

「外部からの侵入者のものと思われる遺留品は今のところ見つかっておりません。床には拭いた跡があり、おそらく下足痕《げそこん》を消したのではと思われます。凶器その他の指紋も照会《あら》いましたが、前科前歴に該当者はありませんでした。採取した血液や皮膚痕《ひふこん》、被害者の衣服に付着した繊維については科捜研に回してあります。被害者に着衣の乱れはなく、致命傷となった傷以外は目立った外傷はありません」

「盗《と》られたものは？」

「現在娘に確認中ですが、今のところはっきりしません」

「その娘は、何か見聞きしていないんですか」

署長が口を挟んだ。自分の任期中に殺人事件など起こってほしくはなかっただろう。顔つきは不機嫌そのものだった。

「はい、二階で何かが倒れるような物音を聞いて目が覚めたということで、それ以前には何も」

「その時間が、昨夜の午後十一時四十五分頃ということ？」

「そうです。不審に思って、今は何時かと時計を見たそうです」

「では犯行時刻はその時間で間違いないでしょう」署長が言う。

断定はできない。誰もがそう思っただろうが、口にした者はいなかった。

「物取りか暴行目的か、外から侵入した何者かが、被害者に騒がれたので近くにあった花瓶で殴り、殺した。そういうことですね」

「その可能性は大いにありますな」

隣に座っていた県警本部の捜一課長が、鷹揚《おうよう》な態度で応えた。精悍《せいかん》な顔つきで、見るからに現場からの叩《たた》き上げといった風情だった。

「娘が物音を聞いたのが二十三時四十五分」捜一課長がホワイトボードを指しながら言う。

「マルデンが一時十八分。ずいぶん間があるな。その理由は」

真鍋が、係長の方に目をやった。「はい」と係長が再び立ち上がる。何森も知りたいことだった。

「二階で何かが倒れるような音を聞いた娘のさやかは、不審に思ったものの、自分では確かめに行けないため、迷った末、自分の担当ケースワーカーの相原の携帯に電話を掛けました。これが二十三時五十分。この時間は双方の携帯履歴で確認済みで——」

「娘が車椅子で二階に上がれないというのは分かるが、声を掛けたりもしなかったのか?」捜一課長が口を挟んだ。

「それはしたようです。何度も母の名を呼んだようですが、返事がなく、怖くなって、それで相原の携帯に――一一〇番や一一九番も頭を過《よぎ》ったようですが、まずは状況を確認してからにしようと。相原に二階の様子を見てくれないかと電話で頼んだということです」

「相原という男は担当ケースワーカーだということだが、深夜の零時近くだぞ？　そんな時間に個人の携帯に電話をするような間柄なのか？」

「それについても双方に確認しましたが、過去にも勤務外の時間にさやかが相原の携帯に電話を掛けて何か相談することはあったそうで、電話があった時点では相原の方もさほど異常だとは思わなかったということです」

「分かった、続けてくれ」

係長は安堵したように小さく息を吐いてから、続けた。

「電話を受け、相原が自宅を出て、タクシーを摑まえ現場に着くまでにおよそ三十分。それから二階に上がり、倒れている被害者を発見し、階下に戻りさやかに状況を説明したとのことです。この際、さやかがパニックのような状態になり、それを落ち着かせるのに時間がかかり、通報が遅れた、ということです」

「なるほど」

捜一課長は納得したように肯《うなず》くと、「よし」と立ち上がった。名目上の捜査本部長は署長だが、実質的にはこの捜一課長がトップで、捜査方針もほとんど彼が決めることになる。

「外部の者の仕業《しわざ》であることにほぼ間違いないようだ。物取り・暴行目的など流しの犯行、怨《えん》恨《こん》その他顔見知りの線、当面は両睨《にら》みでいく。目撃者《マルモク》探しと並行して被害者の交友関係を洗うこと」

捜一課長はひな壇から捜査員たちを睨《ね》めつけた。

「本部・所轄ともに力を合わせ、早期解決に全力を尽くしてくれるよう望みます。以上」

「きりーつ！」

署長と捜一課長を見送った後、残った管理官と真鍋が現場の主任官として捜査の割り振りを確認した。何森と間宮のペアは、被害者の関係者や身内などの捜査と聴取を担当する「鑑取《かんど》り班」の一員として配置された。

2

何森は間宮と並んで署を出た。間宮の身長は何森より頭一つほども高いが、目方は二十キロは軽そうな痩身だった。

「どこから行きますか」

割り当てられた聴取対象を記したメモを見ながら、気のない声で間宮が訊く。重要な証人であるさやかや、通報者である相原への聴取は別班の担当だった。二人に割り当てられたのは明らかに末梢的な対象で、やる気が出ないのも無理はなかった。

「まずは現場が見たい」

何森が言うと、「そうですね」間宮はあっさり賛同した。「私もまだ見てないんで。行きましょう」

地元の地理に詳しい何森がハンドルを握り、捜査車両を発進させる。国道を出て、北上した。現場である栗原《くりはら》は隣市との境近くにある古くからの住宅地だった。

「何森さんは久喜署は長いんですか」助手席から間宮がのんびりとした口調で訊いた。

「いや、まだ一年だ」

「そうですか」

「それが？」

「いえ別に。単なる世間話ですよ」

調子が狂う男だった。これで、本当に本部の捜査一課なのだろうか。署内でけむたがられている自分とペアを組まされたということは、こいつも捜一のお荷物的な存在なのかもしれない。

試してみるか、と思いついた。

「幹部の見立てについて、君はどう見てる」

「へっ？」

ふいの質問に、間宮が頓狂《とんきょう》な声を上げる。

「見立てって……捜査方針ですか？」

「そうだ」

「さっき課長が言ってたように……ではなく、本音の部分ですね」間宮は揶揄《やゆ》するような口調になった。

「捜査員の割り振りを見るところ、一連の窃盗事件と同一犯と決め込んでるんでしょうねぇ」

その言葉に、少し驚いた。

一連の窃盗事件――。久喜署の管内を含めた県の東北部で、先月から三件の窃盗事件が起きていた。深夜に施錠されていない窓やドアから侵入するという手口が共通しており、同一犯と見られている。「両睨み」と言いながら、その事件に専従していた盗犯係の連中はもちろん、人員の多くが「特命班」に振り分けられていることに何森は気づいていた。「予断は排して」の建前でまだ幹部の口にのぼることこそなかったが、彼らが明らかにその線――連続窃盗犯が今回に限って犯行に気づかれ暴行に及んでしまった――に決め打ちしているのではないか、と睨んでいたのだ。

どうやら、単なるぼんくらでもないようだ。

何森は、すでにその話に興味を失ったようにあくびを嚙み殺している男を横目で見ながら、ハンドルを握り直した。

国道から逸《そ》れ、生活道路に入る。入り組んだ道を慎重に車を進め、視線の先に黄色いテープが見えたところで道端に停めた。この辺りでは防犯カメラを設置している家は少ない。住宅街ではあってもさほど密集しているわけでもなく、よほど大きな物音でなければ隣家に届くこともないだろう。深夜帯であれば人の出入りが目撃されることはまずない。目撃者探しは難航するに違いなかった。

現場である一戸建ての前には、地域課の警察官が一人、立ち番をしていた。ほかの連中は皆、とうに現場の見分など済んでいるのだろう。別班の捜査員の姿がないのは好都合だった。

かしこまって敬礼してくる警察官に、「中、見せてもらうぞ」と声を掛け、テープの規制線を越える。二階に張り出し窓がある洒落《しゃれ》たつくりではあるが、築数十年は経っているに違いない。玄関を開けると、高めの上《あ》がり框《かまち》の先に狭い廊下が見えた。まだ午前中だというのに、中は薄暗い。

框を上がり、廊下を進んだ。右手に風呂場があり、その向かいに二階に上がる階段があった。かなりの急勾配だ。階段の向こう側には、ガラス戸越しに少しだけ光が射《さ》していた。

間宮がスイッチを押したのか、階段を踏みあがったところで灯《あか》りがついた。うっすらたまったほこりが浮かび上がる。それを踏みしめながら階段を上がっていく。二階の廊下に出るとすぐ左手に、スライド式のドアがあった。そこだけ、やけに真新しい。現場の見取り図によればここは洗面所のはずだが、改装でもしたのか。

ドアを半分ほど開けて中を覗《のぞ》く。手前にトイレ。その奥は半分ほど蛇腹のカーテンで仕切られている。洗面所というよりシャワールームのようだった。

ドアを閉め、廊下を進んだ。遺体《ホトケ》が発見された八畳の洋室の前に立つ。ここのドアも真新しいスライド式だ。開けると、ベッドの脇、白いテープでつくられたヒト型が目に入った。近くに置かれてあるマーカーは、凶器が落ちていた場所なのだろう。ヒト型のちょうど頭の部分の床には、黒ずんだ染みが広がっていた。

正面に、レースのカーテンがかかった出窓があった。窓扉の下の部分は棚状になっており、今は何も置かれていないが、おそらく凶器の花瓶はここに載っていたのだろう。

窓から床に目を戻す。ヒト型の頭部分は、何森の方に向いていた。窓側から殴られ、倒れたということか。現場写真を思い起こす。寿美子は、うつ伏せ状態で、両足をくの字に曲げたような形で倒れていた。

後から来た間宮が、窓辺へ歩み寄る。窓扉を開き、身を乗り出すようにして下を覗いた。

「なるほど、この雨どいをつたってくれば、確かに登ってこれそうですね」

それには応えず、何森は寿美子が殺害された時の状況を想像してみる。

時間帯を考えれば就寝中だったのだろう。そこに窓から侵入者があったとしよう。鍵をこじ開けたりしていなければ物音に気づかぬこともあるかもしれない。

一方で、侵入者の方はどうか。室内灯が消えていたとしてもカーテンを開ければ街灯の明かりでぼんやりとは室内が見えたのではないか。ベッドに人が寝ているのに気づかないということはあるだろうか。室内に荒らされた形跡はなかった。物色もせずにただ被害者を殴り殺し、逃走したのだとしたら、かなり間抜けなコソ泥だ。

それとも、形跡を残さずにタンスなどを漁《あさ》ったか。金品が盗られていたかどうかは今のところ判然としない。何かしら盗み出し、あるいは何も見つけられずに物色の跡を消し、逃げようとしたところで被害者に気づかれ、声を立てられた。慌てて窓辺にあった花瓶を手に――。

どこかおかしい。寿美子は窓と逆方向に倒れている。賊に気づき、驚いてドアの方へ逃げようとしたのだろう。その相手をなぜわざわざ殴り殺す必要がある？　それより自分が逃げる方が早い。侵入者の方が窓に近いのだ。

もう一度、部屋の中を見回す。ベッドのほかにあるのは、小さなテレビが載ったタンスと、古びたスチール製の勉強机。壁には外国の風景らしき写真のカレンダーがかかっている。年配者の寝室というより、学生の勉強部屋のように見える。

「以前はこの部屋、娘のさやかが使っていたみたいですね」

背後から間宮が言った。

「事故に遭うまで。ほら、そのカレンダー、八年前のですよ」

その言葉に、もう一度カレンダーに目をやった。九月・十月の月表《げっぴょう》だったから気が付かなかったが、よく見ると確かに平成十一年（一九九九年）と記されていた。被害者の夫と娘が事故に遭った年だ。なぜ新しいカレンダーに替えていないのか。まるで八年前で時が止まっているかのようだった。

カレンダーから離れ、押し入れを開ける。上の段には替えの布団。下には二列四段ほどのプラスチックケース。その一番上を開けてみると、細かな日用品に混じって、見慣れぬものがあった。

リストバンドのように見えるが、中身が膨らんでいる。手にしてみると、ずしりと重かった。

何かのトレーニング用品だろうか……？

「何森さんは、外部の犯行というのに懐疑的なのですか？」

声に、振り返った。間宮が、窺《うかが》うような表情をこちらに向けていた。

「……チグハグだと思わんか」

ケースを閉め、間宮に向き直る。

「チグハグ？　どういうところがです」

「例えば――床には拭いた跡があったというが、血痕はそのままだ」

「下足痕を消すためじゃないですか？　例の窃盗犯もゲソは残していないということですが……」

一連の窃盗事件には、施錠していない出入口ばかりを狙うという以外にも、共通項があった。犯人は必ず、靴を脱いで室内に入っているのだ。そのため「礼儀正しい窃盗犯《ウカンムリ》」と呼ばれていた。

「ゲソや指紋以外にも消したいものがあった、とお考えですか？　例えば？」

「それはまだ分からん」

ぶっきら棒に告げ、部屋を出た。

一階に降り、少しだけ光が射しているガラス戸を開けた。十畳ほどの部屋。元は和室なのか、カーペットの切れ目に畳が見えた。介護ベッドに、旧式の鏡台。タンス、テレビ。壁には何着か、若い女性が着るような服がかかっている。

「ここがさやかの部屋ですね」

何森は肯き、間宮と入れ替わりに部屋を出た。キッチン、便所、風呂場と見て回る。洗い場に、プラスチック製の椅子が置かれていた。四本の脚には滑り止めがついており、座面はウレタンでできている。おそらく介護用品なのだろう。

「娘は今、病院と言ったか」

間宮に尋ねる。

「さやかですか？　そうですね、もうしばらくは入院しているんじゃないでしょうか」

警察が駆け付けた時、さやかは心身の不調を訴えており、近隣の病院に救急搬送されていた。診察の結果は特に異状なく、事件のショックから抜け出せば落ち着くのではないかということだった。おそらく今頃は、担当の捜査員たちが事件の前後の様子を詳しく聴取しているに違いない。

「分かった。行こう」

何森は家を出て、車に乗り込んだ。間宮も続く。

「じゃあリストを順番に当たっていくぞ」

被害者の携帯の電話帳に登録されていた友人・知人らしき連絡先。それを片っ端から当たっていくことが、何森たちに与えられた任務なのだった。

一日の聞き込みを終え捜査本部に戻った頃には、もう陽《ひ》は落ちていた。報告書を書くよりも先に第二回の捜査会議が始まった。

まずは司法解剖の結果が報告されたが、死因は検視と同じ。花瓶についた血液型は被害者のものと一致し、花瓶のキズと被害者の裂創《れっそう》も合致した。後頭部への一撃が致命傷になったのは間違いない。胃の中の消化物などから類推される死亡推定時刻も検視と同じく昨夜の午後十時から十二時ぐらいの間。科捜研から上がってきた遺留品の鑑定結果にも、格別のものはなかった。二階の洗面所でルミノール反応が出たが、これは遺体に触ってしまった相原が手についた血を洗ったものだという。

続いて地取り班から現場周辺の聞き込みの結果が報告されたが、やはり目撃者はなく、芳しい成果はなかった。

次に、娘のさやかへの聴取を行った班の捜査員が立ち上がった。

「まだ精神的に不安定ということで短時間しか聴取できませんでしたが、供述に変化はありません。母親が何かトラブルを抱えていたとか、誰かに恨みをかっていたとか、いずれも心当たりはないとのことです」

別の捜査員が立ち上がり、「相原にも再度話を聞きました」と報告をする。

「こちらも供述に変化はありません。さやかから携帯に電話があった二十三時五十分に自宅マンションにいたことは間違いありません。その時マンションの自室で相原と一緒にいた恋人の村田由美子《むらたゆみこ》という女性からも同様の証言が得られています」

相原は恋人と一緒にいたのか。何森には初耳だった。捜査員が続ける。

「深夜の呼び出しでもあり、相原がさやかのところへ行こうとしたことで由美子と少し揉《も》めたそうです。相原のマンションから現場までは車で十五分ほどの距離ですが、ここで少し時間をくったことと、タクシーがなかなか摑まらなかったことで駆け付けるまで三十分から四十分ぐらいの時間がかかってしまった、ということです。現場に着いて二階に上がり、母親の名を呼び応答がないことを確かめた上で部屋に入り、被害者が倒れているのを見つけた。その時、窓が開いているのに気づいたそうです」

「分かった」

捜一課長の言葉に捜査員は着席したが、何森からすればまだまだ訊きたいことはあった。

もし外部からの侵入者が窓から逃げたのだとしたら、なぜそいつは窓の扉を開けっぱなしで逃げたのか？　そんなに慌てていたのに床を拭く余裕はあったというのは矛盾しないか？

通報がそれほどまでに遅れたというのも気になる。警察はともかく、救急車は一刻も早く呼ばなくてはと思うのが普通ではないか。それとも相原は、すでに被害者が絶命しているのが分かったということか？

しかし何森が抱いたような疑問は、誰の口からも上がらなかった。その後も報告は続いたが、捜査を進展させるような情報は出てこなかった。

「それでは捜査会議を終える。各自、報告書を今日中に提出するように」

すでに勤務時間は過ぎていたが、不満を言う捜査員はいなかった。ほとんどが泊まり込みも覚悟しているのだろう。

何森は立ち上がると、ブツ担当の同僚を探した。すでに出入口の方へ向かっている須永を見つけ、後ろから声を掛ける。

「須永、ちょっといいか」

三つほど年下の刑事が、振り返った。

「……何ですか?」

警戒する視線を向けてくるのに、構わず尋ねる。

「被害者の傷の位置なんだがな、後頭部ということで間違いないのか。打撃角度におかしな点はなかったか」

「角度?」

須永はますます不審な顔になる。

「傷の位置や状態によって犯人《ホシ》の背の高さや被害者の姿勢などがある程度分かるだろう。報告ではその点についての言及がなかったんでな」

「ああ」須永は面倒臭そうに肯き、「特筆するようなことはなかったので」と答えた。

「後頭部で間違いありません。犯人の背丈は被害者よりは高く、成人男性としては普通ということじゃないですか」

「——そうか」

「それが何です?」

「いや何でもない」

踵《きびす》を返し須永から離れると、目の前に間宮が不満げな顔で立っていた。

「何だ」

「何です『打撃角度』って」

「報告書を書かなくていいのか」

押しのけ、歩き出す。

「自分だけに押し付けられちゃたまらないと思いまして」

「分かった。手分けしてやろう」

「それより、何です、角度っていうのは」

何森は、出口に向かいながら説明した。

「ホトケの写真を見たろう」

「はい」

「足が妙な形に折れ曲がっていなかったか」

「妙な形？」思い出そうとしているのか、間宮は視線を上の方へ向けた。「……確かに曲がってはいましたけど。それが何か？」

「座っていたんじゃないかと思ったんだ」

「座っていた……被害者が？」

「ちょっと座ってみろ」

「え」間宮はキョトンとした顔になった。

「ここに、座ってみろ。ちゃんと正座しなくてもいい。横座りっていうのか、女性がくつろいで座ってるような状態だ」

「ここでですか……？」

嫌そうな表情を浮かべたものの、何森の意図を知りたいのか、間宮はその場でしゃがんだ。ズボンが汚れるのを気にする仕草を見せつつ、床に横座りする。何森はその背後へと回った。

「後ろから殴るから、倒れてみろ」

「え、本当に殴るんですか」

「本当に殴るわけないだろ。いくぞ――がつん」

何森が擬音を発したのに応え、「うっ」と芝居がかったうめき声を出して、間宮は前のめりに倒れた。

座ったまま倒れたその足は、くの字に折り曲げられている。

間宮が顔だけ起こし、不自然な体勢で自分の足元に目をやった。

「……なるほど」

「座っている人間を立っている人間が殴れば、背後からとはいえ、傷跡は天頂部に近い位置になるだろう。角度もほとんどつかないはずだ。それを確かめようと思ったんだが」

ふと気づくと、周囲の捜査員たちが立ち止まり、こちらを見ていた。

「俺の思い違いだったようだ」

捜査員たちのねとつくような視線を感じながら、何森は会議室から出た。

捜査は一向に進展を見せなかった。地取り班は相変わらず芳しい情報を掘り起こせず、特命班が担っていた連続窃盗犯についても手掛かりを得られないままだった。何森が属する鑑取り班に至っては――。

かなり体調が回復したさやかの説明から、被害者の交友関係が明らかになり、聞き込みの対象はしぼれるようになった。だが同時にそれは、関係筋から犯行につながる線をほぼ断つことにもなった。

寿美子は、ここ数年――正確には八年前から、他人との交流をほとんどしなくなっていたのだ。

それまでは、人並みに周囲との付き合いはあった。だが寿美子の夫でありさやかの父親である康弘が車の事故で亡くなったのを境に、それまでの付き合いを一切断つようになっていた。

事故の原因は、康弘の居眠り運転だったという。寿美子の郷里である長野で法事があり、康弘とさやかが先に帰ることになった。その帰途、康弘が運転する軽自動車がセンターラインを越え、反対車線を走るトラックと衝突した。康弘・さやかともに救急搬送されたが、康弘の方はほぼ即死。さやかはかろうじて一命をとりとめたものの、首の骨を脱臼するという大怪我《おおけが》を負い、半身不随となったのだった。

事故に遭うまで、さやかは都内の大学に通う学生だった。二年生で二十歳になったばかり。英文科で学びながら、将来は翻訳家になりたいという夢も抱いていた。

だがその夢も、事故ですべてがふいになった。脱臼した骨自体は手術により整復することができたらしいが、その時に切断された神経は元には戻らなかった。脊髄損傷《せきずいそんしょう》の中でも重症である、頸髄《けいずい》の損傷。損傷を受けた場所によって障害の程度は違うというが、さやかの場合はその中でもC6《シーロク》（第六頸髄節が残存）と言われる上位レベルの損傷だった。当初は復学を目指していたさやかだったが、大学側の受け入れ態勢は万全とは言えないものだった。いやそれ以前に、さやか自身が復学への意欲を失っていた。

自宅療養と言えば聞こえはいいが、彼女は、家からほとんど出ない生活となった。身の回りの世話は、当然母の寿美子が担うことになる。経済的な問題は、康弘が加入していた生命保険から死亡保険金が下り、それまでの貯蓄と遺族年金を合わせれば母子《おやこ》二人でつつましく暮らしていく分には何とかなったらしい。そうして寿美子は仕事を辞め、趣味の教室も退会し、近所付き合いも断ち、さやかの介護に専念するようになった。

「とにかく娘さんにかかりっきりで」

「たまには息抜きも必要じゃないかって言っても、全然出てこなくなっちゃって」

寿美子のかつての友人・知人らはそう口を揃えた。

これらの事情が明らかになった時点で、怨恨や痴情のもつれ、という線はほぼ消えた。交友関係が全くと言っていいほどないわけだから、顔見知りの犯行の可能性も、限りなくゼロに近づいていた。

もはや上層部だけでなく捜査員のほとんどが、居直り強盗にせよ暴行目的にせよ、流しの犯行に間違いない、と考えるようになっていた。

何森一人を除いては――。

3

「解剖を担当した医師、ですか」

間宮が怪訝な顔で問い返した。関係者への聴取の合間、昼飯をとるために近くの定食屋に入り、それぞれ「しょうが焼き定食」「かつ丼」という注文を終えたところだった。

何森は肯いて言った。「直接話を聞きたい。そっちでアポをとってくれんか」

「……それはつまり、本部を通さずに、ということですか」

「俺から連絡しても不審に思われるだけだからな」

「とれないこともないとは思いますが……目的を聞かせてください」

「致命傷になった損傷部位について、直接確認したい。それと」メインはこちらの方だった。

「今回の犯行が、さほど力のない者でも可能だったかどうか」

「……つまり、女の力でも?」

「そう限ったわけでもない。子供や、非力な男の力でも可能かどうか」

「ふむ」

間宮は、思案する顔になった。

「それだったら、わざわざ医師に訊くまでもありません」

「というと?」

「以前に、八十歳の女が夫を、やはり花瓶で殴り殺した事件を担当したことがあります」

その事件は記憶にあった。「五、六年前、坂戸《さかど》でだったか」

「はい、私はその時西入間《にしいるま》署の強行犯にいました。その時にも、果たして非力な老女に犯行が可能だったか議論になりましたが、解剖を担当した医師が言うには、重要なのは凶器の重さと強度。それに損傷箇所——いわゆる打ち所ですね。行為者の方に必要なのは腕力ではなく、思い切りだと」

「思い切り?」

「ええ。力いっぱい振り下ろせるかどうか。それができれば、女でも子供でも、一定の強度と重量のある花瓶であれば人を殴り殺すことは十分可能だ、と」

「……そうか」

間宮が、何森のことをじっと見た。

「さやかがやったと?」

「さやかだけじゃない。内部の犯行ということになれば、もう一人」

「——相原。しかし、あなたはさやかを疑っている」

何森は答えなかった。間宮が続ける。

「殴られた時、もし被害者が座っていたとしたら。打撃角度から見て、ホシも座っていたのではないか。そう思うんですね? つまり、車椅子に座っていた女性が——」

何森は、短く答えた。「あくまで可能性だ」

「しかし、さやかには、無理です」

「自力で二階には上れない？」

間宮は肯いた。

「本当に絶対無理だと言えるのか。俺は以前、下半身不随の男が腕の力だけで這《は》って移動している姿をテレビで観《み》たことがある。階段を上るのは床を這うより数段難しいとは思うが、絶対に無理なのかどうか――」

「分かりました」間宮が言った。「知り合いの医師に当たってみましょう。さやかの担当医に訊くのが一番でしょうけど、さすがにそれは怪しまれますからね」

「すまん」

「――へえ」間宮が、意外、というような声を出した。

「何だ」

「いえ、何森さんは人に頭を下げたりするような人じゃない、と聞いていたもので」

やはり自分のよからぬ噂は耳に入っているのだな。そう思ったが、反論はしなかった。今はこの相棒に頼るしかなかった。


「それは無理ですね」

目の前の医師は、言下に答えた。県内の国立病院の喫茶室。午前中の外来の後、遅めの昼食をとる間だったら少しだけ時間がとれる。間宮が連絡をとった整形外科医の返答を受け、聞き込みの合間にここまで出張ってきたのだった。

「確かですか」

「ええ。確かに頸髄損傷でも、人によっては上半身を鍛え、車椅子スポーツなどで活躍する人もいます。けれどC6レベルの女性だと、よほどのトレーニングをしても階段を這って上るなんて、それは無理ですよ。断言できます」

「……そうですか」

何森の疑念は、あっさりと否定された。だがこれで引きあげてしまっては、わざわざ遠くまで来た甲斐《かい》がない。

「せっかくなので、C6レベルの頸髄損傷という障害について、簡単にレクチャーしてもらえませんか」

「簡単にと言ってもねえ」

医師はあからさまに迷惑そうな表情を見せたが、何森は引き下がらなかった。

「物を摑んだり、振り下ろしたり、ということはできますよね」

「そうですね。もちろん受傷後のリハビリは必要ですが」

何森は、被害者の部屋で見たリストバンドのことを思い浮かべた。調べたところ、やはりあれはトレーニング用品だった。重りが入っており、装着することで肩や二の腕の筋肉などを鍛えることができる。怪我をしたスポーツ選手がリハビリ用などに使うものらしい。寿美子が使っていたとは思えなかった。あれは、さやかのものだ。筋力が落ちないよう、あれでトレーニングをしていたのだろう。

「では、日常生活でも、身の回りのことはある程度自分でできると考えていいのでしょうか？」

「C6だと、ADL——日常生活動作のことをそう言うんですが、一部介助ということになりますか。自力で可能なのは車椅子の駆動、移乗、それと更衣、自己導尿がかろうじて、といったところですね」

「更衣、というのは？」

「着替えのことです」

「自己導尿とは……」

「頸損《けいそん》の方は尿意を感じませんからね。一日に数回、自分で尿道にカテーテルを入れて尿を出さないといけないんです」

「それをしないと？」

「失禁してしまいますね。そのためにパッドを当ててる人もいますけど」

「パッドというのはオムツのことですね。ということは『大』の方も——」

「すみませんが飯食ったらすぐに午後の外来なんでね」医師はさすがにうんざりとした顔になった。「詳しいことはその女性の担当医に聞いてください。それか、ケースワーカー。退院後にどういう生活をしているかはケースワーカーが一番詳しいですよ。我々医師はそこまでケアするわけじゃありませんから」
　さやかのケースワーカー――相原に直接話を聞きたいのは山々だった。しかしそれは、何森たちには許可されていない行為なのだった。

　翌日、何森と間宮は、久喜市役所へと向かっていた。何森にとって幸運だったのは、さやかに相原とは別にもう一人、担当ケースワーカーがいたことだった。正確には、相原の前任者だ。八年前、さやかが受傷した当時のケースワーカーは坂上《さかがみ》という女性で、二年ほど担当した後に相原に替わったのだ。現在は別の部署で働いている坂上に連絡を取ると、事件のことは聞いていたらしい彼女は、なぜ相原ではなく自分に？　と訝《いぶか》る声を返したものの、退院直後の様子を訊きたいという申し出には時間をとってくれることになった。

「上にバレたら怒られるのは私なんですけどね……」

　間宮はブツブツと言っていたが、それでも嫌とは言わなかった。

「本当に大変なことでしたねえ。驚きました」

　市役所のロビーで対面した坂上織恵《おりえ》は、そろそろ五十に手が届こうかという年恰好《かっこう》の女性だった。現在は市の介護保険課に所属している。

「基本的なことで恐縮なのですが、ケースワーカーというのは、どういったことをされるんですか」

　聴取は、間宮が担当した。

「生活全般の相談、援助ですね。介護保険の場合は民間のケアマネージャーがそういう役割を担いますが、身体障害者の場合は福祉事務所のケースワーカーが行います。対象者の生活状況を把握し、どういった支援が必要か、計画を立て、それにあった行政サービスを提供します」

「さやかさんの生活状況ですが……『一部介助』と聞いていますが、具体的にはどのような生活になりますか」

「さやかさんの場合は、ベッドから車椅子に移ったり、車椅子を自分で漕いだり、ということができる状態ではあったんです。ですが、あまり積極的に活動はされていませんでしたね。一日の大半を自室で、ベッドで過ごす、ということが多かったと思います」

「自室、というのは一階の、十畳の」

「そうです。和室でしたがカーペットを敷いて、車椅子でも動けるようにしました」

「特にバリアフリー化っていうんですかね、部屋の改造はしていなかったみたいですけど」

介護ベッドとシャワーチェア——風呂場にあった椅子はそういうものらしい——はあったものの、車椅子での生活のための改造はなされていなかった。

「そうですね」坂上が肯く。「玄関にスロープをつけたぐらいで。改造まではしませんでした」

「玄関にスロープ?」

間宮が、怪訝な声を出した。

「ええ」

「そんなものは——」口にしかけた言葉を呑《の》み込み、間宮が改めて確認する。「退院時には、玄関にスロープをつけたのですか。間違いありませんか」

「ええ。私も立ち会いましたから」今度は坂上が怪訝な顔になった。

間宮は質問を続けた。

「そのスロープは、つけたり外したりできるものなのでしょうか」

「外す……工事で敷設したものですから、簡単とは言えませんが、もちろん取り外すことは可能です」

「なるほど……」間宮は、何森のことをちらりと見てから、続けた。

「介護は、母親の寿美子さんが全面的に担っていたわけですね」

「ええ、主たる介護者はお母さまでしたけど……一人で負担するのは大変ですから、週に二度ほどは介護ヘルパーが入っていたと思います」

「介護ヘルパー。週に二度……」

介護ヘルパーが出入りしているというような報告は上がっていなかった。知っていれば、そのヘルパーも当然聴取対象になる。

「ほかに、出入りしていた人はいますか。医師とか、看護師とかはどうなんでしょう」

「はい。月に一度、訪問医と訪問看護が。それと、訪問リハビリも入っていたと思います。入浴サービスや理容サービスもご利用だったかと」

「ちょ、ちょっと待ってくださいね」

間宮が、慌てたようにメモをする。何森にとっても初耳のことばかりだった。

医師に看護師。リハビリに入浴、理容サービス、そして介護ヘルパー。退院時にそれだけの人の出入りがあった。それが、なぜか今は——少なくとも事件の直前には、全く利用された形跡がない。

「担当を外れてしまうと、もう以前の担当相手の情報などは入ってこないのでしょうね」

間宮の質問に、坂上は「ええ」と申し訳なさそうな顔になった。

「私も今は全然違う部署ですから、最近の桑原さんのおうちの様子は全く。それをお知りになりたければ現在の担当である相原に……相原からはもちろん話をお聞きになっているんですよね？」

「ええ、それは別の捜査員が」

「それなのになぜ私に？　桑原さん母子の以前の生活が何か事件に関係するんですか？」

「これは一般論でいいんですが」何森が横から言った。「さやかさんほどの重度な障害者が、今お話にあったような行政サービス、それどころか医師や看護師の訪問さえなしに、全部身内だけで介護を担っている、というようなことはよくあることなんですか？」

「よくあること、ではありませんね」

坂上は疑わしそうな表情を浮かべたまま、それでも答えてはくれた。

「介護保険の方ではたまに、他人が出入りするのを嫌って配偶者の方が『全部自分がやるから』と拒否するとか、自己負担分も払えないからサービスを断る、というケースもあります。ですが身体障害者《しんしょう》の場合はやはり身内の方が全部担うのは大変ですから。必要なサービスは限度額いっぱい頼む、というケースがほとんどです」

そう答えてから、坂上がおそるおそる、というような口調で訊いた。

「もしかして桑原さん、以前頼んでいたサービスを断っていたんですか」

それには答えず、何森は立ち上がった。

「これだけ聞ければ十分です。ありがとうございました」

間宮が慌てて「すみません、お時間をとらせまして」と坂上に頭を下げ、出口に向かう何森を追ってくる。

「何森さん」

追いついた間宮が、顔をしかめて言った。

「まずいですね。あの人、このこと上に報告しますよ。捜査本部にも伝わりますよ」

「伝わる前に、もう一人、当たるぞ」

「もう一人って、まさか相原ですか」

「いや――村田由美子といったか。相原の」

「ああ」

間宮が合点したように肯いた。

「当夜のアリバイ、ですね。やっぱり相原が疑わしいと?」

「そうとは言っていない。内部の犯行を考えた場合、可能性があるのは二人。そのうちの一人については、犯行は無理だと分かった。とすれば残る一人の話を聞いてみたくなる。その前に、裏取りが必要だ」

「……分かりました」

間宮は、覚悟したように肯いた。「行きましょう、村田由美子のところへ」

4

昼時を少し過ぎ、客もまばらになった喫茶店のテーブルの向こう、村田由美子は不安と不満がないまぜになった表情をこちらに向けていた。せっかくの休憩時間を強引に奪われたのだから無理もない。

「何度も本当にすみません」

聴取は相棒に任せ、何森は村田由美子のことを観察する。長い髪は後ろで無造作に束ねただけだが、化粧はきちんとほどこしていた。三十歳。図書館司書。相原とは、市職員の交流会で知り合ったという。交際を始めて四年。相原の部屋に行ったのはもちろん事件の日が初めてではなく、週末は大抵どちらかの部屋に泊まる、そういう間柄、ということだった。

「もう何度もお訊きしているとは思うんですけど」間宮が切り出す。「桑原寿美子さんが殺害された日の出来事について、もう一度詳しいお話を聞きたいと思いまして」

「私、なんか疑われてるんですか……?」

由美子が不安そうな顔で訊いた。

「いえ、そういうわけじゃありません、あなたを疑っているわけじゃなくてですね」

「じゃあ彼を？　相原さんを疑ってるんですね？　ちょっと待ってください。相原さんが？　彼がまさか」

「いえ、そういうわけじゃありません。あなたのことも相原さんのことも、疑っているわけじゃありません」

宥《なだ》めようと、間宮は猫撫《ねこな》で声を出した。

「ただ、確認です。もう一度、正確に確認したいだけなんです。大変お手数ですが協力していただけると助かります」

なおも疑わしげに間宮のことを見つめていた由美子だったが、間宮は質問を始めた。

「事件のあった十月十二日の夜、あなたは、相原弘幸さんの自宅マンションの部屋で、相原さんと一緒にいた。それは間違いありませんか？」

椅子に深く座り直した由美子は、間宮のことを上目遣いで見たまま、小さく肯きだけを返した。

「その夜の十一時五十分頃、相原さんの携帯電話に、桑原さやかさんから電話が掛かってきた。間違いありませんか？」

「……はい」

「そんな時間に掛かってきた電話に、相原さんは不審に思った様子はありませんでしたか？

ためらわずにすぐに出た？」

「はい――」肯きかけた由美子が、「あ、いえ」と言い直した。

「最初は、表示された相手の名前を見て、変な顔をしていました。出ようかどうか迷っている様子でした」

「ほう」間宮が、意外そうな声を出した。「すぐに出たわけじゃないんですね」

「ええ。私が『こんな時間に誰から？』と訊くと、『利用者さんの親から』って。『そんなの出るのやめなよ』って言ったんですけど、『やっぱり気になるから』って」

「利用者の親？　携帯に表示されたのは、さやかさんのお母さんの名前だったんですか」

「みたいですね。共通で使っていたんでしょうけど。結局、あの人からだったわけですから」

二人が電話を共有していたとは意外だった。さやかは、自分の携帯を持っていなかったのか？　今時の若い娘が――？

「なぜあなたは、電話の相手が実際はお母さんではなく、さやかさんだと分かったのですか？相手の声を聞いた？」

「声は聞いてませんけど、彼が――相原さんがそう呼んでいましたから」

「それは、相手への呼びかけですか？　つまり、会話の最中に名前が出てきたというようなことではなく」

「相手への呼びかけです」

由美子が、はっきりと答えた。

「確かに?」

「何度も何度も呼んでいましたから。さやかさん、落ち着いて。さやかさん、どうしたの。分かった、さやかさん、今すぐ行くから」

そう言って、由美子は不快そうに顔を歪《ゆが》めた。

「なるほど。それでは間違いありませんね」

間宮はそのことをメモしてから、質問を再開した。

「相原さんがマンションを出た時間は分かりますか」

「十二時五分過ぎ」

「時計で確認した?」

「しました。こんな時間に、女の家に行くなんて――ありえない」

最後の言葉は、間宮ではなく相原に――いや、相原と桑原さやかに向けられていた。

「分かりました。その後、あなたはどうされたんですか」

「仕方がないので、部屋で待ちました。電話ぐらいはあるだろうと待っていたのですが、一時間過ぎても掛かってこないので、こちらからして。でも何度しても留守電で。もう頭にきて。待ってるのが馬鹿らしくなったので先に寝ました」

「事件についてはいつお聞きになったんですか?」

「起きてから、その日の午前中に、電話で」

「驚いたでしょう。相原さんが遺体を発見した時の様子も詳しくお聞きになったんでしょうねえ」

「詳しくっていうほどでもないですけど……」

「相原さんが到着してから通報まで、結構時間がかかっているんですが、その間のことについて何かお聞きになっていませんか」

「特には……あの人がパニックになってしまって宥めるのが大変だったって」

「さやかさんがパニックになってしまって、というのは、寿美子さんが死んでいる、殺されている、と知ったからですよね？」

「……そうなんじゃないですか？」

「相原さんは何と？」

「……そう言っていました」

「つまり、警察や救急が来る前に、さやかさんは、寿美子さんが死んでいる、殺されている、ということが分かった、ということですね」

「……やっぱり彼を疑ってるんですね」

「いえいえ、そうじゃありません。いろいろな角度から検討しなければならないんです。相原さんが到着した時にはすでに寿美子さんは死んでいた。それが確認できればいいんです。それで、話が戻りますが、さやかさんから電話があった時のことを詳しく教えてください。会話の内容ですね、相原さんが発した言葉、覚えている範囲でいいのでお聞かせねがえませんか？」

由美子は、しばらく間宮のことをじっと見ていた。これから自分が話すことが相原にとって有利に働くのか不利に働くのか考えているのだろう。いや正確には、「自分たちにとって」だ。

やがて結論が出たのか、由美子は「はい」と肯くと、話し始めた。

「最初は何だか様子が分からなかったようで、どうしたの、落ち着いて、と何度も言っていました。あとはしばらく相手の話を聞いている様子で、最後に、分かった、大丈夫だから、今すぐ行くから。待ってて、と」

間宮は、由美子の口にしたことをメモしている。何森も頭の中で反芻《はんすう》した。

どうしたの。落ち着いて。分かった。大丈夫だから。今すぐ行くから。

二階で何かが倒れるような物音がして、怖くなって相原に電話をした。

さやかの供述と矛盾はないようにも思えるし、おおげさすぎるようにも思える。

「なるほど。よく分かりました」

間宮が聴取を切り上げようとしたところで、何森が横から言った。「すみません、もう一つだけ」

由美子が、何森のことを警戒するように見る。

「あなたと相原さんが一緒の時に、今回のような——つまり、勤務時間外に相原さんの携帯に担当相手から電話が掛かってくるようなことはあったんですか」

「……それは、あの人以外に、ということですか？」

「はい」

由美子は首を振った。「ありません。あの人だけです」

「さやかさんから掛かってきたことは、今までもあった？」

「……ありました」

「それは、さやかさん本人の携帯電話だったかどうか分かりますか？　母親と共有のではなく」

「本人のじゃないですか。あの時以外はためらわずに電話に出ていましたから」

「なるほど。でもおかしいとは思いませんでしたか？　勤務時間外に、個人用の携帯に『仕事』の電話が掛かってくるというのは」

「思いましたよ。それでいつもケンカに――ケンカっていうのはおおげさですけど、ちょっと言い合いになったりして。あの時もそうでしたけど」

「それについて相原さんは何と言い訳をしていたんですか？　つまり、さやかさんを『特別扱い』することについて」

由美子は、少し思案する顔になった。しばらくして、「同情していたんだと思います」と言った。

「あの人は、可哀そうな人だから。自分が力になってあげないと、って」

「同情……相原さんがそう言ったんですか。同情、と」

「そうはっきりは言いませんでしたけど、それ以外にないでしょう。相原さん、優しいから。ちょっと優しすぎるところがあって、誰にでも。まあそれが彼のいいところでもあるんですけど」

「愛情、とは感じませんでしたか？」

「はい？」

「相原さんのさやかさんに対する感情です。同情ではなく愛情、だと感じたことは？」

由美子が笑った。どこか演技めいた笑いだった。

「そんなこと、ありませんよ。そんなこと、あるわけないでしょう」

「なぜです？」

「だって、相手は――そんな言い方したら悪いですけど、障害者ですよ。半身不随の」

由美子は、勝ち誇ったように言った。

「あの人は、きっと、セックスなんかできないんじゃないですか」


由美子の聴取を終え、何森と間宮は遅い昼食をとりにいつもの定食屋に入った。特に美味《うま》いものを食べさせるわけではないが、いつ来ても空《す》いているところが気に入っていた。「またかつ丼ですか」と呆《あき》れたように言う間宮も、結局しょうが焼き定食を注文していた。

店には映りの悪いテレビが置かれていて、再放送らしいドラマが流れっぱなしになっている。

「相原を引っ張りますか」

間宮が言った。

「――できると思うか」

「どうですかねえ……」

自分で言っておきながら、他人事《ひとごと》のような口調だった。

「可能性は、ないわけじゃないですよね」

間宮の言葉に、何森は肯く。

確かに、可能性はある。

村田由美子が言っていたことを信じるのなら、相原が現場に着いたのは当夜の零時半頃。検視、解剖の結果ともに被害者は遅くとも零時までには殺されたとしているが、三十分ぐらいは誤差の範囲内だ。

現場に着いた相原と、二階にいた寿美子との間で揉めごとが起こり、殺害に至る。相原の衣服には幸いにして血痕はつかなかった。返り血のついた手だけ洗い、通報をする。その間、およそ四十分。

決してありえないことではない。だが、これだけのことをするにはあまりに時間が短すぎる。それよりも、犯行は十一時四十五分に行われ、その後に相原が駆け付けた、と考える方が自然だ。

寿美子は、相原が駆け付けた時にはすでに死んでいた——何者かに殺されていた。

しかし今度は逆に、それから通報まで四十分以上もかかっているのは長すぎないか、という疑問が生じる。

パニックに陥ったさやかを宥めていた？　だが、それだけでは四十分も要しない。

偽装工作——。

その言葉が頭に浮かぶ。

窓を開け、外部の仕業に見せかける。あとは？　床を拭く——一体何のために。相原は、何の痕跡を消さなければならなかったのか？

店主が、テレビのチャンネルを替えた。午後のワイドショウの画面になる。誰も観ている者などいないのだろう。文句を言う客はいなかった。

「相原だとしたら、動機はなんでしょうね」

間宮が、世間話のような口調で言う。

そう、動機。相原の犯行だとしたら、彼は何のために桑原寿美子を殺さなければならなかったのか。金銭がらみは、排除される。今のところ金品が盗られた形跡はなく、寿美子が死んで相原が得をすることはない。

では怨恨。異性関係。

い、い、い、い、い、い、

相原とさやかは、できていた。

相原の犯行だとしたら、動機はその線しかなかった。閉じられた世界に、唯一出入りしていた存在。年齢の近い、独身の男。さやかが彼を頼り、何でも相談していたことは想像に難《かた》くない。

信頼がやがて愛情になり、男女の関係となった。

その仲を、母親が邪魔した。二人の関係を許さなかった。それで、相原が——。

そこまでやるだろうか。市の福祉事務所に勤める実直な男。恋人もいる。

由美子の声が蘇った。

——あの人は、きっと、セックスなんかできないんじゃないですか。

下半身が麻痺《まひ》していると性行為はできないのか。いやそんなことはない、と何森は思う。セックスの形は、一つではない。

「さやかはもう、退院してるのか」

何森の問いに、間宮がふいをつかれたような顔になった。

「——ええ」

「自宅に戻ってるのか?」

現場検証は終わり、自宅の規制はすでに解除されている。戻ることは可能だった。

「いえ、今は施設にいるはずです。ショートステイを利用しているとかで」

「ショートステイ、ということはいずれ出なければならないということだな」

「そうでしょうね」

「その後はどうなる」

「さあ、そこまでは」

警察としては、居場所さえはっきりしていればどこにいてもらっても構わない。被害者の娘の身の振り先など関知するところではないのだろう。

さやかが今後の生活について、相談できる相手は、やはりケースワーカーしかいない。

「相原の話を聞きたい」

何森は言った。

「重要参考人として出頭させる。できるか」

間宮は答えない。思案するように、何森の顔を見つめていた。

何森の視界の隅には、間宮の背後に置かれたテレビ画面が映っていた。

音声ははっきりと聞き取れないが、カメラに向かって頭を下げるどこかの県警の幹部職員たちの姿と、「全国の警察で調査が始まる」というテロップから、内容は分かった。

以前から噂されていた警察の裏金問題について、都道府県警のいくつかが内部調査を余儀なくされている――。

間宮が、ふいに言った。

「例の経理職員が、実名告発をするようですよ」

一瞬、何のことを言っているのか分からなかった。

例の経理職員……。

ハッと思い当たった。いつかの次長の言葉。

――狭山署の経理の奴の話を聞いたか。

「いくら警察職員といっても、所詮、事務職です。上が恐れているのは、現役の警察官が、それに追随すること」

何森のことを見つめ、間宮は言った。

「それだけは絶対に避けたい、と」

その瞬間、何森は悟った。

こいつは、捜査一課などではない。同じ県警本部でも、刑事部ではなく警務部――。

「――監察か」

間宮はそれには答えず、何森のことを見据えたまま、言った。

「あなたは、そんな馬鹿な真似はしませんよね」

埼玉県警警務部監察官室室員――通称「監察官」とは、警察官による不祥事の捜査や服務規程違反など内部罰則を犯した警察官への質疑、さらには会計監査業務に携わる、いわば「警察の中の警察」だ。

その「イヌの中のイヌ」がなぜ自分のことを？

今も昔も、服務規程に違反した覚えなどなかった。

いや、むしろ違反をしないからこそ、こいつは自分の前に現われたのだ。

自分に、妙な動きはないか。裏金づくりに協力しないだけでなく、警察の内情を告発するようなことをしないか。

こいつは、そのための監視役なのだ。

「まあそう硬くならんでください」

何森の考えを見透かしたように、間宮は白い歯を見せた。自分のようなヤニまみれの歯ではない。まるで芸能人のように白く健康的な歯だった。

「あなたが優秀な刑事であることは、短い期間でも十分に分かりました。離島の駐在所や交番勤務にするのは、私としても避けたいところです。いや逆に、今回の事件の解決にはあなたは絶対に欠かせない、そう確信したところです」

「──脅しか」

「とんでもない」

再び、間宮は破顔した。

「あなただって、ここまできてこの事件《ヤマ》から離れたくはないでしょう？　いや、この事件だけじゃない。好きで好きで仕方がない刑事という仕事を、辞めたくはないはずだ」

目は、全く笑っていなかった。どんな強面《こわもて》の被疑者でも口を割ると恐れられた何森の睨み。それにも全く動じず、透き通った冷たい視線で見返してくる。

「取引なんておおげさに考えないでください。領収書を書きたくなかったら書かなくて結構。裏金づくりに協力したくない？　いいでしょう。今のままでいてください。そもそもあなたには、実名で不正を告発、なんてスタンドプレーをする気はないはずだ。その行為が、全国の仲間をどんなに苦しめるか、あなたには分かっている。ただ、今のまま静かに、目立たず、捜査だけを続けていきたい。いいですよ。あなたの力は、警察に必要だ。その代わり、出世は諦めてください。任地も選べません。それぐらいは我慢してください。つまり、今のままでいいんです。今のままで」

最後に、静かに告げた。

「この事件は、あなたに任せます」

報告書の作成は私がやりますという間宮と別れ、久しぶりに自分の部屋に戻った。シャワーを浴びるために浴室へと向かう。本当は湯舟に浸かりたかったが、沸くまでの時間を耐えられそうにない。熱めの温度に設定し、シャワーを出した。

頭の中では、事件のことと、間宮から言われた言葉が交錯していた。

――今回の事件の解決にはあなたは絶対に欠かせない、そう確信したところです。

事件の解決。しかしここまできても、解けない謎が一つだけあった。

なぜ、死体は二階にあったのか。

死体が一階にあったのであれば、答えは簡単だ。

さやかが、寿美子を殺した。

何年も寿美子に支配されてきたさやかが、相原と恋に落ちた。しかしそれを母親に反対された。邪魔をされた。口論となり、カッとなったさやかが、背を向けて座っている寿美子を車椅子に座ったまま、近くにあった花瓶で――、

だが、それは不可能だ。

犯行は二階のあの部屋で行われた。遺体を移動した形跡はない。

さやかは、一人では二階に上がることはできない。相原が手伝った、という可能性もない。電話を受け、現場に着いてからの四十分あまりでさやかをかついで二階に上がり、犯行後、またかついで一階に戻す、というのはさすがに無理だ。第一、そんな手間をかける理由がない。

寿美子が一階にいる時に犯行に及べばいいことだ。

なぜ寿美子は、二階で殺されたのか。

ふと考える。今まで、それを疑問に思った者はいない。外部からの侵入者説をとっていたからではあるが、内部の犯行を考えていた何森もまた、それについて深く考えたことはなかった。

なぜならそこは、寿美子が寝室として使っていた部屋だからだ。

だが、そうか？

何森は、シャワーを止めた。

本当にあそこは寿美子の寝室だったのか……？

真新しいスライド式のドア。スチール製の勉強机。時の止まったカレンダー。

チグハグだ――。

改装された洗面所。増築されたシャワールーム。

なぜ二階に、そんなものをつくらなければならなかったのか。

犯人は、床を拭き、何の痕跡を消したのか。

さやかはなぜ、母親の携帯電話を使ったのか。

――ふいにある考えが落ちてきた。そう仮定すれば、すべての辻褄《つじつま》が合う。

浴室を飛び出すと、体を拭くのもそこそこに携帯電話を取り出し、番号を押した。相手はすぐに出た。

「間宮です」

「相原の聴取は許可されたか」

「――はい。明日、出頭させます」

「俺に担当させてくれるんだな」

「もちろんです」

「分かった」

それだけ言って、電話を切った。

間宮は、先ほどの件についての何森の答えを訊こうともしなかった。

そんなもの彼らには必要ないのだ。それはすでに、決まったことなのだ。

拒否することはすなわち、警察官を辞めることだった。

――辞めたくは、なかった。

間宮の言うことは、当たっていた。偽の領収書づくりなど、自分はしたくなかった。だがそれだけのことだ。正義感などではない。不正を世間に告発することも、仲間を売るような真似をする気も、なかった。

いや、正直に言おう。この仕事が好きで好きで仕方がなかった。警部補の昇任試験を受け続けたのは意地のようなものだ。出世などはなから望んではいない。どこに異動になっても構わない。

ただ、刑事でいたかった。

自分は、自分の任務を全うするだけだ。明日、相原を尋問する。そして次に――。

——この事件は、あなたに任せます。

その言葉に、逆らえるはずもなかった。

5

ドアを開けると、相原弘幸はすでに狭い部屋の中、古びたスチール机の向こう側に座っていた。間宮ほどではないがスマートな体形で、メタルフレームのメガネがよく似合っている。表情は平静を保っているようだが、こちらに向けられた目には不安と緊張が満ちていた。

何森は、無言のまま向かいの椅子に腰を下ろした。間宮はドアの近くに設けられた補助官席に座る。

相原のことを正面から見据え、何森は口を開いた。

「私は久喜署刑事課の何森と言います。ただ今より取り調べを始めます。あなたには黙秘権があります。自分の不利になることは無理に言わなくても構いません」

「取り調べなんですか、これは」相原が驚いた顔になった。「私は何か疑われてるんですか」

それには答えず、質問を始める。

「あなたがケースワーカーとして桑原さやかさんを担当するようになったのは、いつのことです？」

「ケースワーカーとして、ですか?」

事件のことを訊かれると思ったのだろう、相原は拍子抜けしたような顔になった。何森は無言で肯く。

「ええと……正確な日付までは分かりませんが、六年前、平成十三年からです」

「その時、さやかさんが利用していた行政サービスにはどのようなものがありましたか?」

「行政サービス?」

「ええ。介護ヘルパーとか、訪問入浴とか、いろいろありますよね?」

相原が首を傾《かし》げる。

「正確なことは確認しないと分かりませんが……」

「大体で構いません。いろいろ利用されていましたよね?」

「そうですね……。ええ、いくつか。一般的なものですが……」

「教えてください」

「ええとまず、介護ヘルパーの派遣……」

「どれぐらいの頻度で?」

「……確か、週に二回ほど」

「ほかには?」

介護ヘルパーのほかに、月に一度訪問医による往診と訪問看護。訪問リハビリ。入浴サービスに理容サービス。坂上の話と矛盾はなかった。

「当時はいろいろ外部の方との接触もあったわけですね」

「そうですね」

相原の受け答えには、少し余裕が感じられるようになった。

「でも、今は――少なくとも事件当時には、全くなかった」

「……はい」

「いつ頃のことです？　そういったサービスを断ったのは」

「……一気に全部、ということではなかったので……はっきりとは思い出せませんが……私が担当するようになって少しずつ……一、二年のうちには今のような感じになったと思います」

「何かトラブルでも？」

「いえ、そんなことはありませんでした」

「では、なぜ？」

「なぜ、と言われても……必要がないのでやめたい、と桑原さんの方から申し出があったので」

「桑原さん、というのはさやかさんですか」

「あ、いえ」相原は少し言い淀《よど》んだ。「……お母さまからです」

「母親――被害者の寿美子さん……」

何森はそこで、考えるように間を置いた。

相原が不安そうな顔でこちらを窺う。何森は再び口を開いた。

「さやかさんほどの重度の障害の方を母親一人で見るのは大変だと思うんですが。せっかく受けているサービスを、何のトラブルもなかったのに。なぜなんでしょうね。不思議だとは思わなかった？」

「……いえ、特には」相原はそう答えてから、早口で付け加えた。

「本当に熱心に娘さんの面倒を見る方だったので。行政サービスがなくても大きな問題はないだろうと思いました。サービスと言っても実費負担はありますし。それぞれのご家庭で事情も異なりますから」

「まあいらないというものを無理に押し付けるわけにはいきませんよね」

何森が言うと、相原も「はい」と少しだけ表情を緩めた。

「さやかさんは、そのことについてどう思っていたんですか」

「え？」

「行政サービスをすべて断ち、母親の寿美子さんが介護を全部担う、ということについて。当人の意思も当然確認しますよね」

「え、ええ、それはもちろん」

「さやかさんは何と？」

一瞬、間があった。

「──自分も、その方がいい、と」

「自分もその方がいい」何森は繰り返した。「行政サービスを受けるよりも、母親に介護してもらった方がいい。そう、さやかさんが言ったんですか」

「はい。お母さまはやっぱり慣れていますし、それにさやかさんは若い女性ですから。ヘルパーさんはともかく、若い男性のスタッフもいる入浴サービスや訪問リハビリの人などに対しての抵抗感もあったんじゃないかと思います」

相原が早口でまくし立てる――虚偽《きょぎ》だ。早口になるのは嘘をついている時のこの男の癖だ。

さやかは、行政サービスを断つことを望んでいなかった。

寿美子は本人の意思を無視し、いわば母親としての強権で、それを行った。

そして他人と関わりを持たず、二人だけの関係を築き上げた。

完全に閉ざされた世界。

そこに唯一出入りを許されていたのは、障害者手当の申請などで関係継続が必要な市のケースワーカーのみ。目の前のこの男だ――。

「事件のあった日、十一時五十分頃、桑原さやかさんから掛かってきた電話の内容をもう一度聞かせてください」

何森の質問に、相原が再び緊張した面持ちになった。

「もう何度もお話ししてますけど……」

「すみませんがもう一度」

何森が低い声を返すと、相原は自分を鼓舞《こぶ》するように小さく肯き、話し始めた。

「二階から変な物音が、何かが倒れたような音がした、と電話が掛かってきました。怖いけど自分では見に行けないから代わりに見に行ってくれないか。そう言われました」

「もう少し詳しく、正確に。具体的にさやかさんは何と言ったんですか。二階から、どんな物音がした、と」

「ですから、人が倒れたような物音が」

「さっきは変な物音、何かが倒れたような音、と言っていたが。どれが本当ですか？　正確に」

相原は、少し迷うような表情になった。

「……はっきりとは覚えていませんが、人が倒れたような物音が、だったと思います」

「それで？」

「はい？」

「それで、あなたは何と答えましたか？」

「何とって……本当なのか、と。それは変だね、というようなことを言ったんじゃないかと思います」

「村田由美子さん――あなたの恋人であり、電話があった時にあなたと一緒にいた村田さんは、我々の聴取に、こう供述しています。『最初は何だか様子が分からなかったようで、どうしたの、落ち着いて、と何度も言っていました』。違いますか？」

「え、ええ、そうだったかもしれません」

由美子からは何も聞いていなかったのだろう。相原は慌てたように答えた。

「さやかさんがずいぶん動揺しているような様子だったので、『どうしたの、落ち着いて』、そういうことを言ったかもしれません」

「妙だな」

「え?」

「さやかさんは、すでに、『人が倒れたような物音がした』と言っている。もう何があったかは話している。それで『どうしたの』はおかしい」

「え、いや……」相原は、狼狽《ろうばい》を隠せなかった。

「いや、だから、最初は、何を言ってるのかよく分からなかったんです。何だか分からないけど、慌てていて、相原さん、大変、というようなことを言うので、『どうしたの、落ち着いて』『何があったの』と。それで、さやかさんが二階から物音が、というような」

「さっきの話と違う。正確に、と言ったはずだが」

「……すみません」

相原は怯《おび》えた顔になり、下を向いた。

「さっき、行政サービスのことについて訊いたな」

「……行政サービス?」

質問が戻ったことに、不安そうな顔になる。

「介護ヘルパー、訪問医、訪問看護、訪問入浴、訪問リハビリ、理容サービス、そういったものを、被害者、桑原寿美子さんの要望ですべてやめた。玄関につけたスロープさえも取っ払ってしまった。そうだな?」

「……はい」相原が小さな声で答える。

「なぜだ」

「ですから……母親が、自分一人で介護できるから必要がない、と。自己負担分も経済的に苦しいから、と」

「それで、玄関のスロープまで外してしまうのか？　スロープを外したからってその設置費用が戻ってくるわけじゃない。違うか？」

「……いえ、その通りです」

「誰が介護するにせよ、スロープがあった方が便利に決まっている」

「それは……」

相原が顔を上げた。何か言おうとしたが、何森の顔を見て、再び下を向く。

「おかしいとは思わなかったか？」

「……思いました」

「思って、どうした？　担当ケースワーカーとしては、当然母親に意見すべきだろう。こんなことはおかしいと。さやかさんのためにならない、と」

「……はい」

「しかし言わなかった？」

「……言いました」

「それで、被害者は？」

相原は答えない。

「被害者は、何と言った？」

「……これでいいんだと」

「ほかには？」

「……私が決めることだと」

「これでいい。私が決めること。つまり、被害者はさやかさんの介護を独占しようとした。他人に立ち入らせないように。勝手に誰かがさやかさんの面倒を見ないように。家の中に閉じ込め、人の目に触れないようにした。そうだな」

相原が顔を上げた。再び何か言おうと口を開きかけては、閉じ、そしてまた何か言いかけては黙る、ということを繰り返した。そして、俯《うつむ》き、小さく言った。

「……その通りです」

「――なるほど。よく分かった」何森は声を和らげた。

「あなたは間違ってない。間違っているのは母親の方だ」

ホッとしたように、相原の肩が下がった。

「共依存《きょういぞん》、という言葉を聞いたことがある」

突然何森が口にした言葉に、相原がハッと顔を上げる。

「特に看護や介護現場の中で、ケアする者とされる者とが、その関係性に過剰に依存し、一方がもう一方を支配する。『愛情という名の支配』だ。相手から依存されることに自分の存在価値を見出《みいだ》し、相手をコントロールして自分の望む行動を取らせることで、自身の心の平穏を保とうとする」

相原は驚いたように何森のことを見ていた。まさか一介の刑事からそんな言葉を聞くとは思わなかったのだろう。

さやかと寿美子の閉ざされた生活。その関係を医学的に説明することはできるのかと、いつか会った整形外科医、そこからまた知り合いの精神科医を紹介してもらい、訊いてきたのだった。

「被害者の場合は、それがさらに過剰になった。さやかさんを家に閉じ込め、外に出さずに、介護を自分一人で独占した。そんな生活が何年も続いた。そうだな?」

「……はい」

——とにかく娘さんにかかりっきりで。

——たまには息抜きも必要じゃないかって言っても、全然出てこなくなっちゃって。

夫を失い、娘の世話をすることだけが彼女の生きがいになった。あるいは夫が死に、さやかだけが生き残ったことに対して無意識のうちに歪んだ感情が育っていったのかもしれない。

いずれにしても、寿美子にとってはさやかの介護をすることだけが人生のすべてになったのだ。

「さやかさんの方はどうだった?」

何森の問いかけに、相原の表情が暗くなった。

「さやかさんは……」

「やはり、母親に依存し、母親の言うなりだった？」

「……最初は、そうでした」

「しかし、段々変わってきた」何森がその後を引き取った。「少なくとも最近は、そういった母親の絶対的な庇護《ひご》から逃れようとしていた」

「……はい」

「それは、あなたという存在があったからではないのか？」

相原は、答えなかった。唇を嚙みしめ、再び下を向く。

「あなたと出会い、親しくなることで、自立心が芽生え、母子関係の呪縛から抜け出すことができた」

「親しく――」相原が顔を上げた。「それはあくまで、ケースワーカーと利用者、という関係においてのことで……」

「それでも、個人的な携帯電話の番号を教え、勤務外の時間でも相談の電話を掛けられるような、そんな関係になった」

「……はい」

「さやかさんの、母親に対する反抗――反乱が始まった」

相原はもう下を向かなかった。何森のことを見つめ、その言葉を黙って聞いている。

「自立したい。母親の庇護から逃れたい。いやそれ以上の、何というか」

さやかの思いを想像した。自由になりたい。好きな人と一緒になりたい。邪魔をしないで。いや、もっと別の——。

「普通の障害者として生活したい」

相原が、ふいに言った。

「何と?」

「せめて、普通の障害者として生活したい。さやかさんは、そう言ったんです」

相原は、何森を見つめたまま、言った。

「本当に、ささやかな願いでした。普通の人のように、じゃない。彼女は——さやかさんは、自分の障害を受容していました。障害者であること。普通の人のように、自由に街を歩き、恋をし、将来を夢見る、そんなことはもう諦めている。でも、せめて普通の障害者のように暮らしたい。家から一歩も出られず、友達と呼べるような人もいない。ただ母親とだけ言葉を交わし、トイレもお風呂も母親の世話になり、毎日ありがとうとごめんなさいを繰り返しながら生きる、そんな生活は——もういや!」

最後の叫びは、さやか自身の声だった。

会ったこともない、聞いたこともないさやかの叫び声が、何森の胸に響いた。

「彼女は、母親に向かってはっきりそう言ったんです」

「それに対する母親の答えが——」

最後まで解けなかった謎。何森は、それを口にした。

「さ、や、か、さ、ん、を、二、階、に、上、げ、る、こ、と、、だったのか」

呆然《ぼうぜん》とした表情を浮かべた相原が、やがて肩を落とした。

「……私は、騙されたんです」

力のない声で、続けた。

「あなたの忠告を聞く。そう寿美子さんに言われたんです。もっとさやかが自立できるように一階を改造するから、バリアフリーにするための工事が入っている間だけ、さやかさんを二階で生活させる。昔使っていたあの部屋で、と。さやかさんを二階に上げるのを手伝ってくれと言われ、寿美子さんと二人でさやかさんを二階に運びました。さやかさんは半信半疑だったのかもしれません。しかし私は、まさか寿美子さんがあんなことを考えていたとは……。実際、工事は入りました。しかし、部屋の改造は一階じゃなかった。玄関のスロープを外し、二階にトイレと簡易シャワーのついた洗面所をつくり、さやかさんを閉じ込めたんです。携帯電話を取り上げ、自分では窓すら開けられない、あの部屋に……」

八年前のカレンダーがかかったままのあの部屋――。唯一の「外」への扉である出窓は、車椅子のままでは近づけない。棚の花瓶に花が活けられることはなかっただろう。相原と会うことももはや許されない。その部屋の中で彼女ができるのは、重りの入ったリストバンドをつけ、少しでも腕の筋力が落ちないようにすることだけだった。少しでも、少しでも力を――。

「私は寿美子さんに、これでは監禁だ、と抗議しました。こんなことは許されない、と。さやかさんはすでに成人しています。寿美子さんは養護者であっても親権者ではなく、監護者でもありません。さやかさんが望めば、彼女は一人で生活することも可能です。それなのに、こんな——。それでも寿美子さんは聞く耳を持たず、それから数か月も同じ状態が続きました。それで最後に、これは虐待に当たる、上司に話してさやかさんを一時避難させる、と」

「寿美子さんは、何と？」

「——私を、性的虐待で訴える、と言いました」

その言葉は、予想していなかった。

「私がいない時、あなたがさやかと何をしているか知っている。娘の体が動かないのをいいことに破廉恥《はれんち》な——もちろん、事実無根です」

何森は、相原を見つめ返した。男の目は揺らがない。本当なのだろう。相原とさやかには、関係はなかった。少なくともこの男には、そこまでの気持ちはなかったのだ。

「そんなことは嘘だとすぐに分かる、と言い返しました。しかし寿美子さんは、笑って、事実かどうかは重要じゃない。一度そういう噂が流れたら、そういうレッテルが貼られたらあなたは終わりだ。役所をクビになる。少なくとも担当は外され、うちには出入りできなくなる。それで十分だ。明日にでも電話してやる。そう言って、笑ったんです」

相原は、俯き、言った。

「それが、事件のあった前日のことです」

それで、さやかは決意した——。

相原は、すべてを告白した。あの夜、電話を掛けてきたさやかは、落ち着いた声で、もう全部おしまいにした、そう言ったという。お母さんも、私も、もう全部おしまいに、と。

慌てたのは、相原の方だった。

どうしたの。さやかさん、落ち着いて。分かった、さやかさん、大丈夫だから。今すぐ行くから。

何が起こったかは、最後まで聞かずとも分かったという。さやかは自分のために犯行に及んだのだ。彼女に罪はない。「偽装」を考え、提案したのは相原だった。家に着いた相原は、放心状態だったさやかに、タクシーの中で考えた「プラン」を話し、実行した。

返り血がついていた彼女の服を脱がせ、シャワーを浴びさせ、着替えさせる。シャワールームに血痕が残るかもしれないが、それは自分が遺体を触った時についた血を洗ったのだと言えば怪しまれない。そして、さやかをかついで一階に降りる。汚れた服はさやかの車椅子のシートの下に隠した。二階にあったシャワーチェアやさやかの私物を一階に移し、二階の部屋にはさやかが生活していた痕跡を残さないようにした。床を丁寧に拭き、車椅子のタイヤの跡も消したのだ。

二階で起こった殺人。

さやかは、母を殺すことで、ようやくその部屋から逃げ出すことができたのだ——。

桑原さやかは、市内の障害者施設のショートステイを利用しながら、新たな生活の準備をしているところだった。

自宅に帰ることは可能だったが、すべてをバリアフリーに改造するにはいくら支援制度を利用したとしてもかなりの費用がかかる。それよりは、いくらかはバリアフリー化されている市営住宅に入り、介護ヘルパーの派遣を始めとする行政のサービスを最大限利用して自立した生活を送るのが一番なのではないか。それが、事件後に結成された相原を中心とする市の支援チームが出した結論だった。

つまり、これからさやかにとって初めての一人暮らしが始まるのだった。

6

その日は、入居先の候補である市営住宅を見学するために、相原がさやかを迎えに行くことになっていた。

予定の時間に、さやかは施設のロビーに降りた。薄く化粧をほどこし、買ったばかりのワンピースを着て。病院を出てからは、相原に付き添ってもらい外出も買い物も自由にできた。自宅で暮らしていた頃の彼女を知っている者が見たら、まるで別人のように映っただろう。

自分の服を買ったついでに、相原には内緒で彼のための買い物もした。プレゼントを選ぼうとした時、彼の好みを全く知らないことに気づき、少し悲しい気持ちになった。それでも、彼のために、どんなものだったら彼が喜んでくれるだろうと想像しながらキラキラする店の中を移動している時間は、この八年間味わったことのない至福の時だった。

待ち合わせの時間になった。

玄関の自動ドアが開き、誰かが入って来る。

相原ではない。見知らぬ男が二人。その姿を見た瞬間に、彼らが何者であるかを悟った。

相原さんは、来られない。

もう、二度と会うことはできないのだ――。


「相原さんは来られなくなりました」

間宮は、さやかにまずそう告げた。彼女に、驚いた様子はなかった。

「私は、埼玉県警本部の間宮と言います。こちらは、久喜署の何森刑事」

何森は、さやかに向かって小さく頭を下げた。彼にしてみれば精一杯の礼儀だった。

「相原さんは、犯人隠避《いんぴ》の容疑で逮捕されました」

間宮がそう言った時だけ、さやかの顔が僅かに歪んだ。

「重い罪になるのでしょうか」

初めて聞く、さやかの声だった。思ったよりしっかりとした、力強い声だった。

「法律では、二年以下の懲役又は二十万円以下の罰金とされています。ただ、事情によっては罪が軽減される場合もあるでしょう」

「私のせいです」さやかが言った。「相原さんは何も悪くありません」

「相原さんは、反対のことを言っていました」

さやかが、何森の方に顔を向けた。

「反対？」

「ええ」何森は、肯き、言った。「あなたを巻き込んでしまったのは、自分の方だ、と。こんなことになったのは全部自分のせいだ、と」

「そんなことはありません。私は――どうか相原さんに伝えてください」

彼女は、何森のことを真正面から見た。

「これは、誰のためでもない。自分のためにしたことです」

迷うことなく、何森をまっすぐ見ながら、続けた。

「私は、この数週間、とても幸せでした。私でも、こんな風に生きることができる。そう教えてくれたのは、相原さん、あなたです。そう――」

何森は肯き、答えた。「分かりました。確かに伝えます」

「では、行きましょうか」間宮が言った。「車椅子、押しましょう」

後ろに回ろうとするのを、さやかが制した。

「いえ、自分で漕げますから。……あ、でも、手錠――」

間宮は、「必要ないでしょう」と首を振った。

「あなたは、もう逃げることはないでしょうから」

間宮の合図で、外で待機していた女性警察官が入ってきた。

「こちらへ――」

さやかは、肯くと、車椅子のハンドリムに手をやった。力を込め、前方へと回す。車椅子が、ゆっくりと、しかし確実に前へと進んでいく。

その後ろ姿を、何森は黙って見つめた。

おそらく彼女は、逮捕されることも刑務所に入ることも恐れてはいない。

どんな場所であれ、あそこよりは、あの部屋よりはまし――。

力強く車椅子を漕ぐ彼女の後ろ姿が、そう言っていた。


相原弘幸と桑原さやかの起訴は、新聞の地方版に小さく報じられた。裁判になれば、犯人隠避罪の相原にはおそらく執行猶予がつくことだろう。殺人罪で起訴されたさやかの方は――実刑は免れないかもしれないが、情状を酌量され、法定刑よりもかなり減軽されるに違いない。いずれにしても、今までの八年間を思えば、それはさほど長くない時間のはずだ。

出所した後は――きっと彼女なら、一人で生きていける。何森は、そう思った。

同じ新聞に載っていたもう一つの記事に目を移す。「埼玉県警の裏金づくり」の一件が大きく報じられていた。

記事に実名こそ出ていなかったが、狭山署の経理職員による告発は想像以上の影響を及ぼしていた。

外部の有識者による第三者委員会の調査の結果、直近の数年だけでも億単位の不正な経理処理があったことが判明した。責任を取って本部長以下幹部数人が辞任し、裏金の一切の禁止が新しい人事とともに表明された。

県警が浄化された一方で、告発した経理職員はどうなったか――推して知るべしだ。

何森は、その男のことを覚えていた。

十年以上前、狭山署に勤務していた頃に遭遇したある事件。あの時の、手話のできる経理課員――。

事務職員のくせに妙につっかかってくる、癖のある男だった。

あの男であれば、正義感、などというお為《ため》ごかしの理由ではないはずだ。警察そのものに嫌気がさしたのかもしれない。いずれにしても覚悟の上のことだろう。同情する必要はない。

そう思いながらも、何森の胸の奥には自責の念がくすぶり続けていた。

つてをたどって男の電話番号を聞き出し、電話をした。受話器の向こうから、訝るような相手の声が聴こえた。

「荒井《あらい》ですが……」

名乗らず、一言だけ告げて電話を切った。

この借りは、いつか必ず返す。

そう、いつか、必ず――。あの男とはまた会う時がくる。そんな気がしてならないのだった。

灰色でなく

検察に送る「総括捜査報告書」と「証拠金品総目録」をようやく書き終え、何森稔《いずもりみのる》は椅子の上で背筋を伸ばした。

一年ほど前に強行犯係から盗犯係へと配置換えになったことで、苦手な書類仕事が一段と増えた気がする。何森が担当するのはひったくりや車上あらしといった単純な事案ばかりなのだが、それでも膨大な書類の作成が必要とされた。

今回も、空き巣被害者から届け出を受けての「被害者調書」「実況見分調書」に始まり、売りさばかれた盗品が発見された後の「被害品発見捜査報告書」、盗品を警察で預かったという「任意提出書」「領置《りょうち》調書」、被害者がその盗品を確認した際の「被害者調書」等々、外歩きよりも机に向かっている時間の方が遥かに長かった。書類仕事も警察官の大事な任務の一つには違いない。仕方のないこととはいえ、同じぐらいのキャリアを持つ捜査員たちのほとんどが若手にその作業を押し付けているのを見れば、不遇な我が身を嘆きたくもなる。

こんな弱気になるのも年のせいか。苦笑しながら立ち上がった。その瞬間に腰の右側に鋭い痛みを感じ、動きが止まる。気持ちだけじゃない、体にまでガタがきてやがる。思わず舌打ちをした時、外から戻ってきたらしい荒井《あらい》みゆきと目が合った。

「……大丈夫ですか？」

心配そうに窺《うかが》う視線に嘲るような気配はなかったが、何森は「ああ」とぶっきらぼうに返し、目を逸《そ》らした。みゆきもそれ以上は尋ねてこず、先を行く先輩刑事に続いて課長のデスクへと向かっていく。

捜査状況の報告か。後ろ姿に高揚感がにじみ出ているところをみると、何か成果があったに違いない。胸の奥からやっかみめいた感情が湧いてきそうになり、急いで廊下へと出た。

同じ刑事課とは言っても、異動してきて強行犯係に配属されたみゆきとは、日ごろはほとんど接することはなかった。たまに顔を合わせることがあっても、今のように特に会話を交わすわけでもない。それでも何森の耳には、みゆきを評する声のいくつかは入っていた。

思ったより使える。年の割には動ける。揶揄《やゆ》混じりとはいえ、概《おおむ》ね悪い評判ではなかった。彼女の夫を巡る過去のいきさつを知る捜査員もここにはほとんどいない。いまだに荒井みゆきをその件と関連付けて考えているのは「上」ぐらいのものなのだろう。みゆきの方も臆することなく、伸び伸びと仕事をしているように何森の目には映った。

刑事という仕事が性《しょう》に合っていたに違いない。それを意外、と言えるほど彼女のことを知っているわけではなかった。十年近く前に同じ狭山《さやま》署に勤務していたことはあったが、その頃はあっちは交通課で、今以上に接する機会はなかった。むしろ、あの男――荒井尚人《なおと》との付き合いにおいて、関わることが多くなったのだ。

遠慮のない物言いで個人的に接するには苦手なタイプではあったが、わずかながら仕事をともにしてみた限りでは、粘り強さと勘の良さと、刑事として必要なものは確かに備えている気がした。汚れ仕事も厭《いと》わない姿勢には内心感心してもいた。

それにしても、とふと思う。子供もまだ手がかかるだろうに、昼夜の別のないこの仕事との折り合いはどのようにつけているのだろう。あの男との間にできた下の女の子は、確か耳が聴こえないのではなかったか。

そこまで考えて、再び苦笑が浮かぶ。何を気にしているのだ。自分が、しかも仕事中に案ずることではない。我ながらそうとう焼きが回ったものだと胸の内で独りごちながら、喫煙所へと向かった。

1

強行犯係が追っていた事案について、被疑者《マルヒ》逮捕の知らせを聞いたのは数日後のことだった。

管内で二週間前に起きた強盗事件だった。資産家の高齢者世帯を狙った犯行で、深夜に窓ガラスを割って侵入。就寝中の夫妻をひも状のもので縛ったうえ刃物で脅して現金のありかを聞き出し、奪って逃走した、というものだった。目出し帽で顔を隠しており、人相は不明。数か月前に県内の別地域で同様の手口による事件が起きていたこともあり、同一犯ではないかと合同捜査も検討されていた矢先に、任意同行に応じていた参考人の男が犯行を自供したのだという。すでに裏付け捜査に移っており、起訴は間違いないということだったが――。

逮捕された被疑者の名を聞いた何森の脳裏に、引っかかるものがあった。

青山典夫《あおやまのりお》・二十五歳。無職の一人暮らし。

その名に、聞き覚えがあった。前科はないというが、自分は確かにその男のことを知っている――。

強行犯係に属する後輩刑事を摑まえ、被疑者の素性について詳しく尋ねた。

「今まで警察のやっかいになったことは一度もないのか」

「前科《マエ》はありませんけどね」後輩刑事は、面倒そうな態度を隠そうともせずに答えた。「中学の時に窃盗でパクられた前歴がありましてね。ほかにも一年ほど前に任意で取り調べを受けたことがあるようですね。ちんけな居空《いあ》きだったようですけど。そっちの担当だったんじゃないですか」

やはり、そうか――。何森は、はっきりと青山のことを思い出していた。直接の担当者は別の捜査員だったが、任意の事情聴取の際、何森が補佐役を務めたのだ。

後輩刑事が言うように、確かに「ちんけな居空き」事案だった。深夜に飲食店経営者宅に忍び込み、財布や時計などを奪った。被害は総額でも十万円に満たなかったはずだ。

青山は、職質で引っかかった。犯行現場の近くで同時刻に不審人物が目撃されており、その人物に年恰好《かっこう》が近かったため警邏《けいら》中の地域警察官が職務質問《バンかけ》をした。その際、「犯行時間帯に現場近くにいた」趣旨の発言をしたため、盗犯係の捜査員が署で改めて事情を聞くことになり、そこで中学生の時に窃盗容疑で逮捕された前歴が明らかになったのだ。

素直に要請に応じた青山典夫は、取り調べに対しても従順に答えた。

いや、あまりに従順すぎた。

その異様とも言える受け答えの態度が、何森の記憶に強く残っていたのだった。

「深夜の散歩は、よくするの」

キャリア二十年以上のベテラン捜査員は、簡単に黙秘権のことを伝えた後は、かなり高圧的な態度で青山に接していた。

「たまに……眠れない時」

「ああ、眠れない時、あるよね。深夜だと割と涼しいし、気持ちいいよね」

「はあ」

よれた長袖のTシャツに七分丈のパンツというスタイルの青山は、薄暗い取調室の中でも顔色の悪さが分かるような様相だった。取調官と目を合わせることはなく、小さな声で答えていく。

「六月七日の深夜一時頃も、そんな風に散歩してたの」

「七日？……えーと……いや、してない……」

「あ、そう。じゃあどこにいた？　六月七日の深夜一時頃」

「たぶん、家に……家で、テレビ観《み》てました」

「誰か一緒にいた？」

「いえ、一人」

「何観てたの」

「……たぶん、映画」

「映画？　そんな遅くにやってるの」

「あ、いや、録画してあったやつ」

年齢の割に口調が幼い、という印象を受けた。

「ふーん、夜中はそうやっていつも録画した映画観てるの」

「たまに。寝れない時……英語のやつ」

「英語？　ああ、吹き替えじゃなくて字幕つきのってこと」

「そう」

「じゃあ、映画を観た後、それでも寝れない時は散歩に行くってことだ」

「はい、まあ……」

「赤沢《あかざわ》三丁目っておたくから近いよね」

「ええと、はあ、近い、です」

「散歩したら、その辺りも通るよね」

「……うーん、通る、かも……」

「六月七日も、そんな感じで夜中に散歩に出て、赤沢の辺りに行ったりしなかった？」

「いやー……覚えて、ない」

「覚えていなかったら思い出してよ」

「えーと……うーん……」

「あなたに似た人を見たっていう人がいるんだけど、心当たりはない？」

「え……それは……分かりません」

「赤沢の方に行くことはない？」

「それは……まあ、ある……かもしれません」

「三丁目にときわハイツっていうマンションがあるんだけど、知ってる？」

「えーと……知りません」

「黒っぽい外壁で、二階建ての」

「ああ、それなら……」

「知ってる？」

「はあ」

「そこに行ったことはない？」

「いや、行ったことは……ない、と思う……」

「変だな。おたく、交番でね、そのマンションの近くに行ったことがあるって言ってるんだけど。これ、間違い？」

「え、いや、僕が、そう言った？」

「そう言ったって警察官がね、書き留めてるんだけど。これ、警察官の間違い？　警察官がおたくの言ってないことを書いた？」

「いや……それはちょっと……分から、ない……」

「分からないって。自分が言ったか言ってないかぐらい、分かるんじゃない？」

「いや、言って……ない」

「じゃあ、警察官が間違ったんだ。おたくが言ってもいないことを、調書に書いた。そういうこと？」

「いや……それは、分から、ない……」

「いや分からないじゃなくてさ。実際、あなたはときわハイツに行ったことはない？　一度も？　さっき『知ってる』って言ったよね。前を通ったことぐらいはあるんじゃない？」

「うーんと……通ったこと、ぐらいは……」

「ある？　それって、いつのこと？」

「いやー、いつかは、ちょっと……」

「六月七日っていうことはある？」

「いやー、うーんと……」

「はっきりとは覚えてない？」

「うん……覚えて、ない」

「可能性はあるわけだよね、覚えてないだけで」

「うー、それは、まあ……」

「うん、そうすると、六月七日の深夜一時頃に、赤沢三丁目に行った、ときわハイツの近くに行ったっていうところまでは認める?」

「……はあ」

「そこの一〇一号室にね、行ったことはある?」

「いえ……それは、ない……」

「入ってすぐ。マンションの入口。ときわハイツに行けば一番手前の部屋だよ、知らない?」

「いやー……ちょっと……」

「ときわハイツに行ったことあるって言ったよね。何しに行ったの」

「いや……行ったことがあるっていうか……」

「言ったよね。言ってない?」

「いえ、言い……ました」

「その時、一〇一号室に行かなかった?」

「えーと、どうかな……」

「入ってすぐだからね。すぐ分かるよね。分かるでしょ?」

「はい、まあ、分かる……」

「うん。じゃあ六月七日の深夜一時頃、赤沢三丁目の一〇一号室に行った、と」

「ちょっといいか」

何森は、聴取を止めた。非難の視線を向けてくる捜査員を廊下に連れ出した。

「これを調書にとるつもりか?」

「いけませんか」

聴取を中断されたことに、捜査員は不服げだった。

「奴は言いなりだぞ。おかしいと思わんか」

「奴がやったんでしょ。もうちょっと詰めれば全部自白《ゲロ》しますよ」

「いや、どこか変だ。詰めるなら令状《フダ》をとってからにした方がいい。とりあえず今日は帰すんだな」

捜査員はまだ不満そうだったが、任意の取り調べに限界があることも分かってはいるのだろう。不承不承《ふしようぶしよう》、青山を解放した。

参考人の供述には信頼性に疑いあり、という何森の意見は考慮されず、青山を逮捕すべしという担当捜査員の主張が通った。しかし青山の逮捕状が請求され、発布《はつぷ》の手続きがなされているその時、急転直下、事件は解決した。連続して起こっていた金属盗難事件の被疑者として聴取を受けていた男が、当該事案についても自分がやったと供述し、現場の遺留品とDNAの一致を見たのだ。

青山は、いや警察は、あやうく誤認逮捕を免れたのだったが——。

「あの野郎、適当なことばかり言って振り回しやがって」

当の捜査員は反省の色もなく、悪態をつく始末だった。ほかの捜査員たちも、その一件について省《かえり》みることはなかった。いや何森とて、ずっとその件を気にしていたわけではない。

だが、どうしてもこのまま素通りすることができなかった。

あの男が、強盗？　「ちんけな居空き」ならまだ分かる。いや、それですらあの男の犯行ではなかったのだ。ましてや、老夫婦を縛り、刃物で脅す、という行為と、あのおどおどした男の姿が一致しなかった。

それだけではない。この件がどうしても気になってしまうのには、ほかにも理由があった。

やはり、放っておけない――。

刑事部屋《デカべや》を慌ただしげに行き来する強行犯係の中から、さっきとは別の刑事を摑まえた。

「青山典夫のことだがな、取り調べはどれぐらいの段階まで進んでる」

「何ですか、そっちに関係ないでしょう」

「そう言わないで教えてくれんか。どれぐらい裏をとれてる」

「余計なお世話ですよ。忙しいんですから邪魔しないでください」

けんもほろろだった。他係の協力を仰ぐほどの事件でもない。仲間から疎んじられている何森であればなおさら警戒するのだろう。

事件について詳しく知るには、捜査書類を読むしかなかった。しかし終わった事件であれば書類棚から引っ張り出してくることもできるが、現在進行形の事案だ。読ませてくれと言って「はいどうぞ」と渡してくれるはずもない。

気にはなりながらも、なすすべがなかった。

「青山典夫の事件の担当刑事さんはいらっしゃいませんか」

刑事課の入口に老年の男が現われ、そう声を上げたのは翌日のことだった。

「ちょっとじいさん、勝手に入ってきちゃダメだよ」

近くにいた生活安全課《せいあん》の職員が気づき、咎《とが》める。

「あの私、以前青山の担当をしていた――」

「一階に受付があるから、そこで手続きをして」

追い出そうとする生安の職員を、何森が制した。

「俺が連れて行こう」

手間が省《はぶ》けると思ったのか、職員はそれ以上口を挟まなかった。

強行犯係の連中が出払っていたのは幸いだった。「青山典夫」という名に反応した者もいないようだ。

「こちらへ」

何森が背中を押すと、男は素直に廊下に出た。

「すみません、直接こちらに来た方が早いと思って……」

言い訳するように口にする。警察に来るのは初めてではないようだった。頭は総白髪で七十歳は超えているように見えるが、かくしゃくとしていてどことなく現役感がある。

階段へと向かいながら、「青山典夫のことで何か?」と訊《き》いた。

「ああ、私――」立ち止まり、ポケットをまさぐって名刺を差し出してくる。「以前に彼の担当保護司をしていた川内《かわうち》と言います」

受け取った名刺には、確かに「保護司　川内宗次《そうじ》」と記されてあった。

中学の時に窃盗で逮捕された時の担当保護司か。話を聞いておいて損はなさそうだった。

「私は盗犯係の何森と言います。あいにく担当の捜査員が不在のようで。良かったら私が話を聞きます」

「そうですか。ありがとうございます」

川内は安堵《あんど》したように肯《うなず》いた。

空いていた小部屋に通し、向かい合う。

「それで、今日はどういう？」

「青山が強盗で逮捕されたということを聞いて。知らなかったものですから慌てて」

青山の逮捕については、地方版に小さく掲載した新聞もあった。以前担当した少年だと知れば驚くのも無理はないが、それにしても十年も前の話だ。慌てて警察まで飛んでくるとはずいぶん熱心な保護司だった。

川内が、急《せ》いたように続けた。

「あの、青山は、今回も自分がやったと言ってるんでしょうか」

「今回も？」

その言い方に引っかかるものを感じた。

「ええ、自供してると新聞には書いてありましたが」

「それが何か？」

「ありえません。あいつが強盗だなんて……そんなことができるような奴じゃない。以前の事件だって、本当はやってないんです。なのに自分がやったと嘘の自供をして……」

　嘘の自供？

「――詳しく聞かせてください」

「はい……」

　川内から、十年前に担当した事件の話を聞いた。

　その時青山は、市内の中学に通う三年生だったという。近隣の書店で頻発した集団窃盗事件のリーダー格として逮捕され、家裁で審判を受けた結果、保護観察処分になった――。

「青山は、非行事実を認めていたということですね」

　審判で頑迷に自分の非を認めなければ、再び非行に走る恐れありとして少年院送致もありうる。保護観察処分とは、保護観察官や保護司の指導・監督を受けながら通常の生活の中で更生《こうせい》できると判断された場合の処遇だった。

「はい」

「それが、嘘だったと？」

　川内はその問いには答えず、「刑事さんは、青山にはお会いになりましたか」と尋ねてくる。

「今回の事件では会っていないが……」一瞬迷ったが、話すことにした。「一年前に窃盗の疑いで任意同行された時に」

「一年前に――そんなことがあったとは知りませんでした」

「すぐに釈放されたので。保護観察期間もとっくに過ぎているし、そちらに連絡はいかなかったんでしょう」

「そうですか。せめて、その時に知っていれば……」

川内はくやしそうに呟いた。

「青山の自供が嘘だったというのには、何か根拠が？」

「――本人がそう言ったんです」

「本人が？　いつのことです」

「処分が明ける頃のことです。保護観察中の青山は模範的な対象者で、期間満了よりかなり早い時期に『良好停止』の措置がとられました。本来なら『もう二度とこんなことするなよ』と言って終わりにするところですが、私にはどうしても彼が窃盗など、それも集団の首謀者だったなどとは信じられなくて、つい訊いてしまったんです。『本当に君はあんなことをやったのか』と」

「それで青山は、やっていない、と？」

「――はい」

「ではなぜ自供を？」

「捕まった時に、少年課の刑事さんから、仲間は全員お前にそそのかされてやったと言っている、と言われて、何だか本当にそうだったように思ってしまい、認めてしまったそうです。その後はどんどん処遇が決まってしまい、今さら違うとは言えなくなってしまったと」

何森は、以前の取り調べの様子を思い返した。

あの時も青山は、取調官の言うことにいつの間にか誘導され、あたかも自分の犯行であるかのような供述をしようとしていた――。

「川内さんは、彼の言うことを信じたのですか」

何森の問いに、川内は深く肯いた。

「今さら罪を否認しても、何も変わりません。むしろ良好停止が取り消される可能性だってある。それなのに嘘を言う必要があるでしょうか。保護観察で深く関わるうちに、彼は私のことを信頼してくれたんだと思います。私にまで嘘をついているのが心苦しくなったのでしょう。それで、最後に本当のことを打ち明けてくれたんだと思います」

「それで、その後は?」

「彼の言うことは信じましたが、私にはどうしようもありませんでした。冤罪《えんざい》だったとしても、今さらそんな主張をしてどうなるものでもありません。青山本人にもそのつもりはないようで……いやむしろ、このことは誰にも言わないでくれと頼んできたぐらいです。『友達』に迷惑はかけたくないからと。あんな連中、『友達』でも何でもないのに……」

川内は、わずかに顔を歪《ゆが》めた。

「でも、ずっと彼のことが気になっていたんです。保護観察期間が明けてからも、青山とはたまに連絡をとっていました。でも数年後に彼の両親が離婚することになって。母親に引き取られたんですが、引っ越したのを境に連絡が途絶えてしまって……。それでも、何度となく思い返していました。あいつは今どうしているだろうか。周囲とうまくやっているのだろうか。また困ったことに巻き込まれていはしないか……」

「それで、『今回も』と」

「はい」川内は、すがるように何森のことを見た。

「刑事さん、本当にあいつの仕業《しわざ》なんでしょうか。確固たる証拠があるんですか。もしあいつが自分でやったと言っているだけだとしたら――」

「今回も冤罪だと？」

「そんな気がしてならないんです。お前がやったんだろうと刑事さんたちから問い詰められたら――」

「青山はそんなに意志の弱い男なのか……」

呟きめいた何森の言葉に、川内が応えた。

「彼には、自分というものがないんです」

「自分というものがない？」

「ええ。良くも悪くも、素直、いや素直すぎるんです。人に逆らうということができない。何でも人の言うことに合わせてしまい、悪く言えば言いなりになってしまう……」

それは、以前の事情聴取の際に何森が受けた印象と同じものだった。

2

青山が逮捕されてからすでに数日が過ぎていた。送検され、勾留《こうりゅう》期間に入っている。起訴は間違いないというが、どこまでの確証を得ているのか知りたかった。

さて、どうするか――。

考えを巡らしていた何森の目に、自分の机でパソコンに向かっている荒井みゆきの姿が見えた。

キーボードを打つでもなく、思いつめたような表情をしている。先日の姿とはまるで別人だった。

何森は、みゆきの机へと歩を進めた。

「書類仕事を押し付けられたか」

なるべくさりげない口調で話しかけたつもりだったが、みゆきは驚いたようにこちらを向いた。

「――ああ、お疲れさまです」

「お疲れはそっちのようだがな」

手つかずの書類の方に目をやると、彼女の口元に苦笑いが浮かんだ。

「いえ、自分の役目ですから」

「例の強盗《タタキ》の報告書か」

「はい」

「取り調べの担当官は福光《ふくみつ》か、小倉《おぐら》か」

「福光さんですが」

なぜそんなことを？　という表情で答える。

「休憩がてら、コーヒーでも飲まんか」

みゆきの顔はますます不審げになった。

「今はこれを――」

「少し付き合ってくれ。訊きたいことがある」

みゆきが、珍しいものでも見るように何森の顔を見つめた。日ごろまともに挨拶さえしないのにどういう風の吹き回しか、と思っているのだろう。しかし今は彼女を頼るしかない。強行犯係の中で、自分の話をまともに聞いてくれそうな相手は、荒井みゆきしか思い浮かばなかったのだ。

「――分かりました。私もちょうど休憩したいところだったので」

みゆきはそう言って立ち上がった。

飲み物の自動販売機は、階段踊り場の近くにあった。

「何がいい」

ポケットから小銭を出しながら訊くと、「おごってくれるんですか」と意外そうな顔で言う。

「こっちから誘ったんだ」

「ではホットコーヒーを」

みゆきの分と自分のと、ホットコーヒーを二つ買い、一つ渡す。

「ありがとうございます」

受け取った彼女が、笑いを噛み殺しているように見えた。

「何がおかしい」

「いえ。家に帰ってからの話のネタができたと思いまして」

その言葉には仏頂面だけを返し、コーヒーをすすった。

「それで、訊きたいこととおっしゃるのは？」

みゆきが単刀直入に尋ねてくる。

「今そっちが扱っている件についてだ」

「……それが何か」

「逮捕された男というのは、そっちの本命だったのか」

数日前の意気揚々とした姿を思い浮かべ、訊いた。

「いえ……」みゆきの顔が、少し曇った。「私は、別の線を追っていたのですが」

「被疑者が逮捕された経緯は？」

「――何森さん、なぜこの件に興味を?」

どこまで話すか。思案しながら答えた。

「被疑者を――青山を知っている」

「ああ――一年前の件は、何森さんが担当を?」

「直接ではないが、取り調べの補助官をやった。その件については聞いているか?」

みゆきは肯いた。

「今回被疑者にたどり着いたのは、その時採取した指紋からですから」

なるほど、そういうことか。今回の事件の遺留指紋《いりゅうしもん》。それらを警察のデータベースで照合し、前科前歴のある者を割り出した。そこに、青山が引っかかったのだ。

「任同《にんどう》の際の指紋採取は、本来は違法ですよね……」

みゆきが、どこか言い訳めいた口調で言った。

「本人の同意がなければな」

一年前のあの時、同意を求めるようなやり取りがあったかは記憶になかった。しかし青山の様子を思い起こせば、指紋採取にも拒否の姿勢は見せなかったことだろう。

「取り調べには立ち会ったか?」

みゆきは少し俯《うつむ》き、首を振った。「まだ私には、そこまで」

取り調べはベテランの捜査員が担当すると決まっていた。みゆきとて、刑事課に登用されてもう数年になる。階級だけで言えば主任クラスのはずだが、それに見合う立場を与えられていないのは、書類仕事を押し付けられているのを見れば察しがついた。

「供述調書《ちょうしょ》は読んでいるか」

「もちろん」

「初めからゲロしてるのか」

みゆきが答える。

「当初は、犯行時刻には自宅でテレビを観ていたと言っていたのですが、話に矛盾するところが多く、追及したところ、自白しました。それで、逮捕状を」

「ここまで作成した調書は何通だ」

「何森さん、教えてください。青山について何か知ってるんですか」

「まずは答えてくれ。調書は何通」

「――昨日現在で、三通」

最初から自供しているにしては、多い気がした。

「全部読んだか」

みゆきは黙って肯いた。

「何かおかしな点はなかったか」

少し間があってから、首を振った。「ありません」

「何も？」

「一つ一つの調書は、整合性もとれていて、信頼性を疑うようなものは――」

「一、つ一、つの、調書は？」

何森は言葉尻をとらえた。

「三通通して読んだ時はどうだ。それでも何もおかしな点はなかったか」

みゆきが何森のことを見た。表情がやや強張《こわば》っている。

「少しだけ……あります」

「何だ」

「犯行自体はどの調書でも認めていますが……三通それぞれ、犯行動機や経緯、手口などが少しずつ異なっていて――」

みゆきは、そこまで言って口をつぐんだ。

「それは妙だな」

「……供述内容が変わることは珍しくありません」

「犯行自体は認めているのに？　なぜ動機や経緯についての供述がころころ変わる？」

「本人の記憶が曖昧なのでは――すみません、戻っていいですか？　戻って、書類を」

踵《きびす》を返そうとするみゆきに、その言葉を投げた。

「虚偽自白《きょぎじはく》。そう考えられんか」

彼女の動きが止まる。再び何森の方に向き直った。

「最初の二通が、ということですか？」

「三通ともだ。おそらくこれからつくられる四通目も、な」

みゆきの顔色が変わった。声を落とし、尋ねてくる。

「何森さんは、青山はシロだと?」

「そっちはどう思う?」

「——分かりません」

その答えで、何森には察しがついた。

みゆきも、疑いを持っているのだ。

自分の属する捜査班《チーム》が逮捕し、取り調べ、送検した被疑者を、シロだなどと言えるわけもない。

しかし彼女は、分からない、と言った。つまり、クロだと断定はできない、と——。

「教えてください。青山について何をご存じなんですか」

すべて話すと決めた。

「青山は、人に逆らうということができない。何でも人の言うことに合わせてしまい、悪く言えば言いなりになってしまう。そういう人間だ」

みゆきが、ハッとした顔になった。「やはり——」

「やはり?」

「逮捕されてからの様子を見ていて、もしかしたら、と思っていたんです。青山は、『供述《きょうじゅつ》弱者《じゃくしゃ》』なのではと——」

「供述……何だ?」

その言葉がよく聞き取れなかった。

「私も知ったのはつい最近なんですが……病院で患者を殺害したとして逮捕された元看護助手の裁判の件をご存じないですか？」

「ああ……」

その件についてなら、知っていた。

とある病院で十数年前に起きた事件だった。人工呼吸器のチューブをはずして患者を殺害したとして、殺人罪が確定し服役していた元看護助手の女性について、再審開始が決定した。新たに提出した医師の鑑定書を根拠に「男性は致死性不整脈で自然死した疑いがある」と主張する弁護側に対し、検察側が有罪立証を断念する意向を表明したことで、事実上の無罪が確定したのだった。

つまり、彼女は冤罪だった――。

「その件を伝える記事の中に書かれてあったんです」みゆきが続けた。「彼女は、『供述弱者』と呼ばれる人だったって」

「何だその『供述弱者』というのは。何かの障害があったということか？」

「この女性には軽度の障害があったと指摘されていますが、それに限りません。生まれついての特性であるにせよ成育環境によるものであるにせよ、迎合性が高く、他者と争いになると精神的に不安定になる性格の持ち主――」

まさに、自分が見た青山の姿だった。

みゆきが続ける。「そういうタイプは、脅しや強要とまでいかなくとも、取調官による誘導的な尋問で虚偽自白がなされる可能性がある、と」

「青山が、その『供述弱者』だと？」

「断定はできません。でも、今回の供述が二転三転しているのも……」

「取調官に迎合して、相手が望むような供述をしている可能性がある」

みゆきは肯き、「実は」と言った。

「その件については上司に伝えてみたんです。『供述弱者』のことも」

「答えは？」

分かってはいたが、尋ねた。

「――鼻で笑われました」

みゆきは一瞬俯いたが、「でも」と顔を上げた。

「今の何森さんの話を聞いて確信が持てました。もう一度上司に進言します。慎重な取り調べを。検察にもその旨伝えるべきだと」

言うだけ無駄だ。そう思ったが、口にはしなかった。代わりに尋ねた。

「青山の取り調べは今日もあるのか」

「はい。今回は何としても立ち会わせてもらいます」

「もし今回も供述内容が変わったら」何森は言った。「その時は俺に協力してくれ」

「協力？」みゆきの顔が不安げになった。「何をするつもりですか」

「それはまだ分からん。まずは調書が読みたい。今までの分、全部だ」

少し迷うような間があったが、最後にみゆきは答えた。

「今回も供述が変わったら、ご連絡します」


その日、帰宅途中の何森の携帯が鳴った。見ると、ショートメールが入っていた。未登録の番号だったが、躊躇《ちゅうちょ》せず開いた。

〈今晩、どこかでお会いできますか〉

みゆきからのメールだ。青山の供述は、今回も変わったのだ。

さてどこで会うか、と思案する。同僚の刑事とは言っても、相手は女性だ。赤ちょうちんというわけにはいかないだろう。かといって、レストランや喫茶店で、というのも密会めいて気が引けた。

考えていると、再びメールがきた。

〈以前に荒井と行ったというお店に連れていってください。汚くて愛想のない店主だけどおつまみは悪くなかったと言っていましたので、ちょっと興味が〉

以前に荒井と行った店――一軒しか思い浮かばなかった。言う通り汚くて愛想の悪い親父がいるだけの店で、つまみが美味《うま》かった記憶もないが、そこでいいと言うのなら探す手間が省ける。店の場所を思い出しながら、メールを返した。

3

二年前に一度来たきりの店だったが、その時と印象は変わらなかった。十人も座ればいっぱいのカウンターに、先客はいない。不愛想な親父が、聞こえるか聞こえないかくらいの声で「らっしゃい」と言う。前回の反省からビールを頼んだ。

しばらく一人で飲んでいると、立て付けの悪い引き戸がガタガタと開いた。

「すみません、遅くなりました」

「いや、俺も今来たところだ」

目の前の灰皿にたまった吸い殻を一瞥《いちべつ》したみゆきは、「お待たせして」ともう一度頭を下げ、隣に座った。

「らっしゃい」

親父が小さく言って突き出しを置く。

「私もビールください」

「はい」

いったん引っ込んだ親父が、グラスとビールを持ってくる。みゆきが手にするより早く、何森が瓶を摑んだ。

「いえ、私が」

「最初だけだ。あとは互いに手酌で」

「――では、遠慮なく」

みゆきのグラスにビールを注ぐ。互いにグラスを持ち、軽く持ち上げた。

「お疲れさまです」

そう言ってグラスに口をつける。半分ほど一気に飲むと、グラスを置いた。

「遅くなって、家の方は大丈夫なのか」

「荒井がいますから」

みゆきは短く答える。余計な心配は無用、ということだ。

「では、まず事件の概要からお話しします」

仕事の口調になっていた。

「頼む」

「事件の報は被害者《マルガイ》からの通報によるもので……」

大方のところは、今まで聞いている内容と変わりはなかった。犯行は明らかに「プロ」によるもので、すぐに同様の犯歴を持つ者がリストアップされた。同時に遺留指紋の照合が行われ、青山が参考人として任意同行を求められたというわけだ。

自供後、青山が住んでいた市内の木造アパートの部屋が家宅捜索され、被害者の夫妻を脅したと見られる果物《くだもの》ナイフに、二人を縛ったのと同じ種類の洗濯用ロープが押収された。

「遺留指紋と合致した前科前歴者は青山だけだったんだな」

「はい」

今時ベタベタと現場に指紋を残していく窃盗犯も強盗犯もいない。手袋もせず犯行に及んだとしたらよほどの間抜けだ。

とはいえ現場に指紋が残っていたとあっては、「ほかの理由」を説明できない限り有力な物証にはなる。

「青山は、指紋について犯行時のものだと認めたのか」

「はい」

「前からその家のことは知っていたのか?」

「その辺りについては調書を読んでもらった方が早いと思います」みゆきが声を潜めた。

捜査員同士とはいえ、捜査資料の外部への持ち出しはご法度だ。店の親父の様子を窺ったが、台座に置かれたテレビに見入っていてこちらに注意を向けることもない。

「三通か」

「四通です」

みゆきが、カウンターの下で書類の入ったファイルを差し出す。

「捜査班としては、今日作成した調書を最終のものとするようです」

何森は肯き、みゆきが差し出す供述調書を受け取った。

膝の上で開く。まず一通目。

青山の本籍、住居、職業、氏名、生年月日に続いて、〈上記の者に対する強盗被疑事件につき、埼玉県警飯能《はんのう》署において、本職は、あらかじめ被疑者に対し、自己の意思に反して供述する必要がない旨を告げて取り調べたところ、任意次の通り供述した〉と但し書きがある。以下、青山の供述――。

〈1．私は、本年の十月十七日、午後十一時五十分頃、埼玉県飯能市久須美《くすみ》二丁目の貝原《かいばら》康介《こうすけ》さんの自宅に侵入し、貝原さんを刃物で脅して金品を盗んだことに間違いありません。これから事件発生当時の状況についてお話しします〉

〈2．事件当日私は、どこかの家に侵入してお金を盗む目的で、アパートを出、お金のありそうな家はないかと探していました。ナイフは途中で買いました〉

〈3．たまたま通りかかった貝原さん宅を見て、この家はお金がありそうだと思い、侵入してお金を盗もうと、家の施錠を確認しました。玄関には鍵がかかっていたため、裏に回り、開いている窓がないか探しましたが、なかったので、近くの窓を叩《たた》いて割り、そこから侵入しました……〉

〈4．寝室で寝ていた貝原さん夫妻を刃物で脅し、お金のありかを聞き出した上で、二人を部屋にあったロープで縛り、お金を盗《と》って逃げました……〉

それなりに筋は通っているが、二通目の調書では、2．の箇所の供述が異なっていた。

〈2．私は、以前から、貝原さんはお金持ちだということを知っていたので、最初から貝原さん宅に侵入することを目的に、家にあった果物ナイフと洗濯用ロープを持ってア

パートを出て、貝原さん宅に向かいました……〉

三通目の調書では、3．の侵入方法が変わっていた。

〈3．……鍵がかかっていない窓がなかったので、持参したマイナスドライバーを使い、窓を割り、そこから侵入しました……〉

四通目では、そこまでの過程は統一されていたが、4．の被害者夫妻を脅した経緯が違う。

〈4．リビングでお金のありかを探していると、奥の寝室から貝原さんが現われ、「誰だ！」と大きな声を出したので、刃物で脅し、静かにするように言いました。貝原さんを連れ寝室に行き、ベッドの上にいた奥さんともども用意したロープで縛り……〉

最後に、青山典夫と署名され、捺印《なついん》されている。

こうして読むと、あたかも本人が自分で供述したことをそのまま書きとっているように見えるが、もちろんそうではない。供述調書は、取調官が被疑者に質問をし、それに答えたことを一人称の文体にして記述する。書き終えたところで読み聞かせをし、違っている箇所があれば訂正を入れ、なければ署名して終わりだ。

勾留中は、何度も同じことを繰り返し訊かれる。自供していてもそれは同じだ。同じ質問を繰り返すことで内容に齟齬《そご》がないか、整合性はとれているか、つまり「供述の信頼性」に問題はないか確認をする。送検された後でも複数の供述調書がつくられることは珍しくない。とはいえ、これだけ供述が変化しているのはまれだろう。

そして、四通目の供述調書だけを読めば、

青山は、当初から被害者宅に侵入し金品を盗むことを計画し、凶器となる刃物、ロープ、窓ガラスを割るためのマイナスドライバーを準備し、持参した上でまっすぐ被害者宅に向かった。現場に着くと裏に回ってドライバーを用いて窓ガラスを割り、家に侵入。まずはリビングを物色したが、その物音を聞きつけた主人が起きてきて大きな声を出したため、持っていた刃物で脅し、主人を連れて寝室に行った上でベッドにいた夫人ともども持参したロープで縛り、金のありかを聞き出し、奪って逃走した、

ということで間違いない、となるのだ——。

読み終えた何森は、グラスに残っていたビールを一気にあおった。一息ついたところで、みゆきに確認する。

「窓ガラスを割った手口は、『三角割り』か」

「そうです」

「侵入の物音は被害者には聞こえなかったんだな」

「そう供述しています」

何森は肯いた。

侵入犯が窓ガラスを割る手口にはいくつかある。「三角割り」別名「こじ破り」というのは、マイナスドライバーで窓の枠とガラスの間を突いていくやり方で、一般的なガラスであれば三、四回ほど突けば簡単に割ることができ、大きな音をたてることもない。

プロの手口としては一般的なものだったが、一通目の調書で青山は、ただ「窓を叩いて割

り」と供述している。これでは現場検証や被害者の供述と矛盾する。それでは困るので、取調官はさらに聴取を続けていったのだろう。凶器類の準備や、被害者を脅した経緯についても同様だ。つまり。

「四通目の供述調書で、ようやく現場の状況や被害者の証言と矛盾がなくなった、ということだな」

　何森が言うと、みゆきも小さく肯いた。

「取り調べには立ち会えたのか」

「はい」

「自白の強要や強引な誘導はなかったんだな」

「それは、ありません」

　これには、きっぱりと答えた。

　何森も肯く。取り調べを担当した福光のことはよく知っている。違法な取り調べをするような刑事ではなかった。しかし、相手に威圧感を与える風貌や物言いの持ち主であることには違いない。それは、捜査員としても取調官としても決してマイナスの要因ではなかったが。

「青山の供述態度は？」

「はい……」

　みゆきの顔が、曇った。

「常にそわそわとして落ち着きがなく、取調官の顔色を窺うような仕草をたびたび見せていました。調書にあったような内容をすらすらと答えるのではなく、思い出そうとするように考え込むことも多く、結果、実際の現場の状況や被害者の供述と食い違うこともありましたが……」

「食い違った時はどうする」

「取調官が『変だな』『それは困ったな』というようなことを言うと、被疑者も同様に困った顔になり、取調官が『こういうことはなかったか？』と実際の状況などを口にすると、『ああ、そうだったかもしれません』と前言を翻します。取調官は断定的に口にするわけではありませんが、青山はその言葉をヒントに、あたかも正解を見つけようとするように考え、供述します。現場の状況や被害者の証言と合致するまで、それが繰り返されます」

「現場の見取り図も自分で描いたんだな」

「はい。しかし見取り図についても、同様です。描けないで止まることがしばしばあり、それで、取調官が『普通の家ではそこに窓があるんじゃないか』というと、『ああ、そうでした』と窓を描く、そんな調子で進んでいきました」

「取り調べの録音・録画は」

「されておりません。今回の事案は可視化の対象外ですから」

「そうだな……」

改正刑事訴訟法が今年に入って施行され、裁判員裁判の対象事件や検察が独自に捜査する事件の取り調べについては、原則、全過程の録音・録画が義務付けられた。被疑者の自白の任意性などを証明するためで、強圧的な取り調べの抑止にもなるとされている。だが今回は単純な強盗事案で、可視化の対象にはなっていなかった。

「引き当たり捜査はいつだ」

「明日です」

引き当たり捜査とは、被疑者と捜査員が犯行現場へ赴き、写真などを撮影したりするものだ。被疑者に犯行を再現させた上で写真を撮ったりもする。

「さすがに引き当たり捜査では、不自然な点があれば問題にされると思うのですが……」

みゆきが、確信を持てない口調で言った。

「それは分からんな」

「しかし初めて行く場所であれば、家の中の様子など分かるはずもなく」

「指紋が残っていたということは、いずれにしても青山は一度は現場に入ったことがある。家の中の様子も多少は知っているはずだ。それに――」

四通目の供述調書がつくられた時点で、自白はおおよそ「完成」している。青山はすでに自分から犯行の経緯を語れるようになっているはずだ。図面も描いて、室内の様子も分かっている。加えて、捜査員たちがさりげなくヒントを与えるのだ。それを手掛かりに、青山は犯行位置の指示や犯行の再現を行う。事実と違う指示をすると、「本当か?」「よく考えろよ」というようなことを捜査員が言う。そうやって正解が出るまで引き当たりや犯行の再現を行うだろう。

「――まさか、そこまで」

みゆきが、信じたくない、という口調で呟いた。

「青山は、犯行を自供している。指紋という物証もある。あとは辻褄《つじつま》合わせにすぎん。多少恣《し》意《い》性が生じたとしても、それはささいな問題だ。彼らにとって青山が真犯人《ホンボシ》であることは揺るがない」

「しかしここまで供述が変わっていたら、自白の信頼性を疑うべきです。信頼性だけじゃありません、取り調べの任意性にも疑問が生じます」

「その通りだ」

何森は、みゆきのことを見た。

みゆきも何森を見返した。

「それで、どうする」

「――協力、させてください」

何を、とは口にしなかった。それは、すでに分かっている。これから何森がしようとしていることは、「上」からの指示や決定を逸脱――いや、はっきりそれらに「逆らう」ものだ。すでに組織不適合者の烙印《らくいん》を押されている何森はともかく、念願の刑事になってこれからバリバリ活動したいと思っているみゆきにとっては、まさに火中の栗を拾うものになる――。

「いいんだな」

再度、確認した。みゆきは、答える代わりに諳《そら》んじた。

「警察法第二条の2　警察の活動は、厳格に前項の責務の範囲に限られるべきものであって、その責務の遂行に当っては、不偏不党且つ公平中正を旨とし、いやしくも日本国憲法の保障する個人の権利及び自由の干渉にわたる等その権限を濫用することがあってはならない」

何森の目を見て、続けた。

「冤罪の可能性のある者が起訴されようとしているのを傍観することは、警察官の責務に反します」

「――分かった。協力してくれ」

「私は、何をすればいいですか」

「そうだな……まずは弁護人について教えてくれ。接見はしてるんだろう。青山の供述に何も疑問を感じていないのか」

「弁護人は、国選です。青山が犯行を認めているので、量刑軽減のための情状弁護を検討しているのだと思いますが……それにしては被害者との示談《じだん》についてあまり熱心な様子はありません」

「そうか……」

国選弁護人が私選に比べ劣るわけではないが、自分で選ぶことはできないためその案件を得意とする弁護士や経験豊富な者がつくとは限らない。いわゆる「当番」がそのまま国選となる場合も多い。私選と比べて報酬も低いため、中には型通りの対応しかしてくれない者もいるだろう。

「報酬に関係なく熱心に活動をしてくれる弁護人が必要だな」

みゆきと目が合った。

「――ですが私たちの方から頼むわけにはいきません」

彼女も同じことを考えていたのだろう。

社会的弱者の救済を目的に活動をしているNPO。何森は過去に何度か、そこの顧問をしている弁護士や、組織の代表である手塚瑠美《てづかるみ》という女性に会ったことがある。何森以上に、みゆきの夫はそのNPOと親しい関係にあるのだ。

だがもちろん彼女が夫に、現在抱えている案件について相談などできるはずはない。それは、何森とて同じことだった。

「その件は後で考えよう。さしあたっての問題は――物証だな」

「はい」

みゆきが深刻な顔になった。

現場に残った青山の指紋。もし青山が真犯人でないとしたら、それは別の機会に残されたものであるはずだ。その事実を証明できるかどうかがカギだ。

「物証についてなのですが……」

みゆきが、どこか言いにくそうな口調で切り出した。

「ほかにもあるのか。青山の犯行だと示す――」

「いえ逆です。『残証拠《ざんしょうこ》』になりそうなものがいくつか」

「あるのか」

「はい」

残証拠。消極証拠ともいい、裁判に出されない調書や捜査メモの類《たぐ》いを指す。起訴後に、捜査担当検事から証拠類を引き継いだ公判担当検事が、公判に提出する記録を選別する。すべての証拠の提出を義務付ける法律はないため、通常、被疑者を有罪とするのに有利でない証拠は提出されずに残される。それが、残証拠だ。

「何だ」

「一つは、現場に残された足跡《あしあと》です」

「足跡が残っていたのか」それは初耳だった。

「はい、侵入した窓の外に、わずかながら」

「それが、青山のものと？」

「残されていたスニーカーの跡は不鮮明で、メーカーまでは特定できませんでした。しかしサイズははっきりしています。二八センチのものでした」

「二八センチ？」

思わずオウム返しに言った。二八センチの靴の持ち主ともなれば、身長もそれなりのはずだ。だが青山の身長は、おそらく一七〇センチにも満たないのではないか。

みゆきが肯く。「はい、青山の足のサイズは二五・五でした」

「ではそれは、青山のものではない」

「捜査班では、本来のサイズより大きいものを履いていたとしても特別不自然なことではない、としています。しかし、青山の自宅からは二八センチのスニーカーは見つかっていません」

「青山は何と供述している」

「捨てた、と言っています。ですが捨てた場所についてはいまだはっきりせず、見つかっていません」

当然だろう。青山はそもそも二八センチの靴など持っていないのだ。尋問で「自分のもの」と言わせることまではできても、はなから存在しないものを見つけられるはずがない。

「もう一つは、被害者が脅された凶器や、縛られたひも状のものについてです」

「両方とも青山の部屋から押収されたと聞いたが」

「青山の部屋から押収されたのは、果物ナイフに洗濯用のロープです。しかし被害者は、『サバイバルナイフのようなもので脅された』『細い荷物紐のようなもので縛られた』と証言しているんです」

そういうことか――。

「被害者の勘違い、ということになってるんだな」

「はい。部屋は暗く、動転していたため見間違えるのは不自然なことではない、と。凶器は青山の部屋から押収された果物ナイフであり、縛ったのは同じく部屋にあったのと同じ洗濯用のロープだと断定されました」

まさしく、捜査側にとっては不利な証拠。残証拠だ。

これらはもちろん、検察に引き継がれる。だが公判で証拠として提出されることはないだろう。

それ自体は、実は珍しいことではない。

件《くだん》の再審開始が確定した元看護助手の裁判でも、弁護団が開示請求をして初めて、「患者はたん詰まりにより死亡した可能性がある」との解剖医の所見が記された捜査報告書があったことが判明した。検察側は他殺以外を疑わせる証拠を把握しながら、有罪立証に突き進んだ可能性があるとして非難されている。

一般的にはそれは不正義なこととみなされるだろうが、検察としては自分たちの任務は有罪を立証すること、と考えているため、こういうことがまかり通る。警察もしかり、だ。

「それでも検察は、公判を維持できると考えると思うか」

少し考えるような間があってから、「はい」とみゆきは肯いた。

「指紋という物証もありますし、最終の供述調書には矛盾はありません。ほかに、『被疑者を犯人とするには合理的な疑い』がなければ――」

起訴は間違いない。

そしていったん起訴されてしまえば、日本の裁判では有罪率九九・九パーセント。

何としても起訴前に、青山の犯行ではないと検察が認める合理的な理由を見つけなければ――。

4

何森とみゆきは、役割分担を決めた。みゆきは当面は今のまま、捜査班の一員として活動をしながらその内容や結果を何森に報告する。余計な動きをして仲間たちに怪しまれてはいけない。

それでも一つだけ、頼んだことがあった。

「ここ最近で、被害者宅に出入りした人間を聞き出してもらいたい。友人・知人は除外していい。何らかの業務で——例えばガスや電気の点検、購入した家具や電気製品の運搬・設置などで家の中に入ったことのある者——」

みゆきは、すぐにピンときたようだった。

「指紋ですね」

何森は、黙って肯いた。

犯行とは関係なく、青山は一度は被害者宅に入ったことがある。だがきちんとした面識があれば、被害者はそう証言しただろう。知り合い以外で最も考えられるのは、何らかの業務で訪れた、ということだった。

「分かりました。それぐらいでしたら怪しまれずに聞き出せると思います」

「頼む。対象が分かれば、調べるのはこっちでやる」

今のところできるのはそれぐらいだった。本当は青山と関わりのある人物に一人一人当たりたいところだったが、さすがに捜査班の敷鑑《しきかん》の対象人物に直接当たることはできない。弁護人に対しても同様だ。代わりに動いてくれるコマが必要だった。

その人物には、すでに心当たりがあった。


「……では、このままだと青山は刑務所行きですか」

目の前の老年の男は、納得いかないようにそう呟いた。

非番を利用して、名刺にあった川内宗次の自宅を訪ねていた。青山のことをよく知るだけでなく、親身になってくれそうな人物。捜査の対象にもなっておらず、法や犯罪にも詳しい。協力者としてこれ以上の人材はいなかった。

元教師だった川内は、保護司としての活動以外は仕事はしておらず、時間も自由になるという。通された家の様子からも、老婦人と二人、穏やかな生活をしているのが見てとれた。少し気が引けたものの、夫人が気を利かせて奥に引っ込んだ後にこれまでの経緯を話すと、彼の方から協力を申し出てくれた。

「弁護士さんに会って、もう一度青山の話を聞いてもらえるよう頼みます。もちろん、刑事さんから頼まれたなどとは言いません」

「お願いします。その際に何としても聞き出してほしいのは——」

任意同行された最初の取り調べで、青山は犯行時刻には家にいてテレビを観ていた、と供述している。その時の状況、どんな番組を観ていたか等々、詳細に聞き出せれば、彼がその時間に自宅にいたことが証明できるかもしれない。

「分かりました。必ず弁護士さんに頼んでみます」

熱意あふれる口調で応えてから、川内は続けた。

「私は、今でも悔やんでいるんです。あの時、本当は青山が何と言おうと、家裁に再審を訴えるべきだったと……。だから今度は、何とかして彼の力になりたいんです。二度と、あんなことを繰り返してはいけないんです」

二度とあんなことを繰り返してはいけない。

その思いは、何森とて同じだった。

青山の件を知って以来、何森の脳裏に何度となく浮かんでいる光景があった。

あれはもう、二十年以上前のことだ。その取り調べの時も、何森は補佐役を務めた。まだ新米の巡査部長で、今のみゆきと同じく「経験を積むため」にその場に立ち会っていた。

取り調べは県警本部から来たベテランの捜査員が担当した。しかしその取調官は、目の前の被疑者の話をほとんど聞こうとしなかった。はなから、話はできない、と決め込んでいた。口がきけなかったわけではない。被疑者は、聴こえない者――ろう者だったのだ。

手話通訳者をつけなければいけない、などという発想は、その頃誰にもなかった。簡単な筆談と口の動きや身振りで事実関係を確認するだけで、取調官はそれまでの捜査で判明したことをそのまま供述調書としてまとめた。読み聞かせの段になって初めて手話のできる人間を立ち会わせ、通訳させたのだ。

今思えば、それが荒井尚人との出会いだった。

あの時も、確かに被疑者——門奈《もんな》哲郎《てつろう》は自分の罪を認めていた。それが事実ではないと判明したのは、実に十七年後のことだった。

自供しているからといって、真実とは限らない。警察の都合のいいストーリーで供述調書をでっち上げるなど、あってはならない。そのことを、何森は肝に銘じたのだった。

あんなことを、二度と自分の目の前で繰り返させてはならない——。


翌日も仕事を終えてから、みゆきといつかの赤ちょうちんで落ち合った。引き当たり捜査についての報告を聞く。

「何森さんの言う通りでした……」

みゆきは、そう言って唇を嚙んだ。

「あからさまな誘導こそありませんでしたが……」

何森の言うように、捜査員たちからの言葉をヒントに、青山は何度も間違えながらも最終的には正確な犯行位置などを指示していったらしい。犯行の再現についても、同様に行ったという。

「捜査員たちから『ようやく素直になったな』とか『手間がかからず助かるよ』といった言葉

を掛けられると、喜んでいるような素振りさえありました」

喜んでいるような素振り――。もしかしたら青山は、捜査員たちの言葉を汲《く》み、その通りに振る舞うことで彼らの「仲間」になった気でいるのかもしれない。十年前の窃盗事件の際、自ら罪をかぶることで窃盗グループと「友達」になれたように。

いずれにしても、引き当たり捜査が終われば、警察による捜査はほぼ終わりだ。

「検察の取り調べも進んでいるのか」

「ええ、でも内容は警察《うち》とさほど変わりはないと思います」

検察でももちろん、警察とは別に被疑者を取り調べ、検察官面前調書《けんめんちょうしょ》を作成する。だが事実関係に争いがないケースでは、司法警察員面前調書《いんめんちょうしょ》の内容確認をする程度のものになる。多少の内容の補足はあっても、さして変わりはないだろう。

そこまでいけば、あとは最終的な判断を下すだけだ。

「すでに中間処分《ちゅうかんしょぶん》がなされ、証拠は十分揃《そろ》った、という判断がされたようです」みゆきが言った。

「勾留の延長はないと思います。数日のうちに終局処分《しゅうきょくしょぶん》が下される可能性があります」

終局処分とは、事件について必要な捜査を終えた後に、捜査検事が公訴を提起するかどうかの最終的な判断を下すことだ。暫定的な処分である中間処分と判断が変わることは、よほどの「新事実」が判明しない限り、ない。

残り時間は、あと数日――。

「例の件は、分かったか」

「はい」

みゆきは、パソコンで打ち出した紙片を渡した。

「ここ数年で、被害者宅に入ったことのある業者のリストです」

受け取って、ざっと目を通す。

ガス・電気・水道の点検、家具屋、電気屋、ホームセンター、建具屋《たてぐや》。思ったほど多くはなかった。

「それと、青山の身上《しんじょう》調書《ちょうしょ》です」

カウンターの下で受け取った書類を、膝の上で開いた。

青山のことをもっと知る必要があると、犯行事実とは別に作成される青山の身上供述調書もみゆきに頼んでいたのだ。こちらも本人から聞き取った内容を取調官がまとめたものだ。

〈1．出生地は本籍地と同じです。
2．学歴は、平成十九年三月に本籍地の市立富士見《ふじみ》小学校を卒業し、最終学歴は、平成二十五年三月に、県立飯能北高校を卒業しました。
3．経歴は、当時本籍地で金物屋を営んでいた父、高志《たかし》の長男として生まれ……〉
青山は、一人っ子だった。川内からも聞いていたが、両親は青山が高校生の時に離婚していた。それからは母親がパートなどをして青山を高校まで出したようだ。高校を卒業した後、いったんは市内の住宅資材を販売する会社に就職したものの、一年で退職。その後は派遣社員やアルバイトなどをしていたという。事件当時は、無職だった。

「事件の少し前までコンビニでアルバイトをしていたようですが、そこを辞めてからはなかなか新しい仕事を見つけられなかったみたいですね……」

「コンビニを辞めた経緯は？」

「店長に聞いたところでは、勤務自体は真面目で無断欠勤などもなかったようですが、レジの会計が合わないことが何度かあり、そのことで問いただしたところ、来なくなったと。断定はしていませんでしたが、青山の仕業だったんじゃないかと疑っているようでした」

そこでもか、と思う。

想像でしかないが、それまでの仕事や交友関係でも、青山はその種のトラブルに何度となく巻き込まれてきたのではないか。自己を主張しないのをいいことに、彼一人に責任を押し付けたり、無理矢理何かをさせたり……。青山は、それを受け入れることで周囲に認めてもらおうとした。しかし、結局割を食うのは青山一人。友達もできず仕事もうまくいかず、そしてついにはやってもいない強盗の罪まで着せられようとしている——。

「母親は再婚してるんだったな」

身上調書を確認しながら、訊いた。

「ええ、五年前に。今は再婚した夫とともに千葉県で生活をしています。事件のことはもちろん知らせましたが、申し訳ないが自分には何もできない、と」

「何もできない？」

「おそらく今の夫に対して遠慮があるのでしょう。多少の生活費の援助ぐらいはしていたようですが、事件を起こしてしまった息子に対して、もうこれ以上助けることはできない、と。捜査にもあまり協力的ではありません」

本人が成人している以上、親に責任はない。とはいえ、唯一の頼れる肉親にも見放されてしまった青山のことを思うと、胸が痛んだ。


「青山は、あくまで自分がやった、と主張しているそうです……」

数日ぶりに会った川内は、すっかり意気消沈していた。

青山の担当である国選弁護人に会うところまではうまくいったらしい。冤罪だという川内の話に半信半疑の様子ではあったが、改めて青山に接見し、「本当に自分《きみ》がやったのか」と問いただしてくれたというのだが。

「それでも、自分の犯行だと？」

「はい」川内は、沈痛な面持ちで答えた。「弁護士さんが言うには、『また違うことを言うと刑事さんに迷惑をかける』というようなことを口にしたそうです」

迷惑――やはり。

「弁護士さんの方も、この期に及んで事実関係を争うのはどうかという気があるようですね。起訴は免れないにしても、執行猶予にもっていければいいんじゃないかと言っていて……」

本人が罪を認めてしまっていれば、弁護人としてはそうするしかないのかもしれない。

「くやしいですねえ……今回もまた、そういうことになるんでしょうか……」

川内が、無念そうに呟く。

何森もまた落胆を隠せなかったが、同時に、かすかな迷いも生じた。

青山の自供が虚偽だということに、確信があるわけではない。以前の事情聴取の際に受けた印象と、川内から聞いた話。いわば、心証でしかない。みゆきから聞いた取り調べの様子や残証拠を加えたとしても、あくまで「情況証拠」に過ぎない。

犯罪者を取り締まるべき刑事の身でありながら、自分はとんでもなく馬鹿げたことをしているのだろうか――。

そこまで考えて、いや、と思い直す。件の裁判の件に限らず、いくつもの冤罪事件が生じているのはなぜか。

世間には、日本の警察は優秀で、常に綿密な捜査を行っており、十分な嫌疑があるまでは逮捕しない、という思い込みがある。検察に対しても同様だ。起訴便宜主義《きそべんぎしゅぎ》（公訴提起の条件が満たされている時でも、検察官の裁量により不起訴にすることを認める原則）などという言葉を知らずとも、検察は慎重で、有罪判決をほぼ確実に得られるような証拠が揃わない限り起訴はしないはず、という先入観があるのだ。

実は世間だけでなく、裁判官にしてもそう考えている節《ふし》がある。それゆえに、起訴されれば、検察側によほど大きな矛盾があるか、真犯人が別に発見されない限り裁判官は検察・警察の主張を重んずる。それが、「起訴された場合の有罪率九九・九パーセント」のからくりなのではないか。マスメディアもまたしかり、だ。「容疑者を逮捕」の報があればすなわち犯罪者扱いで、新聞読者や視聴者もそう決めつける。

その現実が簡単には変えられないものであるならば、せめて入口である警察の捜査は、慎重の上にも慎重でなければならない。少しでも虚偽自白の可能性があるのであれば、まずは犯人性を疑うべきだ。少なくとも、青山は現時点ではクロとは断定できない——。

何森は、みゆきから受け取ったリストにあった業者を片っ端から当たった。川内経由で弁護士から預かった青山の写真を手に、一つ一つ訪ね歩いた。

「ああ、この人ね。覚えてますよ」

そう答えが返ってきたのは、県道沿いにある大きな家具屋を訪れた時のことだった。

「青山典夫ね……確かそんなような名前でしたね。調べれば分かりますけど。ええと、半年ぐらい前かな。二か月ほど働いてもらってましたね。腰を痛めて辞めちゃいましたけど」

半年前——みゆきのリストにあった、被害者宅にタンスの納品があった時期と重なる。

「その頃、久須美二丁目の貝原康介さんのお宅にタンスを運んでいますね。その時、この男が配達員として同行していませんでしたか」

「久須美二丁目の貝原さん……ああ、あの大きなおうちね。確かに行ってますね。そうそう、あの時の配達で彼、腰を痛めちゃったんだ、間違いないです」

ビンゴだ。青山は半年前、タンスの配達員として被害者宅を訪れていた。指紋は、その時についたものだ――。

「これで、青山の指紋があった理由は合理的に説明できますね」

例の店で落ち合ったみゆきの声は、弾んでいた。

「ああ」肯いたものの、何森は浮かない顔だった。「だがこれを突きつけたとしても、捜査班は判断を変えないだろう」

「え、なぜですか」

「青山が以前に被害者宅を訪れていたことがあっても、犯行との間に矛盾は生じない。むしろ、その時の訪問で被害者宅に金品があると目星をつけ、犯行に及んだと考える」

家の中の間取りもその際にある程度頭に入り、いわば「下見」となった。むしろ被疑者の犯行事実を補強するものである、と――。

「そんな……」

「だが、少なくとも遺留指紋が絶対的な物証ではなくなったことは確かだ。ほかにも、何かあるはずだ。捜査班だけが摑んでいて、表に出ていない事実が……」

「残証拠ですか……」

「証拠、とまで言えなくてもいい。メモの切れ端でも、捜査員の与太話《よたばなし》でも構わない。少しでも青山に有利になりそうなネタは他にないか」

「少しでも有利なネタ……」

みゆきが思案顔になり、メモ帳を開く。めくっていた手が、しばらくして止まった。

「ああ」と顔を上げる。「この線はこれ以上たどれないだろうと、お伝えしていなかったんですが……」

「何だ」

「青山の携帯電話の通話履歴なんですが」

「通話履歴？」

「はい、犯行直後の時間帯に、母親に電話した履歴が残っていたんです」

「何だと」思わず身を乗り出した。「なぜ今まで言わなかった」

「すみません。現場から帰る途中で電話したのだろうと捜査会議では問題にされなかったもので」

「電話の内容は」

「深夜帯だったので、母親は電話をとってないんです。残っているのは、青山の方から掛けたという履歴だけで」

「場所は。自宅から掛けたことが分かれば――」

「アリバイになる。私もそう思ったのですが、青山が使っている携帯は古い機種のガラケーで、GPS機能は搭載されていないんです」

何森が何か言う前に、みゆきが「基地局はもちろん分かりますが」と続けた。

「該当基地局の範囲内に、被害者宅も青山の自宅アパートも入ってしまっているんです。それ以上は特定できなくて」

それで、その線からは何も出ないと諦めたか。確かにそうかもしれないが……。

どうにも腑に落ちなかった。犯行の帰り道に、なぜ母親に電話をしなければならない。自宅にいて、何らかの用事があって電話をした、と考える方がよほど自然だ。

「犯行時刻と履歴が残っていた時刻は」

「マルデンが入ったのが零《れい》時十分。履歴はその前の零時五分です。ロープをほどくのに十分ぐらいかかったということですから、犯人《ホシ》が家を出たのは零時前後かと」

履歴はその五分後。現場から青山のアパートまでは徒歩で三十分以上かかる。青山は車の免許を持っていない。あの辺りは深夜にタクシーなど通らない。自宅から電話を掛けたということが証明されれば、それは立派なアリバイになる。

「母親は、電話があったこと自体気づかなかったのか」

「翌朝、着信があったことには気づいたようですが、折り返しはしなかったということです」

「留守電メッセージか何かは入っていなかったのか」

「そういうことは言っていませんでしたが……」

「もう一度、母親に訊けないか」

みゆきが困った顔になる。

「先日言ったように、捜査には非協力的で。電話にも出ません。正式な捜査ならともかく、これ以上は……」

「分かった、俺が行く」

「え？」

「直接訪ねれば、さすがに門前払いはないだろう。母親の住所を教えてくれ」

勾留期限まで、あと二日。時間がなかった。

驚いたように何森のことを見つめていたみゆきだったが、やがて「分かりました」と肯いた。

「後ほど、メールで送ります」

「頼む。――今日はこの辺りまでだな」

腰を浮かし、店の主に「勘定してくれ」と声を掛けた。いつものように割り勘だ。財布を取り出して支払いの準備をしていると、隣でみゆきがぽつりと言った。

「……何となく分かってきた気がします」

「うん？」

意味が摑めず、問いかける視線を送った。

「何がだ」

みゆきはこちらを見ずに、「……いえ、何でもありません」と答えた。

5

その日は公休だったが、早起きをして、東京駅を九時台に出る特急列車に乗った。青山の母親――再婚して姓が変わって今は生野美佐子《いくのみさこ》――が暮らすのは、千葉県の鴨川市《かもがわ》というところだった。南房総《みなみぼうそう》に位置し、大きな水族館テーマパークがあるので有名だが、それ以上の知識はない。

安房《あわ》鴨川を終点駅とする特急は、出発して間もなく千葉県に入り、太平洋に沿って走る。念のために指定を取ったが、席は半分ほども埋まっていなかった。窓外に広がっていく海沿いの景色を眺めながら、生野美佐子のことを考える。彼女については、川内から少しは聞いていた。青山の保護観察当時、何度か家庭訪問をしたことがあったのだという。

どんな親だったのか、という何森の問いに、「あまり悪く言いたくはないですが……」と川内は苦い顔で答えた。

「時間は合わせるのでできればご両親とも揃っていてほしいとお願いしても、父親とは一度か会えませんでした。母親の方も……私の言うことに、はい、はい、と恐縮したように応じはするんですけど、親として青山のことをどう思っているのか、今後、どういう風に子供に接していこうと考えているのか、はっきりした意思は結局最後まで見えませんでした……」

離婚の原因は、青山が逮捕された件と関係があったのだろうか。

「実際のところは分かりませんが、時期を考えれば無関係には思えません。といっても、そもそも夫婦円満という風には見えませんでしたが。一度会っただけでも、父親は、家族に対してかなり高圧的に振る舞っている印象でした。私がいる前でも、母親や青山のことを怒鳴りつけることもありましたし、母親の方はもう言いなりで……。青山のあの迎合的な性格は、生来的なものもあるのでしょうけど、そういった家庭環境が大きかったのではないでしょうか……」

威圧的な父親。そんな夫に何も言えず従うだけの母親。その間で青山は、人の言うことに逆らわない、相手に迎合することで我が身を守るようなすべを身に付けてしまったのだろうか。

そんな息子が、中学生の頃の窃盗はともかく、大人になってから強盗事件で逮捕されたと聞いて、母親は何を思ったか。

——事件のことはもちろん知らせましたが、申し訳ないが自分には何もできない、と。

美佐子はそう突き放したという。

しかし、縁は切れていなかったはずだ。少なくとも、息子の方は。

深夜に母親に掛けた電話。一体何の用事で、何を伝えるために掛けたのか。それが、彼の無実を立証するものであるかどうかは分からない。しかし今となっては、この線に賭けるしかなかった。

安房鴨川駅には、昼前に着いた。駅前で軽く腹ごしらえをしてからタクシーに乗り、みゆきから聞いた美佐子の家を訪ねる。もちろん、連絡は入れていない。

美佐子が再婚相手である生野昭二《しょうじ》と暮らす家は、市役所などがある中心街からほど近い住宅街にあった。昭二は水産加工会社に勤務しているというから、この時間は仕事でいないだろうと踏んでいた。

美佐子も不在であれば戻るまで待つつもりだったが、チャイムを押すとしばらくして、「はい」という細い女性の声が聴こえた。

「警察の者ですが」できる限りの柔らかい声を出した。「生野美佐子さんはご在宅でしょうか」

返事はなかった。数秒待って、再びチャイムを押す。

「はい……」当惑したような声が返ってくる。「私ですが」

「埼玉県警の何森と言います。息子さん――青山典夫さんの件で少しお話を伺いたいのですが」

また、無言。今度は焦らずに待った。

「あの」明らかに迷惑そうな声だった。「典夫のことについては、もう全部お話ししましたが」

「はい。その後、もう少しだけお訊きしたいことが出てきまして。連絡がつかなかったもので直接伺いました。ご迷惑でしょうが少しだけお願いします」

「いえ、あの……その件では本当にもうお話しできることはないので……そう言ったはずですが……」

「ええ、分かっています。本当に少しだけ」あえて声を大きくした。「ここで話していると、かえってご近所に迷惑をおかけするのではないですか。できれば中でお話を」

言葉は返ってこなかったが、しばらくして、ドアが少しだけ開いた。チェーンはされたままだ。

美佐子の姿が見えた。四十代後半ぐらいか。化粧気のないこともあって、顔色が悪く見える。

「……本当に警察の方ですか」

「はい。飯能署の何森と言います」勤務外なため手帳は携帯していなかった。見せてくれと言われれば困ったことになる。「お疑いでしたら埼玉県警に問い合わせてください。盗犯係の何森です」

迷うような間があったが、やがてガチャリ、とチェーンがはずされた。

ドアが開き、「どうぞ」と美佐子が招き入れた。「これから出かけるところなので、手短にお願いします」

「分かりました。ありがとうございます」

中に入り、ドアを閉めた。

美佐子は上《あ》がり框《かまち》に立ったままだ。家の中にまで上げるつもりはないらしい。「出かけるところ」と言う割には余所《よそ》行きの装いをしてはいなかった。

「それで、ご用件は何でしょうか。お答えできることはもうないと思いますが」

「息子さんからの電話についてです」

「電話？」

「ええ。十月十七日の深夜。息子さんから電話がありましたね。気づいたのは翌朝だったということですが」

「ああ、え、ええ……」

「残っていたのは着信履歴だけですか？　何かメッセージは入っていませんでしたか」

「メッセージ？　いえ、ないと思いますが……」

「確かですか？」

「いえ、そう言われても……」

美佐子は困惑した表情を浮かべた。ない、と断定しないところに一縷《いちる》の望みを抱いた。単に確認していないだけで、メッセージが残っている可能性はあるのではないか？

「すみませんが確認していただけますか」

「確認、と言われても……」

「携帯を持ってきてもらえればこっちで確かめてみます」

「いえそれは……すみません、本当に出かけるところで。申し訳ありませんがお引き取りを」

何森を出口へと促す。

告げるしかない――。

「息子さんは、無実かもしれない」

「え――？」

美佐子の動きが止まった。

「その電話は犯行時刻とほぼ同時間帯に掛けたものです。その時息子さんが犯行現場ではないどこか別の場所、例えば自宅にいたと分かれば、容疑は晴れます」

「え、でも……ほかの刑事さんたちは……」

美佐子は、はげしくうろたえていた。捜査員たちは、青山がクロだと断定して伝えていたのだろう。彼女も、頭からそう信じ込んでいたに違いない。

「メッセージが残っていないか確かめさせてください」ここを先途《せんど》と畳みかけた。「それによって何か分かるかもしれない――」

美佐子の表情が、目まぐるしく変化した。

驚き。戸惑い。逡巡《しゅんじゅん》――。最後に現われたのは、かすかな希望に見えた。

「本当に、典夫が無実だと……？」

「それを証明するために来たんです」

「――分かりました」

美佐子は肯くと、いったん奥に引っ込んだ。足早に戻ってくる。その手には携帯電話が握られていた。

「メッセージの再生ですね」

美佐子が携帯を操作する。

「やはりメッセージが？」

「分かりません。メッセージがあったとしても、聞かないので」

「聞かない？」

「電話の用件は、お金の無心か、仕事の愚痴かで……今の私にはどうすることもできないことばかりなので……」

それで、メッセージが残っていても聞かないようにしていたのか。

――捜査には非協力的で。電話にも出ません。

嫌な電話には出ない――。たとえ深夜帯でなくとも、彼女は息子からの電話には出ないようにしていたのかもしれない。

携帯を耳に当てていた美佐子が、ハッとした顔になった。

「――ありました」

「青山からのメッセージが?」

「はい。でも変です、これ。いつのだろう……」

「事件当夜のものではないんですか?」

「いえ、他に電話はなかったはずですけど……」着信の日付を確認する。「十月十八日、零時五分になってます」

「間違いない。聞かせてください」

「はあ……」

美佐子が、訝《いぶか》しげな顔で携帯を渡してくる。ひったくるようにして耳に当てた。

【ああ、美佐子か。今日は帰り遅くなっから。飯はいらんから】

青山のものではない。

「すみません、夫からの伝言が二つばかり。その後です」

恥ずかしげに美佐子が言う通り、夫からのメッセージが続く。

ふいに若い男の声が流れた。

【……お母さん？　僕、典夫です……。今地震あったみたいだけど大丈夫？　震度4だっていうけど……。くれぐれも気を付けてね……。また電話します】

それで、終わった。

思わず、美佐子のことを見た。彼女も怪訝《けげん》な表情を浮かべている。

「変なこと言ってますでしょう？　地震がどうしたとか」

何森は肯き、戻してもう一度再生する。

【……お母さん？　僕、典夫です……。今地震あったみたいだけど大丈夫？　震度4だっていうけど……。くれぐれも気を付けてね……。また電話します】

美佐子に訊いた。

「電話があった晩――十月十七日に、こっちの方で地震があったんですか？」

何森の記憶では、少なくとも都内や埼玉ではそれほど大きな地震はなかった。

美佐子は「いいえ」と首を振った。

「地震があったのは、それより四、五日前……そう、十月十二日の午後だったと思います。千葉の南東沖が震源で、ここらもかなり揺れましたからはっきり覚えています。鴨川は震度4ぐらいあって」

震度4と言えばかなり大きい。調べる必要はあるが、実際に体験した美佐子が日付をそこまで勘違いすることはないだろう。

なぜ青山は、実際に地震があってから五日も過ぎた後に、安否を気遣うような電話をしたのだろうか？

「すみません、もう一度だけ」

メッセージを再生した。背後に何か音が聴こえないか耳を澄ませる。

【……お母さん？　僕、典夫です……。今地震あったみたいだけど大丈夫？　震度4だっていうけど……。くれぐれも気を付けてね……。また電話します】

背後に、かすかだが何かの音声が聴こえた。誰かがしゃべっているような、小さな声。

犯行現場近くから深夜に掛けた電話であれば、聞こえるとしたら車が通る音か、外の雑音だろう。しかし、この音声はそうではない。

誰かの会話――。耳に強く当て、何と言っているか聞き取ろうとした。

これは――日本語ではないのではないか？　英語？――断定はできないが、少なくとも日本語の会話ではない。

近くに外国人が？　では、家にはいなかったのか？

しかしみゆきは言っていた。

――当初は、犯行時刻には自宅でテレビを観ていたと言っていたのですが……。

テレビ――。何かが記憶の底に引っかかっていた。

テレビ。音声。外国語――。そんな類いの会話を、以前聞いたことがあったのではないか？

思い出せ、思い出せ。

青山の声が脳裏に蘇《よみがえ》る。

【……お母さん？　僕、典夫です……。今地震あったみたいだけど大丈夫？　震度4だっていうけど……。くれぐれも気を付けてね……。また電話します】

その声が、記憶を呼び起こす。

一年前のあの時。取調官の横柄な問いかけにおずおずと答えていた青山。

そうだ、あの時も、「テレビを観ている」と言ったのだ。

――あ、そう。じゃあどこにいた？　六月七日の深夜一時頃。

――家で、テレビ観てました。

普通の番組ではない。現在放映されているものではない。そうだ――。

――映画？　そんな遅くにやってるの。

――あ、いや、録画してあったやつ。

――ふーん、夜中はそうやっていつも録画した映画観てるの。

――たまに。寝れない時……英語のやつ。

青山は、眠れない夜に、「英語の映画」を観るのを習慣としていたのだ。

十月十七日の夜も同じように眠れずに、一人で録画した映画を観ていた。

吹き替えではない、字幕付きの外国映画を。

その時、地震速報のテロップが流れた。五日前に録画した番組だということを忘れて、母親のことが心配で慌てて電話を掛けたのだ。

青山は、間違いなく犯行時刻に、自宅にいた。

自宅から、母親のことを心配して電話をしたのだ――。

「優しい子なんです……」

嗚咽《おえつ》混じりの声が聴こえた。

「優しすぎて、人に逆らえなくて、いつも損ばかり……分かっているのに……」

美佐子が、両手で顔を覆っていた。

「なのに、電話にも出ないなんて……あの子のことを信じてあげられなかったなんて……」

あとは泣き声になり、聞き取れなかった。

6

ＪＲ浦和《うらわ》駅から徒歩十分。さいたま市の中心部、県庁本庁舎や議事堂と並ぶ県庁第二庁舎の中に、埼玉県警本部はあった。

何森も、かつてはこの中で勤務していたことがある。刑事としての手腕を買われ、捜査一課強行犯係の一員として、県内で起きた殺人や凶悪な強盗事件などの捜査に携わっていた。しかし行き過ぎた単独行動や組織から逸脱した捜査活動が目に余るとされ、再び所轄署をたらいまわしにされる身へと戻ったのだった。

五階から九階が県警本部となっているが、何森が通されたのは、地下一階にある聴聞《ちょうもん》待合室だった。しばらく待っていると、スーツ姿の女性が「何森さま」と呼びに来た。立ち上がると、「こちらへ」と隣の聴聞室へと案内される。また待たされる羽目になったが、ここまでくればどれだけ待たされようと構わなかった。

鴨川の美佐子の家から、みゆきに連絡を入れ、推測を含め判明したことを伝えた。

みゆきはすぐに過去の地震情報とテレビ番組を調べ、十月十二日の午後に「千葉県南東沖を震源とする鴨川市で震度4を記録した地震」があったこと、その時間帯に民放局で字幕付きの外国映画が放映されていたことを突き止めた。

さらに、青山の家宅捜索での押収品の中に、ハードディスクやDVD、ブルーレイディスクなどがないか調べたが、その類いのものはなかった。だが自宅に残されている可能性はある。改めて青山の部屋に残っているハードディスクやDVDなどを確認してもらうよう「上」に伝えたのだったが。

返事は、「NO」だったという。

そんな確認をする必要はない。たとえそのような映像が残っていたとしても、被疑者の犯行事実に疑いが生じるものではない、と。

「検察に直談判《じかだんぱん》します」

みゆきは必死な口調で言ったが、何森が止めた。

そんなことをしても無駄だろう。

ならばこっちも、奥の手を使うしかない――。

しばらくしてドアが開き、男が入ってきた。

以前とはまるで別人のように仕立ての良いスーツを身に着けている。いや、あの時のよれたスーツは「変装」で、こちらが本当の姿なのだろう。

「お待たせしてすみません」

慇懃《いんぎん》に頭を下げると、男は何森の向かいに腰を下ろした。

会うのは数年ぶりだった。出会った時には県警本部の若手監察官だった間宮紳一朗《まみやしんいちろう》は、その後も順調に出世コースをたどり、今は捜査一課の管理官。課長に次ぐナンバー2の座にいた。今回の事案は県警との捜査本部が設けられるほど大きな事件《ヤマ》ではなかったが、彼の指揮下にあることには違いない。

「話は大体お聞きしました。他係の事件に、ご苦労なことでしたね」

幹部らしい皮肉も、だいぶ板についてきたようだ。

「では」何森は言った。「俺の要求も聞いたはずだな」

階級はいくつも上だが、今さら敬語を使う気はしなかった。

「ええ、ビデオがどうとか地震がどうとか……」

「確認してくれたか」

「確認したとして、それでどうなるんです」

「被疑者の無実が立証できる」

「で、真犯人《ホンボシ》は」

「俺は盗犯係だ。それを探すのはそっちの役目だろう」

間宮の顔が歪んだ。笑ったのだ。

「相変わらずですね」

しかし目は笑っていない。

「何森さん、それは通りませんよ。真犯人を挙げてくるならともかく、ただ誤認逮捕だ、被疑者を釈放しろって言われてもね。それに、起訴か不起訴かを決めるのは検察の仕事ですよ。我々にはそんな権限はない」

「検察に指示しろと言っているわけじゃない。俺たちが見つけてきたものを、検察に包み隠さず渡してくれればいい。あいつらも馬鹿じゃなければ、公判で赤っ恥をかくのと警察の誤認逮捕として責任をなすりつけるのと、どっちが得かの判断ぐらいはできるだろう」

「それはどうですかね。消極証拠を公判に出す必要はないわけですし」

「検察が出さなくても、弁護側が出してくるんじゃないか？」

何森の言葉に、間宮の顔から笑みが消えた。

「――どういう意味です」

「そのままの意味だよ。公判が始まったら、青山が真犯人ではないという証拠を弁護側が提出するだろう」

「何森さん、あなたまさか――」

「俺の用件は、それだけだ」

そう言って席を立った。

「何森さん」

出口に向かいかけた足を止めた。

「私は、あなたの刑事としての腕を買っていました」

間宮は何森のことを見据え、言う。

「悪い奴を許さない。罪を犯したものには正当な罰を与える。そういう気持ちが強い人だとね」

何森が答えないでいると、「しかし」と続けた。

「私の勘違いだったのかもしれませんね。あなたには刑事《デカ》は向いてないのかもしれない」

事務的な口調になって、告げた。

「今回の件は、了解しました。あなたの処遇と併せ、おって通達します」

何森は、無言で一礼し、部屋を出た。


翌日、検察が青山典夫の不起訴処分、即時釈放を発表した。詳しい理由は説明しなかったが、嫌疑不十分のため、ということだった。何森は、その知らせをいつもの店で荒井みゆきから聞いた。

「川内さんとお母さんが迎えに来てくれました。青山くんはしばらくは川内さんのところで一緒に暮らすそうです。広い家に夫婦二人だけなので部屋は空いてるからと」

「母親は帰ったのか」

「ええ。川内さんに何度も何度も頭を下げながら」

気持ちはあっても、千葉の家で引き取るというわけにはやはりいかないのだろう。しかし川内ならば安心して任せられる。

「警察は誤認逮捕を認めたのか」

何森の問いに、みゆきが「いえ」とくやしそうに言った。

「限りなくクロに近いグレーだが、クロだと断定できない以上、仕方がないと」

「ふざけるな！」

抑えたつもりだったが、かなりの怒声だったのだろう。テレビを観ていた親父がぎょっとしたようにこちらを振り返った。

「――すまん」

何森が頭を下げると、みゆきは「いえ」と首を振った。

そして、きっぱりとした口調で言う。

「青山くんは、灰色なんかじゃない。もちろんクロでもない。一点の曇りもなく――真っ白です」

二つのグラスに、ビールを注いだ。

「私は、それを知っている。何森さんも。それと、川内さん、青山くんのお母さんも」

一つを、何森の前に置く。

「青山くんに、お母さんが伝えてくれたそうです。二人の刑事さんがあなたの無実をずっと信じて、力になってくれたんだって」

みゆきが言った。

「青山くん、とても不思議そうな顔をしていたらしいですけど、その後、ぽつりと呟いたそうです。ありがとうって。信じてくれて、ありがとうって」

グラスを持ち上げる。

「何森さん、真犯人は私が必ず挙げます。今日は飲みましょう」

そう言って、みゆきがほほ笑んだ。

彼女が笑った顔を、初めて見た気がした。

みゆきに注がれたビールを、一気にあおる。

苦かった。

俺は、礼など言われるような男ではない。

何森はそう思う。

——悪い奴を許さない。罪を犯したものには正当な罰を与える。そういう気持ちが強い人だとね。

間宮の言う通りだ。

自分が刑事になったのは、もとより悪党を逃がさず、捕まえるためだ。

俺は、悪党を罰するために刑事になったのだ。

そして、誰よりも罰したいのは、自分自身だった。
一生消えぬ罪を負いながら、何の罰も受けていない。
何森稔こそ、いつか罰せられなければならない、最大の悪党なのだ——。

真犯人逮捕で男性に謝罪

10月17日深夜、埼玉県飯能市久須美2丁目の住宅で住人の不動産会社社長夫妻が刃物で脅され、現金が奪われた事件で、埼玉県警飯能署は、昨夜被害者の遠縁にあたる無職光本浩紀容疑者(28)＝同市八幡町＝を強盗の疑いで逮捕したと発表した。光本容疑者は容疑を認めているという。

この事件に関しては、同容疑で勾留されていた男性が、嫌疑不十分で11月13日に釈放されていた。埼玉県警では、改めて男性が無実であり、飯能署による誤認逮捕であったことを認め、篠塚匡県警本部長が男性に謝罪した。

ロスト

［平成二十五年二月四日］

集金車襲い現金1億円奪う　さいたま市のアオイ銀行

4日午後2時40分ごろ、埼玉県さいたま市浦和区のアオイ銀行浦和東口支店の地下駐車場で、オートバイと乗用車に分乗した3人組が集金用のワゴン車を襲撃し、現金1億円を奪って逃走した。犯人グループの1人が乗用車で逃走する際、ガードレールに追突し、現行犯逮捕された。男は現在治療中で、埼玉県警浦和署では、容態の回復を待って事情聴取を行う方針。男の運転していた乗用車の後部座席で犯行に使用したと見られる目出し帽等が発見されたが、現金はなかった。犯人グループのもう一方、オートバイに乗った2人組は検問をかいくぐり逃走した。2人とも黒い目出し帽をかぶっており、1人は身長170〜180センチ。もう1人は160センチ前後で、集金車の運転手は「女性のようだった」と話している。

［平成二十五年四月十日］

判決　氏名不詳の男に有罪「記憶喪失だが責任能力ある」と

氏名不詳のまま強盗容疑で逮捕された男に対する判決公判が10日、さいたま地裁であり、武田一志裁判官は「本件犯行当時、被告人は善悪の判断能力や行動を制御する能力を欠いていたとはいえず、また、著しく減退した状態にあったともいえないため、被告人に完全責任能力が認められる」として、懲役7年8か月を言い渡した。

判決によると、男は2月4日午後2時40分ごろ、埼玉県内で銀行の集金車を襲い、現金1億円を奪った容疑で逮捕された。逃走する際、運転していた乗用車でガードレールに激突、頭部を強打していた。取り調べで住所、氏名を特定できず、さいたま地検は「浦和警察署留置番号6号」として男を起訴した。

裁判官らの質問に「分からない」を繰り返した男は、40歳前後と見られ、留置番号から「六（ロク）さん」と呼ばれていた。

弁護側は起訴事実を認めた上で、刑事責任が問えない心神喪失状態を主張。検事側は「刑事責任を免れるための詐病」としたため、精神鑑定され、事故の際のショックによる重度の「全生活史健忘」との鑑定が出て、今回の判決となった。検察も弁護側も控訴しない方針という。

1

前日から降り出した雨は、午後になっても止む気配を見せなかった。署内のエアコンは節電のため二十七度に設定されており、湿度も八〇パーセントを示している。それだけでも憂鬱になるに十分であるのに、先ほどから窓口で大声を張り上げている初老の男性の存在が、埼玉県警飯能《はんのう》署刑事課記録係員たちの不快指数をさらに上げていた。

「私の勘違いだっていうのか、君は⁉」

「いえ、先ほどから申し上げていますように、受理番号が分かりませんと、調べようが――」

「その受理番号を失念してしまったからこうやって問い合わせているんだろう、何度言ったら分かるんだ!」

よくある盗難届の受理番号問い合わせだった。だが穏やかに始まったかに見えたやり取りは、対応に出た女性職員が被害届を照会し、「該当するお届けはありませんが」と答えた辺りから雲行きが怪しくなっていた。ちゃんと届けは出した、でも登録はない、という問答が繰り返され、男性は自分の記憶に余程自信があるのか頑として意見を曲げず、「必ずあるからもっとよく調べろ」の一点張りなのだった。

職員がため息をつきながら再度の確認のため戻ってきたのを見て、

「データにはないんだな」

と何森稔《いずもりみのる》は声を掛けた。

「はい、もう一度確認してみますが」

デスクのパソコンに向かおうとする彼女に、何森は重ねて訊《き》く。

「『別冊《べっさつ》』の方は確かめたのか？」

「え」

一瞬きょとんとした表情を浮かべた職員は、次の瞬間、ああと声を上げると、慌てて書類棚に向かい、手書きのファイルを手繰《たぐ》った。

「ありました」

カウンターに向かって駆けて行くのを見届けると、何森は席を立った。この春に配属されたばかりの若い職員であるから、すぐには思い当たらなかったのも無理はない。「別冊」とは、正確には別冊簿冊《ぼさつ》といい、いわば「裏」の事件発生受理簿だった。

どこの所轄でも、年間の事件発生件数を一定数に抑える、という「操作」をしている。定員数が決まっている一所轄の中で事件の発生が増加すれば、検挙率が下がってしまうためだ。そしてその「操作」を実際に行うのが、記録係の役目だった。被害届を記入する際、毎月の予定件数を見越しながら、コンピュータに入力する正式な事件発生受理簿である「真正《しんせい》簿冊」とは別に、「別冊簿冊」を作成する。ここ数年、高水準で上昇してきたと言われる検挙率のからくりの裏にこうした地味な作業があることを、何森も記録係に配属されて初めて知ったのだった。同じ刑事課でも、以前とは全く違う仕事をしていることを改めて思いながら、洗面所に向かうために階段を降りた。

用を済ませ、手を洗うついでに顔も洗う。否応なしに、曇った鏡に映った自分の顔と対峙することになった。

生気のない初老男の顔。白髪がまた増えている。この年になれば当たり前だ。そう言い聞かせながらも、この一、二年で急激に老け込んだ気もする。

その原因は分かっていた。元より仕事以外には趣味はおろか時間のつぶし方さえ知らない。デスクワークが中心になってからは外を歩くこともほとんどなくなった。一方で喫煙や飲酒の習慣は相変わらずでは、老化が進むのも無理はない。そう思いはしたが、焦りも不安も覚えなかった。

どうせなるようにしかならないのだ――。

「おっと」

洗面所を出ようとしたところで、森下《もりした》という同輩の刑事と鉢合わせした。

何森の方で進路を譲った。同期とはいえ向こうは警部補。今年から強行犯係の係長になっている。

「ああ、何《いず》さん」

すれ違おうとした時、森下が振り返った。そう呼ばれるのは久しぶりのことだった。

「〈ロク〉を覚えてるだろ？　出所が決まったらしい。来週の火曜」

ロク。考えたのは半秒ほど。すぐに思い出した。

「もうそんなに経ったのか」

判決は確か七年八か月——。

「仮釈《かりしゃく》放だ。満期まで三か月ちょっとか」

仮釈——通常ならば不思議はないが、身元引受人がいるはずがないことを考えると、かなりの優良受刑者だったことになる。

「しかし、なぜそれを」

奴を逮捕したのは確かに何森や森下たちだったが、一《いち》受刑者の出所情報を所轄に提供することなどないはずだ。

「実はな、保護観察所からうちへと連絡が回ってきたんだ」

そう言われて、気づいた。ということは出所先は——。

「うちの管轄内なんだな」

森下は、「気になるか？」とニヤリとした。

「何さん、判決が出るまで追ってたもんなあ」

同輩の言う通り、裁判の行方まで注視していたのは当時の捜査員の中では何森ぐらいだったかもしれない。あれほど「三文芝居に騙されるものかよ」と息巻いていた森下でさえ、起訴が決まると同時にあっさりと通常の業務に戻った。

「帰住先《きじゆうさき》は、日高《ひだか》市にある更生保護施設《こうせいほごしせつ》だ」

森下が言うのを聞いて、得心がいった。身元引受人がおらず帰住先もない出所者が身を寄せる場所は、更生保護施設と決まっている。埼玉県内の更生保護施設は、日高市に一か所だけ。〈ロク〉の出所先が飯能署の管轄内になるのに、不思議はなかった。

「行動確認《こうかく》するのか」

「それがなあ」

森下が大仰に嘆息を漏らした。

「終わった事件にそんな人員は割けないって上から言われちまって……」

終わった事件――確かに〈ロク〉に関してはそうかもしれない。だが。

「共犯者《レツ》の方はまだだろう」

オートバイで逃げた二人組。そちらの公訴時効は停止したままだ。捜査も細々とは続いているはずだった。

「そうなんだけどな。奴はほれ、アレだろう？　自分から共犯に連絡をとることはないし、共犯の方は奴がいつ出所してどこに帰住するかなんて分からないはずだからな。行確《こうかく》しても無駄ってことでな」

その判断も分からないではなかった。奴が共犯者に接触する可能性は、限りなくゼロに近い。それでなくとも人手の足りない強行犯係から人員を割くわけにはいかないのだろう。

「といって何もしないわけにもいかないしな」森下が続けた。「で、考えたわけだ。当時のことをよく知っていて、この件に専従しても業務にさしさわりがない人員は誰だろうかって」

森下が再びニヤニヤとする。その笑みを見て、悟った。

洗面所の前で会ったのは偶然ではないのだ――。

「実はおたくの係長とはもう話がついてるんだ。快く了解してもらったよ。何さんも現場に戻りたいだろうってな」

森下は、「後でうちの者が資料持って行くから。よろしく頼むよ」と何森の返事を待たずに洗面所に入ろうとした。その背中に、「おい」と声を掛ける。

「一つだけ教えてくれ。奴は今でも――」

「ああ」森下が、面倒臭そうに振り向いた。

「あの頃のままだよ。自分の名も、何者であるかも分からない。今でも、〈名無しのロク〉だ」

名無しのロク――何森の脳裏に、七年半前の出来事が一気に蘇《よみがえ》った。

「浦和《うらわ》区で一億円強奪事件発生」の報を受け、すぐに合同捜査本部が設けられることになった。当時、所轄から引き抜かれる形で県警本部の捜査一課強行犯係に配属されていた何森が、浦和署に向かっていたところ、「被疑者《マルヒ》の身柄を確保」の無線が入った。事件発生からまだ一時間と経っていなかった。

聞けば、検問中のパトカーに車で体当たりをして公務執行妨害の容疑で緊急手配された男が、追跡するパトカーとカーチェイスを繰り広げた挙句、ガードレールに激突し、意識不明の重傷を負って病院に搬送されたという。

男が運転していた乗用車は、現金輸送車の運転手が証言したのと同型の白のセダンであり、大破したその車の中から犯行に使用したと見られる目出し帽や手袋が発見されたことから、容疑を強盗に切り替え、逮捕状が請求された。

入院から一夜明けた翌日の午前八時頃、待合室で待機していた何森は、被疑者の意識が回復したという連絡を受け、浦和署強行犯係の主任刑事だった森下とともに担当医の部屋へと向かった。

しかし二人を待っていたのは、「今事情聴取しても無駄だと思いますけど」という医師のにべもない返事だった。

「意識は戻ったと聞きましたが」

何森より早く、森下が医師に迫った。

「戻るには戻りましたがね」

奥歯に物が挟まったようなもの言いに、森下は苛立ちをあらわにした。

「まだしゃべれない状態ってことですか?」

「言語能力に問題はありません。ただ、記憶障害の疑いがあります」

「記憶障害?」後ろに控えていた何森が尋ねた。「事件のことを覚えていないと?」

「事件のことだけじゃありません。名前、年齢、住所、何を訊いても『分からない』の一点張りなんです」

「脳に障害が?」

そうなったら、警察の手には負えなくなる。

「いえ、頭部にそれほどの外傷はありません。脳波にも異状は認められないので、一時的な健忘だとは思いますが……」

「それなら事情聴取は可能ですね。五分だけでしたら」

「……仕方ないですね。よろしいですか」森下が詰め寄る。

医師の許可を得て、何森たちはICUから個室に移されたばかりのその男と対面した。

ドアが開く音に、頭に包帯を巻いた男がゆっくりと顔をこちらに向ける。

その顔には、表情というものがまるでなかった。

目は開いてはいるものの、うつろな瞳は何もとらえてはいない。半開きだった口が閉じられ、宙をさまよっていた視線がこちらに向けられたものの、やはりそこには何の感情も浮かんでいなかった。

森下はずかずかと部屋に入り、男の前に立った。何森も続く。

氏名・所属部署を名乗り、簡単に黙秘権について伝えてから、森下は男に告げた。

「昨日の午後二時四十分頃、さいたま市浦和区のアオイ銀行浦和東口支店の地下駐車場で、集金用のワゴン車を襲撃し、現金一億円を奪った容疑で逮捕状が出ている。容疑を認めるな?」

男は何も反応しなかった。森下の言葉を理解しているのかも怪しい素振りだ。

「言っていることは分かるか?」

「……はい」

初めて男が言葉を発した。小さいが、思ったよりはっきりとした声だった。

「じゃあ返事をしろ。容疑を認めるな？」

数秒の間を置いて、男が答えた。

「……分かりません」

「分からない、っていうのはどういうことだ」

「覚えてないんです……昨日、どこで何をしていたのか……」

森下は、何森と短く目を合わせると、「じゃあどこまで覚えているんだ？」と訊いた。

「昨日のことを覚えていないんだったら、一昨日のことはどうだ？　その前は」

男は黙って首を振った。森下は質問を変えた。

「名前と住所は」

「……分かりません」

「ふざけたことを言うな！」森下が一喝した。「名前だよ。調べりゃすぐに分かるんだぞ！」

「分かるんですか。分かるんだったら教えてください」

男の顔に初めて表情らしきものが浮かんだ。それは、救いを求めているように何森には映った。

「私は、一体誰なんですか――」

森下はもう一度何森と目を合わせた。長くかかりそうだな。同輩刑事の目がそう言っていた。

予感は正しかった。翌日も、そして翌々日も。男からは同じ反応しか得られず、何森たちは再度医師のレクチャーを受けることになった。

「詳しくは精神科の判断を仰がなくてはなりませんけど」と前置きして、担当である脳神経外科医は話し始めた。

「どうやら、全生活史健忘のようですね」

「何ですか、それは」

「健忘というのは、記憶障害の一種で――皆さんは記憶喪失という言葉をお使いになるようですが――ある一定期間の記憶が失われた状態を言います。ある一部分の記憶がない部分健忘もありますが、彼の場合のように、自分の名前や住所、経歴、家族など自分についての記憶をすべて失っているのを全生活史健忘と言います」

「すべてって言ったって、日常的なことは分かってるんでしょう?」森下が尋ねる。「病院がどういうところだとか、飯を食わなきゃ死ぬとか」

「はい、そういった物の名前や意味、これを『意味記憶』と言いますが、それには問題がないようです。失っているのは、自分が誰で、どこで生まれて、ここに至るまでどこで何をしていたか、という『エピソード記憶』と呼ばれるものです」

「そんな都合のいい記憶喪失があるんですか」

疑い深げな森下の言葉に、医師は「ええ」と鹿爪らしい顔で肯《うなず》いた。

「事故で頭部を強打した際などに一過性の健忘を引き起こすことは、そう珍しいことじゃないんです。ただそれはあくまで一時的なものであって、ちょっとしたきっかけがあれば元に戻るものなんですが」

「通常、どれくらいかかるんですか」

「普通は数時間から、かかっても一日ほどで自然に戻るものですが……」

事件の日から、もう三日が経っていた。

「あとどのくらいかかる見込みですか?」何森は、一番知りたいことを口にした。「記憶を取り戻すまで、あとどのくらい?」

「さあ。ここから先は、精神科の領域になりますので」

医師はそう言葉を濁した。


それからも勾留《こうりゅう》延長をし、何森たちはその男と向き合って同じ質問を重ねた。その間には、科学捜査研究所に依頼して、ポリグラフ検査にもかけてもらった。

「コントロール質問法及び秘匿情報検査の結果、皮膚抵抗反応、呼吸運動、脈波、いずれにも変化は見られませんでした。被験者が虚偽《きょぎ》を述べているという確証は得られません」

検査結果を告げた科捜研の検査官は、

「とは言っても、そもそもポリグラフは、被験者の犯行時記憶が阻害されている場合には有効なものにはなりませんけどね」

お手上げといった口調で告げた。

検察では男に精神科の診察も受けさせ、慎重に鑑定も行った。もちろん何森たちも、男の身元を特定するための作業はすべて行った。だが、運転していた車は盗難車であり、前科前歴に照応するものはなく、歯型の照会も空振り、行方不明者にも該当する人物はいなかった。

こうして、勾留期限までに自供を得るどころか、男の氏名さえ特定することは叶わなかった。

それでも、目撃者の証言や防犯カメラに記録された男の背恰好《かっこう》や服装、車種が一致したこと、警官の制止を振り切って逃走したこと、車の中から発見された目出し帽や手袋という物証から、検察は「公判維持は可能」と判断し、男は「浦和警察署留置番号六号」、通称〈ロク〉として起訴されることになり、警察の手から離れた。

あれから、七年半が経ったのだった。

2

記録係のシマに戻ると、森下が言う「うちの者」が、書類を手に待っていた。

「こちらが、『更生保護施設　緑友園《りよくゆうえん》』の資料になります」

荒井《あらい》みゆきだった。彼女ときちんと顔を合わせるのは、一年前の強盗事案で「共闘」して以来だ。精悍《せいかん》、という言葉は女性には向かないのかもしれないが、体も顔つきも以前より引き締まって見えた。

「分かった」

書類を受け取り、肯きを返したが、みゆきはその場から動こうとしない。

「まだ何か？」

「上司の命で、お手伝いいたします」

「お手伝い？」

思わず問い返すと、「はい」と涼しい顔で答える。

「業務に差し支えのない範囲で、フォローしろと」

合点がいかなかった。一年前の事件で真犯人を挙げ、その功で主任に昇格したのではなかったか。どぶ底をさらうような、こんな仕事に付き合わせる道理がない。

「ありがたいが、その必要はないだろう」

素っ気なく答えて腰を下ろした時、「何森さん」と上から声が落ちてきた。

「事件の資料は読みました。手伝わせてください」

命令のため仕方なく、という顔ではなかった。

「足手まといとお考えかもしれませんが――」

その言葉を遮《さえぎ》り、何森は立ち上がった。

「コーヒーでも飲むか」

みゆきの返事を待たず、歩き出した。

食堂でコーヒーの食券を二枚買い、テーブルを挟んで向かい合った。

「事件のことは、大体知っているわけだな」

「はい。当時もいろいろ聞いてはいましたから」

「あの頃は、どこの署にいた」

「所沢《ところざわ》署です。まだ交通課勤務でしたが」

思い出した。〈ロク〉の起訴後しばらくして、所沢でNPO職員が殺害されるという事件が起きた。所沢署に設けられた合同捜査本部で、署内の交通課から駆り出された荒井――当時はまだ安斉《あんざい》だった――みゆきと、初めて捜査員同士として顔を合わせたのだった。

七年と六か月――。

改めてその年月を思う。あれから様々な出来事があり、自分もみゆきも大きく環境が変わった。しかしあの男――〈ロク〉の中では時間は一ミリも動いていないに違いない。

「更生保護施設についてはどこまで知ってる?」みゆきに尋ねた。

「すみません、あまり……少年院や刑務所を出所しても帰住先のない者を一定期間受け入れる施設、ということぐらいしか」

何森は肯き、自分の知ることを補足した。

「国の機関である保護観察所からの委託を受けてはいるが、基本は民間の組織だ。古くからある更生保護法人や社会福祉法人などによって運営されている。食事も出るし、仕事のあっせんや生活指導、福祉や医療につなげる働きもする」

「はい」

「『緑友園』も設立されて五十年は経っているだろう。ずいぶん前だが、一度行ったことがある。まずはそこへ出向いて、捜査協力を頼まなければならんが」

「それなんですが……」

みゆきが言いにくそうに切り出した。

「『緑友園』に対してはすでにうちの捜査員が出向いて、対象者《マルタイ》の入寮後には接触相手、出先などについて情報提供してほしいと求めたのですが……」

「断られたか」

みゆきは、「そのようです」と渋い顔になった。

「『当園でも、寮生の再犯防止には最大限努めているし、交友関係についても注意を払っている。寮生が誰と会って何をしたかなどということについて、いちいち警察に報告する義務はない』、と、けんもほろろだったとか」

「あのオヤジらしい」何森は苦笑した。「以前に一度行った時も――近くで起きた放火事案について入寮者に話が聞きたいと言ったんだが、『令状もってこい』と追い返された」

更生保護施設で生活しているのは、刑務所や少年院などを出て数か月の者ばかりだ。満期を迎えて出所した者も保護観察中の者もいるが、いずれにしても全員がいわば前科者。近隣で窃盗や強盗などの事件が起こると、捜査員が「とりあえず」聞き込みに行くことはままあった。

だが「緑友園」の施設長は、何森たちに対し聴取を拒否しただけでなく、

「設立から四十年以上、寮生が再犯した例は少なくともこの『緑友園』にいる間には一度もないッ。ただでさえ周囲の偏見や好奇の目にさらされ、自立や更生が難しい彼らなのに、なぜ警察はそれを助長するようなことを行うのかッ」

と一喝したのだった。

「相変わらずのようだな」何森は、謹厳実直《きんげんじっちょく》を絵に描いたようだった施設長の風貌を思い出しながら言った。「あの頃で六十半ばぐらいだったから、もう八十はとうに――」

「施設長は代替わりしているようです」みゆきが言葉を挟んだ。「訪れた捜査員は、施設長は女性だったと言っていました。まだ四十代ぐらいじゃないかと。珍しいと驚いていましたけど」

何森も意外に思った。あのオヤジは亡くなったか……。年齢を考えれば不思議はなかったが、跡を継いだのが四十代の女性とは、確かに珍しい。

「お伝えできるのはそれぐらいですが……」

「分かった」

専従班はつかない、施設は協力拒否。となれば、単独で外から監視するしかない――。

黙してしまった何森に、みゆきの方が尋ねた。

「対象者は、事件のことも含め、過去の記憶を一切失っているということですよね」

「そういうことになってるな」

その言い方に引っかかったのか、窺《うかが》うような目を向けてくる。

「何森さんは、詐病《さびょう》だと?」

「そっちの連中は何と言ってるんだ」

「何とも……事件を直接担当したのは係長ぐらいですから」

「森下は」

みゆきは小さく首を振った。「係長もそのことにあまり関心はなさそうですね。起訴まで持っていけたことで自分たちの役目は果たしたと。共犯の方は浦和署の管轄ですから」

「つまり、どうでもいい、ということだな」

みゆきは答えなかった。イエス、ということだろう。

「どうでもいい仕事を二人で押し付けられたわけだ」

薄く笑った何森に、みゆきが言った。

「何森さんも、断ることはできたはずですよね。管轄外どころか、職務外ですから」

今度は何森が無言を返した。

その通りだ。だが、自分は断らなかった。上からの指示ゆえ、というわけではない。

〈ロク〉が出所した、と聞いたその瞬間から、何森は感じていたのだ。

この一年ほど覚えることのなかった「気力」が、体の奥の方から湧いてくるのを。

「やり方は、俺に任せてもらう。森下にはそう言っておいてくれ」

「分かりました」

立ち上がった何森に、みゆきがさりげない口調で言った。

「またお仕事ご一緒できて、嬉しいです」

その言葉には応えず、何森は食堂から出た。


立地は以前のままだったが、「緑友園」の建物は改修され、外観は一変していた。「更生保護法人」の看板がなければ、大きな会社の寮か保養施設にしか見えない。

その建物と川を挟んだ向かいの道端に、何森は捜査車両を停めていた。

監視するといっても張り込み部屋が用意されているわけではない。外張りをするしかなかったが、一日中こんなところに車を停めておけば怪しまれるに違いない。今後どういう方法をとるかは思案中であったが、今日――〈ロク〉が出所し、入寮するこの日だけは、自分の目でその姿を見届けたかった。

出所時間を考えれば、そろそろ到着してもいい頃だ。背もたれを倒した運転席から駅に向かう道に目をやると、みゆきが小走りにやってくるのが見えた。捜査車両に気づいて歩調を緩め、さりげない様子で近づいてくる。

周囲を見回してから、助手席のドアを開けた。

「間に合ったようですね」

隣に身を滑らせながら、言う。

「今日は交替の必要はないぞ」

「私も拝みたいですからね、対象者の顔を」

その時、川向こうの道を走ってくる一台のバンが見えた。みゆきも気づいたらしく、背もたれを倒す。

バンの車体には、「緑友園」のロゴが記されていた。〈ロク〉を乗せた車に違いない。向こうから見えないよう身を縮めながら、バンが施設の前に停車するのを目で追った。

運転席から、ポロシャツを着た小太りの男が降りてきた。園の職員だろう。続いて、助手席から大柄な男が降りてくる。一瞬だけその顔が正面から見えた。

〈ロク〉だった。

七年半振りに見るその姿は、少し痩せたぐらいであの時と少しも変わらない。何を考えているのか分からない無表情な顔。落ち着き払った態度。刑務所を出たばかりだというのに、臆したような様子は微塵《みじん》も窺えなかった。

二人の男が施設の方へと足を進めると、迎えるように中から職員らしき男女が出てきた。一人は中年でがっしりした体格の男。もう一人はすらっとした四十年配の女性だった。

車を運転していた小太りの男が、女性に向かって〈ロク〉のことを紹介しているようだった。笑顔を向ける女性に、〈ロク〉は深々と一礼を返した。

職員たちに促されるようにして、〈ロク〉は建物の中へと入っていく。時間にして一分に満たない〈ロク〉との邂逅《かいこう》だった。

「彼が、〈ロク〉ですね」

みゆきの言葉に、何森は黙って肯いた。
「迎えたのが、施設長の加納桐子《かのうきりこ》ですね」
加納桐子――前理事長・加納重雄《しげお》の娘だ。
あれからみゆきが情報を収集してくれ、「緑友園」についてはかなりの事情を把握できていた。

何森が会ったことのある「オヤジ」――加納重雄がこの世を去ったのは、四年前のことだった。脳梗塞《のうこうそく》で倒れ、意識の戻らぬまま半月後に亡くなったという。その二年前には、重雄とともに長年園を切り盛りし、寮生たちからは「お母さん」と慕われていた妻の葉子《ようこ》が癌で亡くなっている。重雄が倒れたのは、妻の死で酒量が増えたことと無関係ではないのだろう。

重雄と葉子の生活は、「緑友園」と一体だった。桐子の祖父にあたる加納友成《ともなり》が、自宅の敷地内に私財を投じて更生保護施設を建てたのは昭和三十年代のことだったという。それまでは家業の製紙業を中心に寄付活動をしていた一篤志家に過ぎない友成だったが、「緑友園」を創設してからは更生保護に全人生を懸けるようになった。その友成の一人息子だった重雄は、夜間大学で法学を修めた後、就職することなく保護司として委嘱《いしょく》を受け、「緑友園」で入所者の生活指導を行う「補導員」となった。

その後、寮の賄い婦として働いていた葉子と結婚し、桐子が生まれ、重雄は父親の跡を継ぎ施設長となった。施設と隣接する自宅で寝起きし、何かあったら夜中でもすぐ駆け付ける。文字通り一日二十四時間、年三百六十五日、保護司であり、補導員であり続けた。

重雄が亡くなった時、「緑友園」の運営を誰が引き継ぐかについてはさほどの議論はなかったようだ。もちろん法人組織にはなっており、補導主任の沼野《ぬまの》ほか古くからの職員もいたが、実際は重雄と葉子の二人で運営しており、大事な収入源である寄付の類《たぐ》いもすべて加納家の関係者からのもので、一家と関わりがなくなればそれらの篤志家たちとの縁も切れてしまうだろうと誰もが承知していた。

有名私大を卒業後、銀行に就職し、課長にまで昇進していた桐子が仕事を辞め、社会人入試を受けて大学に入り直したのは、母親の死の直後のことのようだ。社会福祉を学び始めたのを見れば、その時からすでに跡を継ぐことは考えていたのだろう。

施設長に就任した桐子は、資金を調達し、施設を改装した。冷暖房完備や全室個室化など住環境を整えるとともに、欧米で研究・開発された教育プログラムを導入し、社会福祉士・臨床心理士などを職員として採用するなどして、入所者の社会復帰、社会生活への適応を目的とする処遇の専門施設として一新した。併設された集団処遇室は、地域との交流の場として一般の人にも開放されているらしい。

重雄の代までは職住一体の暮らしだったが、桐子は、施設から徒歩十分ぐらいの距離にある中古マンションで一人暮らしをしていた。保護司や補導員の実務経験があるわけでもない女性の身で、施設の長となることには相当の覚悟と苦労があるに違いなかった。

「すみません、私、いったん署に戻ります」みゆきが、ドアハンドルに手をかけた。「後で差し入れ持ってきますから」

「気遣いは無用だ」

何森の言葉を聞き流し、みゆきは車から降りていった。

一人になった何森は、背もたれを最後まで倒し、両腕を伸ばした。

さて、どうする――。

川向こうの施設に、もう一度目をやる。中を窺い知ることはできない。先ほどバンが着いた以外は、建物には全く人の出入りがなかった。ここで張っていて、〈ロク〉の動向がどれだけ分かるだろう。

何とか中の様子を知ることはできないか――。

もどかしい思いで外を眺めていた視線の先に、ふいに見覚えのある男の姿が映った。

バンがやってきたのと同じ方角から、ひょこひょこと歩いてきた男が、停まっている車を不審気に眺めている。その男の視界に入るように、背もたれを上げた。

男はギョッと後ずさってから、虚勢を張るようにこちらを睨《にら》んでくる。その男の顔が、ふいに変わった。まずい、というように踵《きびす》を返しかけ、思い直したのかこちらに再び顔を向ける。

何森が小さく肯きを送ると、突然愛想の良い笑みを浮かべ、ひょこひょこと近寄ってきた。

運転席の窓を開けた。

「どーも、ごぶさたしてます」ぺこぺこと頭を下げながら男が言った。

「もう出ていたのか」冷ややかに応える。「もっと長く中にいたほうが世のためじゃないのか」

「へへ、冗談きついですよ」

盗犯係にいた頃にパクったことのある男だった。窃盗専門のケチな小悪党——名は小園《こぞの》といったか。

「専務、こんなところで何を？」

専務とは、主に地域警察官が私服組——専務試験を経て各課に配属されている——の警察官に対して使う言葉だったが、なぜかこの男はその呼称を気に入って、刑事に対してはみなそう呼んでいた。

「まさか、あたしに用じゃないですよね……？」

「お前、今そこにいるのか」

施設の方に顎《あご》を向けると、小園は、しくじった、というような顔をした。わざわざ自分から近づいてしまったのを悔いているのだろう。何森は何食わぬ顔で言った。

「ここで会ったのも何かの縁だ。ちょっと頼みがあるんだがな——」


〈ロク〉が出所して、数日が経っていた。

半ば強引に内通者《エス》になることを承諾させた小園から、最初の「報告」を受けるために安居酒屋のカウンターで肩を並べていた。

「何でも頼んでいいんですか？　じゃあ刺盛《さしもり》と、『和牛の焼きすき』ってのを。あと日本酒、冷《ひや》で」

小園はメニューの中から一番高いものを注文し、「すみませんねえ」と媚びるような笑みを浮かべた。

「で、分かったか」

「ああ……専務が言ってたのは、〈友田《ともだ》〉って奴のことですね」

小園には、〈ロク〉の入寮日と年恰好だけを伝えていた。服役中は「番号」で済んでも、出所した後はそうはいかない。何森がまず知りたかったのは、〈ロク〉が施設でどう呼ばれているかだった。

「友田……下の名は分かるか」

「六郎《ろくろう》っていったかな。強盗《タタキ》で七年半くらったそうで。大人しい奴でそんな風には見えませんがね」

友田六郎——。園がつけたのに違いない。苗字《みょうじ》は「緑友園」の名から一文字とり、下は通称ほぼそのままだ。

戸籍や住民票の扱いがどうなるかは不明だが、「名前」と「居住地」があれば、最低限、社会から認めてもらうことはできる。園はまず、そこから更生の道を拓《ひら》こうとしているのだろう。

「〈友田〉が入寮してから、どこかに出かけたり、誰かが訪ねてきたりしたようなことはあったか」

「ないんじゃないですか。あたしも四六時中監視してるわけにもいきませんけど、誰かが訪ねてくりゃあ分かるし、どっかに出かけるのを見たこともないですね。どっちにしろ外出する時には主幹《しゅかん》に場所と相手先の名前を伝えていかなきゃいけないんで」

主幹とは、施設長のことを指す昔の呼び方だった。

「電話はどうだ。お前は自分の携帯を持っているようだが」

「あいつはまだ許可されてないでしょうね」小園は首を振った。「うちの施設は、その辺は厳しいんですよ。就職活動で必要になるまでは持たせてくれないんで。寮に電話は一台ありますけど、あいつが電話をしているところは見たことないですね」

「そうか。また報告を頼む」

何森は、カウンターの下から手のひらに隠した二枚の千円札を小園の膝の上に置いた。拝む真似をして受け取った小園が、金額を確認して口の中で舌打ちをする。これっぽっちか、と言いたいのだろう。だがポケットマネーからではそれぐらいが限度だった。捜査協力費として申請するわけにもいかない。

その後も、小園からは定期的に報告を聞いた。

園の支援を受けて就職活動はしているらしいものの、それ以外はほとんど寮から出ない、と伝える内容は変わらなかった。

「クソがつくほど真面目な奴ですね」

それが、小園による「友田評」だった。

「酒もタバコもやりませんし、暇さえあれば園の雑用を手伝ったりして、変わった奴ですよ。寮内でトラブルを起こすようなこともちろんないですし……。主幹や補導員の前だけ猫かぶってる奴は他にもいますけど、そういうタイプでもないようですね」

「話したことはあるのか」

「普段は全然。口きけないいんじゃないかっていうぐらい大人しい奴で……でも一度、ＳＳＴで一緒になった時は――」

ＳＳＴとは、ソーシャルスキル・トレーニング（社会生活技能訓練）の略で、認知行動療法の一つだ。グループワークでロールプレイなどを行い、社会における様々な場面での対処方法を身に付けさせる。精神医療機関や各種の社会復帰機関などで、自立支援のために取り入れられていた。

「余計な口はきかないんですけど、どんな役でも難なくこなすんで驚きましたね。終わった後の意見交換でもまともなこと言いますし。ああ見えてオツムの出来は結構いいんじゃないですかね」

小園の言うことは理解できた。七年半前の事情聴取でも、言葉数は少なく、自分のことについては「分からない」「覚えていない」を繰り返したが、話しぶりは明晰で、知性を感じさせるものだった。

「金が入ったような様子もないか」

「金？　金なんて持ってないでしょう。まあ、あっても使う機会がないですからね。パチンコや賭けごとをやるわけでもない、飲みにも行きませんしね。飯も全部園で済ませてるみたいだし」

「そうか、分かった」

何森が差し出す謝礼を受け取りはしたものの、小園は仏頂面だった。

「ねえ、専務。これぐらいで勘弁してもらえないですかね。あたしもいろいろ忙しいんで」

「もうしばらく頼む。謝礼の方は少し考える」

「本当ですか？　そういうことでしたらもうちょびっとやりますけど……」

もちろん、小園にすべてを任せていたわけではなかった。何森自身も、定期的に車での外張りはしていた。

その日も、以前と同じ場所に車を停め、建物の入口を監視していた。朝方、仕事に行く者が出かけてからは、人の出入りはほとんどない。小園の言う通り、〈ロク〉は近くのコンビニにさえ出る気配がなかった。

助手席のドアがノックされた。

みゆきが、そのコンビニの袋を掲げて立っていた。

ロックをはずすと、ドアを開け、助手席に身を滑らせてくる。

「お疲れさまです。差し入れです」

「気遣いは無用と言ったが」

「そう言わないでくださいよ。せっかく買ってきたんですから」

みゆきは屈託なく助手席に座ると、建物の方に目をやった。

「動きは？」

何森は無言で首を振った。

「じゃあちょっと休憩しましょう」

そう言って、袋からおにぎりとパン、缶コーヒーに緑茶などを取り出す。

「どうぞ、お好きなものを」

少し迷ったが、緑茶とおにぎりを手に取った。みゆきは残ったパンとコーヒーに手を伸ばす。

しばらく、軽食タイムとなった。

「……何だか長閑《のどか》ですね。署とはえらい違い」

みゆきが小さく笑みを浮かべる。周囲は住宅地ではあったが、家屋はさほど密集しておらず、車の通りもほとんどなかった。

「たまにはこういうのもいいですね」

何森は答えず、握り飯を咀嚼《そしゃく》するのに専念する。

「この前は答えていただけませんでしたけど」

みゆきが言った。

「対象者の記憶喪失について、何森さんは本当のところどうお考えですか?」

何森は無言のまま茶を口に運んだ。

「実は、この前知り合いの精神科医にちょっと話を聞いてきたんです」

みゆきが続ける。

「記憶喪失――『全生活史健忘』というものについて、詳しく知りたいと思って。教えてもらったのは、詐病についてです。専門家や機械を騙すことなんて本当にできるのかどうか」

みゆきが、何森の反応を窺うように間を置いた。

仕方なく、「それで」と促す。

「ほとんど不可能だろう、と言ってました」

「ほとんど？」何森は復唱した。「つまり、絶対に無理ではないと？」

「ええ」みゆきが肯く。「機械も鑑定も、結局は表面に現われたものを元に判断するしかない、って言うんです」

聞いた話を思い出すように、ゆっくりと続ける。

「患者や被験者の心のうちを本当に覗《のぞ》いているわけではなく、表情や口調、発汗や心拍数……それら表面に現われるデータから判断しているだけだと。それらを訓練によってコントロールすることは絶対に不可能とは言えない――」

つまり、機械を騙すこともできる、ということか。

「ただし、それには条件があるそうです」

コーヒーを一口飲んでから、みゆきが続ける。

「あらかじめ、想定問答集などで何度も練習し、本当の感情が出ないようにコントロールする必要がある、と。過去にそういった事例があったそうです」

「記憶喪失を装った事例が？」

「いえ、それは精神障害を装ったものだったそうです。あらかじめ訓練した上で精神障害の認定を受け、障害者手当などを不正受給していたそうです」

みゆきは、「そうは言っても」と付け加えた。

「それには、専門的な知識と、訓練する環境、時間、が必要だそうです。それと、過去にあったケースはあくまで精神疾患を装ったもので、記憶喪失のそれについては聞いたことがない、と」

記憶喪失に関する「専門的な知識」と「訓練する環境」そして「時間」。

いずれにしても、あらかじめ計画し、準備しておかなければならない。

捕まることを想定して？　わざわざそんな手間暇をかけて「詐病の訓練をする」というようなことがあり得るだろうか。

何森はふと、小園の情報にあったSSTの件を思い出した。

ロールプレイ。役になりきること。〈ロク〉がどこかでその訓練を積んでいるとしたら――。

「でも本当に記憶喪失だったら、動きに期待はできませんよね」

みゆきが言った。

「対象者から共犯に連絡をとることはないし、共犯の方も、対象者が記憶を失っているということはニュースでおそらく知っているはず。だとしたらわざわざ向こうから」

「近づいてこない、か?」

何森の言葉に、みゆきは肯いた。

「そう思います。リスクを冒してまで分け前をやろうとは思わないんじゃないですか?」

「共犯が金を持って逃げていた場合はな」

みゆきが、ハッとした顔になった。

「対象者が、逃亡途中でどこかに隠したと？」

「――あくまで可能性として、だ」

「なるほど」みゆきは、納得したように肯いた。「その場合は、共犯は何としても対象者を探し出して金のありかを聞き出そうとするでしょうね。しかし、対象者がいつ釈放されるかは」

「正確な出所時期はともかく、刑期は分かっている。少し知恵の働く奴だったら、帰住先として県内の更生保護施設を思いつくかもしれん」

「何森さんは、それを待っているんですか」

肯きを返しはしなかった。

何森とて、半信半疑なのだ。どちらにしても、できることは奴を張ることしかない。たとえ徒労に終わったとしても。

小園から慌てふためいた声で電話が掛かってきたのは、それからしばらくしてのことだった。

3

出所してから半月が過ぎてもほとんど園から出ることもなく、何か動きがあれば小園から連絡がくる。そのことに慣れ始め、油断していたに違いない。

外張りに向かうため、署を出たところだった。着信音に車を路肩に停め、携帯電話を手にした。通話ボタンを押すと、小園のうろたえた声が耳に飛び込んできたのだった。

「奴がさらわれちまいました！」

「さらわれた？」

何森も思わず大きな声を返した。

「いつのことだ！」

「たった今です！　今、車が行っちまって、どうしようもなくて……」

「分からん、落ち着いて説明しろ」

「今日、突然あいつが外出届を出して出かけたんですよ。そこで専務に連絡を入れりゃあ良かったんだが……とりあえず後を尾《つ》けてったら、駅越えて……北平沢《きたひらさわ》に運動場があるの分かりますか？　その脇に停まってた車に近づいて行ったんです。誰かと落ち合う約束かと見てたらいきなり車の中に引きずり込まれて――」

「相手の人数と風体《ふうてい》は」

「二人です。一人は若い男で、もう一人は女でした」

「女？」

すぐに思い当たる。バイクに乗った二人組――一人は女性のようだった、という目撃者の証言。

「奴が自分から乗り込んだわけじゃないんだな？」

「最初、車の近くまで行って窓越しに何か話してたんですよ。でも奴は首を振って離れようとして……人違いかと思ったら、いきなり車から男が飛び出してきて」

「車に引きずり込まれた？」

「ええ。女の方は止めてたようですけど、男の方が力ずくで。あたしもすぐに飛び出してったんですけど、間に合わなくて」

「ナンバーは見たか？」

「何とか、下三桁ぐらいは」

小園が告げた数字をメモした。

「車種は？」

「ワゴンです。メーカーは分かりませんが……色は灰色、あ、シルバーかな」

「分かった。とりあえずそっちに向かう。北平沢の運動場だな。そこで待ってろ」

電話を切って、携帯を操作した。相手はすぐに出た。

「はい、荒井です」

みゆきに、小園から聞いたことを手短に伝えた。彼女も驚いたようだった。

「分かりました。係長に伝えます。該当の車も手配します」

「頼む。俺は小園から詳しい話を聞いてから、園に向かう」

「私も向かいます。園で落ち合いましょう」

電話を切り、車を再発進させた。

三十分後。何森は、「緑友園」の玄関で沼野という補導主任と向かい合っていた。〈ロク〉が出所した時、桐子とともに迎えたがっしりした体格の男だ。

「友田が拉致《らち》された？　どういうことです？」

唖然とした顔の沼野に、「そのままの意味だ」と答える。

「目撃者がいる。すでに手配中だが、被害者について詳しい話を聞きたい」

「本当なんですか？」

沼野は、疑わしげに何森のことを見やる。

「目撃したって、どこで……何でうちの寮生だと分かったんです」

それには答えず、何森は「責任者と話がしたい」と繰り返した。

「……ちょっとお待ちください」

沼野はまだ信じられないような表情で、事務室へと消えた。

電話を掛けに外に出ていたみゆきが、戻ってきた。

「うちの捜査員がこちらに向かっています。係長からは『こっちが到着するまで動くな』と」

何森は答えなかった。もちろん、その指示に従うつもりはない。

やがて沼野が戻ってきた。桐子が一緒だった。

「施設長の加納です」

冷ややかな態度で一礼する桐子に、何森とみゆきは警察手帳を呈示する。

「飯能署刑事課の者です。こちらの寮生である友田六郎さんが拉致されたという情報を入手しました。実行犯は現在手配中ですが、当該寮生について話を聞かせてください」

「待ってください。まず、それが事実なのか確認させてください」

桐子は落ち着いていた。二人の言うことを信じていないのだろう。

「目撃した人がいると聞きましたが、なぜその人はうちの寮生だと——なぜ名前をご存じなんですか」

「当該寮生が何者かに連れ去られたのは事実です」みゆきが答えた。「寮生が外出したのは十四時頃ですよね。情報はその十五分後。現場は北平沢周辺です。外出時間に間違いはありませんか」

桐子は、沼野と顔を見合わせた。沼野が肯く。その表情には、ようやく真剣味が宿っていた。

「連れ去ったって……一体誰が……」

眉根を寄せて桐子が呟く。

「寮生は外出届を出していますね。会う相手の名前を聞いていますか」

みゆきの問いに、桐子が沼野を見る。沼野は、ポケットから取り出した紙片を見ながら答えた。

「田中《たなか》という人です。知人ということで」

田中——どうせ偽名だろう。

「相手の素性と、会う目的は」

「就職先を紹介してもらえるかもしれない、ということでした。その件で相談に行ってくる、と。それ以上のことは聞いていません。駅で落ち合うことになっているからと」

「相手の素性を聞いていない？　当該寮生に『知人』はいないはずだが」

何森の言葉に、桐子が気色ばんだ。

「刑事さん、もしかして友田さんのことをずっと監視していたんですか？」

何森は答えず、繰り返した。「どういう知り合いかとお訊きしている」

沼野が、言いにくそうに答えた。

「服役中に知り合った相手だということです」

「要は『刑務所仲間』だな。こちらの園では、そういう者との交友も不問ですか」

桐子が、何森のことを睨むようにした。

「寮生を信用していますから」

きっぱりとした口調で答える。

「出所後、立派に更生している人はたくさんいます。前科の有無を面会の基準にはしておりません」

「なるほど、分かりました」

何森は、いったん引いた。横からみゆきが尋ねる。

「外出は以前からの約束ですか？」

「いえ」沼野が首を振った。「今日の午前中に、友田に電話が掛かってきたんです。その田中という人から」

「電話を受けたのは？」何森が訊く。

「うちの職員ですが」

「話を聞かせてもらいたい」

「……分かりました」

桐子が、不承不承《ふしょうぶしょう》といった風に肯いた。

その後、電話を取り次いだ職員から話を聞いたが、「男性」「それほど若くも年をとってもいないような声」というぐらいしか分からなかった。もちろん相手の電話番号などは残っていない。

「会う相手の連絡先ぐらいは普通は聞いておくんですが……」

沼野が、言い訳するように言った。

「沼野さんのせいじゃありません」桐子が擁護した。「友田さんに関しては、問題を起こすことはないと私も思っていましたから……」

入寮してまださほど経っていないのに、大した信用だった。

「入寮後の様子を聞かせてくれ」何森は、強い口調で言った。「今日まで他に連絡をとった相手、外出先、何でも分かっていることは」

「刑事さんの方が詳しいんじゃありませんか」

皮肉をこめて答える桐子を、みゆきが宥《なだ》める。

「捜査に必要なんです。お手数ですがご協力ください」

一つため息をついてから、桐子は、仕方がない、というように何森に顔を向けた。

「今日までは、誰とも連絡をとっていません。訪ねてきた人もいません。外出も、協力雇用主《きょうりょくこようぬし》のところに就職の面接に二度、出かけただけです。それ以外の用事で出かけたことは、今までなかったと思います」

――クソがつくほど真面目な奴ですね。

小園の言葉が蘇る。

「七年半ぶりにシャバに戻ったというのに、どこへも出かけない……妙だとは思いませんでしたか」

「刑事さんがおっしゃるように、友田さんには『知り合い』も『友達』もいませんから」

今度の桐子の口調には、揶揄《やゆ》するような響きはなかった。

「行きたい場所も訪ねたい人もいない。彼にとっては、今はここが社会のすべてなんです」

ここが社会のすべて――。確かにそうなのかもしれない。記憶喪失が本当ならば、だ。

「仕事はまだ決まっていないということですが」みゆきが尋ねた。「普段はどういう風に過ごしてるんですか？　部屋にこもりきり？」

「いいえ」桐子が首を振る。「こもりきりということはありません。園の雑用をよく手伝ってくれていますし……」

「庭の草むしりや水やり、庭木の剪定《せんてい》や倉庫の片づけ……もちろん本来は職員の仕事ですけど、自分から進んで手伝ってくれるので、つい甘えてしまって」

「雑用というのは？」

「部屋を見させてもらえますか」

何森の言葉に、桐子の表情が強張《こわば》った。

「それは、ちょっと」

沼野が横から言う。「そういうのは、捜索令状とかが必要なんじゃありませんか」

「誤解しないでください。友田さんは事件の被疑者じゃありません。被害者なんです」みゆきが説得するように言う。「一刻も早く友田さんを拉致した犯人を見つけなければいけません。そのための手掛かりが必要なんです」

しばし思案していた桐子だったが、やがて、仕方がない、という風に肯いた。

「ご案内します。必要なところ以外は見ないようにお願いします」

歩き出した桐子の後に、何森とみゆきは続いた。

玄関と同様に、居住スペースも清潔に保たれていた。この時間はみな仕事に行っているのか、寮生たちとすれ違うことはなかった。小園はもちろん、部屋にこもって知らぬ存ぜぬを決め込んでいる。

全室個室の、その一室の前で桐子が立ち止まった。

念のためノックをし、返事がないことを確かめてから鍵を取り出しドアを開ける。

窓から日が射《さ》し、室内は明るかった。六畳ほどのフローリングで、壁際にベッド、その向かいに机と椅子が置かれている。タンスは備え付けのようで、小さな冷蔵庫以外、他に家具はなかった。テレビもない。

「相変わらずきれいな部屋ですな」

沼野が感心したような声を出した。

言う通り、整理整頓された――いや、されすぎた部屋だった。

まるで今入ったばかりのように生活感がなく、ガランとしている。

いくら数か月の期限とはいえ、普通はもう少し私物を持ち込むものではないか？

「満期終了《まんりょう》後の予定は？」

桐子に尋ねたが、答えが返ってこない。沼野が、ちらりと桐子のことを窺った。

「何か？」

桐子が、何でもない、というように答えた。

「友田さんは、満期終了後も園に残りたい、と言っています」

「園に？」

「ええ」

「ここで仕事を？」

「補導員は資格がないとできません。彼もそのことは分かっていて、仕事は別に探すから、ボランティアとして園の手伝いをできないか、と言うんです。雑用を一手に引き受けるからと」

「そんなことが可能なのか」

桐子は、小さく首を振った。

「今までも、他に行く場所がない、期限が過ぎた後もここに置いてほしい、と申し出る者はいましたが、規則でそれはできません。次に入寮する者も待っていますから。ただ、彼の場合は少し事情が違います」

桐子はそこで、いったん言葉を切った。

「単に身寄りがない以上に、自分が何者であるかも分からない。そんな状態で社会に放り出していいものなのか。寮生としてではなく、スタッフとして雇用することを検討してもいいのでは、という意見もあって……返事を保留している状態です」

何森は、沼野の口元が一瞬歪《ゆが》んだのを見逃さなかった。

検討してもいいのでは、という意見。それはおそらく桐子のものなのだろう。

〈ロク〉は満了後もここに残ることを望み、施設長の桐子もそれを受け入れようとしている。

もし〈ロク〉の記憶喪失が詐病であれば、一刻も早く奪った金を手に入れたいに違いない。金が入れば、もうこんなところで暮らす必要はない。そうでなくとも、満了を迎えれば誰でも自由に好きなところで生活したいと思うのではないか。

それなのに、「園に残りたい」？　なぜそんなことを？　やはり、奴の「記憶喪失」は本当なのか――。

「出所した時に持ち込んだ物は押し入れの中に？」

何森の視線を追って、桐子が不審気な顔になる。

「あらためさせてもらってもいいか」

「それはできません」

「手掛かりを探すためだ」

「許可できません」

それでも見させてもらう――何森が足を踏み出した時、みゆきの携帯が鳴った。

「失礼」

みゆきはその場で電話をとった。

「荒井です。はい。今、『緑友園』の方に。――えっ」

みゆきが大きな声を上げ、何森と桐子が同時に目を向ける。

「分かりました。すぐに署に戻ります」

電話を切ったみゆきが、告げた。

「当該寮生を、捜査員が保護しました」

「どこでだ」何森が訊くのと同時に、

「無事なんですか！」桐子が小さく叫んだ。

みゆきは落ち着いた声で答える。

「大きな怪我《けが》などはないようですが、診察を受けてもらうため病院に向かっているところです。

保護されたのは毛呂山《もろやま》の権現堂《ごんげんどう》近くです」

「犯人《ホシ》は」

「逃走した模様です」

何森は小さく舌打ちした。

「署より病院だ」言うなり、部屋を出た。

みゆきも、「後程、連絡します」と桐子たちに頭を下げて、続く。

「私たちは行ってはいけないんですか」

桐子が後を追ってきた。

「詳しい状況がまだ分からないので、分かり次第、連絡します」

「怪我の程度もまだ分からないんですね」

「それも連絡しますから」

桐子は、不安そうな顔で二人を見送った。

玄関を出たところで、みゆきが小さな声で言った。

「現場で、拳銃が使用された模様です。発砲音を聞いた住人から通報があり、それで捜査員が臨場《りんじょう》して」

「〈ロク〉は撃たれたのか」

「対象者《マルタイ》は被弾していないようですが、詳しいことは」

捜査車両に乗り込むと、何森は車を急発進させた。

仕切りのカーテンを開けると、そこに〈ロク〉がいた。

処置室の中、俯《うつむ》き加減に背中を丸めたその姿を見た何森は、一気に時間を遡《さかのぼ》ったような感覚に襲われた。

七年半前、今と同じような姿勢で病室のベッドにいた〈ロク〉と、初めて対峙したのだった。

何森が〈ロク〉の聴取をすることは、特別に許可された。「一番奴のことを知っているのは何さんだからな」とそれを決めたのは、意外にも森下だった。みゆきも補佐役として後ろについた。

何森が目の前に腰を下ろすと、初めて気が付いた、というように〈ロク〉がこちらを見た。

「久しぶりだな、〈ロク〉——いや、今は〈友田〉さん、だったか」

「——ご無沙汰しています。何森巡査部長さん」

「よく名前まで覚えていたな」

「物覚えはいいもので」

一瞬、〈ロク〉が冗談を言ったのかと思った。だがその顔は無表情のままだ。

何森の名を覚えているぐらいであれば、あの頃ともに過ごした時間、勾留期限ギリギリまで続いた厳しい取り調べについても記憶していることだろう。自分の主張を信じようとしなかった取調官に対し、恨みや怒りがあっても不思議はなかった。しかし目の前の男の表情からは、どんな感慨も読み取ることはできない。

「じゃあ、聞かせてもらおうか」

世間話をする気は何森にもなかった。すでに事情聴取を行った捜査員から一通り聞いてはいたが、もう一度事の経緯を本人から聞かなければならない。

何森は〈ロク〉のことを見つめた。表情、顔色、目の動き、声の調子。どんな小さな変化でも、今度こそ絶対に見逃さない、と。

「相手は男女ということだが」

「はい」

「その二人に、見覚えは」

「ありません」

〈ロク〉は言下に答える。その答えは当然とも言えた。事件前のすべての記憶を失っている――と称している〈ロク〉にとって、見覚えがある、知っている人間というのは、捜査関係者に裁判関係者、刑務所で知り合った人間、そして施設に入所してから知り合った人物に限られる。拉致犯である「若い男女」がそのどれでもないことははっきりしていた。

「なぜその二人に会いに行った」

「就職先を世話できるかもしれない、というので、話を聞きに行きました」

「見ず知らずの相手に?」

「電話で、刑務所で一緒だった田中、と名乗ったんです。その名前の人に心当たりがあったものので。いい人で、刑務所にいる時も出たら仕事を世話してやる、と言っていたんです。それで」

何森は肯いた。大きな矛盾はない。

「だが、思っている相手と違ったんだな」

「電話で言われた場所に停まっていた車に近づいて、見たところ、全然別人でした。人違いだと思って離れようとした時、いきなり」

車に引きずり込まれた、というわけだ。

拉致犯の二人は、捜査員が到着した時にはすでに現場から逃走していた。三十分ほど後に高《こ》麗《ま》川《がわ》の河川敷に乗り捨てられていたワゴンが発見されたが、もちろん二人の姿はなく、当該ワゴンも盗難車であることが判明していた。

何森は質問を続ける。

「お前は相手のことを知らないが、向こうはお前のことを知ってたんだな?」

「知っている、と言っていました」

「お前のことを何と呼んでた」

「〈藤木《ふじき》〉。そう呼んでいました」

藤木。初めて聞く名前だった。

「その名前に心当たりは?」

〈ロク〉は黙って首を振った。

「その二人は兄妹《きょうだい》のようだったと捜査員に供述したそうだが、なぜそう思う?」

「女の方が男の方をそう呼んでいましたから……」

「そう呼んでいたとは？」

〈ロク〉はなぜかそこで少し言い淀《よど》んだ。

「……『お兄ちゃん』と……」

何森の脳裏に、一瞬、閃光のようなものが過《よぎ》る。

お兄ちゃん――。

頭から振り払い、質問を続けた。

「拳銃は誰が持ち込んだ」

「兄の方です」

「発砲の経緯は」

〈ロク〉はそこで、少しだけ顔を歪めた。銃口を突きつけられた恐怖を思い出しているのか、それとも何か隠そうとしているのか判断がつかない。〈ロク〉は答えた。

「いつまでもとぼけてるつもりなら思い出させてやろうか、と『兄』がいきなり……」

「とぼける？　何をだ？」

「私が彼らを――その二人を『知らない』と言っていることに対してだと思います」

「それだけか？」

〈ロク〉は首を振り、「もう一つ」と言った。

「何だ」

「『金はどこにある』と訊かれました。何度も」

「金？　何の金だ」

「自分たちが銀行から盗んだ金だ、と言っているようでした」

「ああ、そういえばお前は強盗犯なんだったな」

挑発するように言ってみたが、〈ロク〉の表情は変わらない。何森は先を促した。

「で？」

「私が、何のことだか分からない、と答えると、じゃあ思い出させてやろうか、と拳銃を突きつけられました」

「威嚇《いかく》射撃を？」

発射された銃弾は、〈ロク〉が保護された場所の近くにあった木造りの祠《ほこら》にめり込んでいた。

「威嚇のつもりだったのか、本当に私を撃つつもりだったのかは分かりません。寸前に『妹』の方が止めるように『兄』の腕を摑んだので……」

それで、弾道が逸《そ》れたのだ。妹が止めなかったら――。

いずれにせよこの証言があれば、その二人を逮捕・監禁、銃刀法違反、強要の容疑で手配できる。警察にとってはこの上なく好都合だった。

仲間割れ――。

何森が仮説として頭に浮かべていたことが、事実の様相を呈していた。

「その兄妹だがな、もう一度会ったら分かるか？」

「……分かると思います」

その後も〈ロク〉は、従順な態度で捜査に協力をした。前科者のリストからは二人を特定できなかったものの、供述に基づき精緻な似顔絵がつくられた。拳銃を所持していたことから暴力《マルボウ》団関係者である可能性も浮上し、組織犯罪対策《そたい》課の協力も仰いで二人の行方を追うこととなった。

4

昼時をかなり過ぎていることもあり、イートイン・スペースは空《す》いていた。買い物客が行きかう大手スーパーの一角は、周囲の騒音で密談には向いていなかったが、署員が誰も立ち寄らなそうな場所と考え、そこを指定した。

先に着いたが、五分と待たず、みゆきもやってきた。紙コップ入りのコーヒーを手に、何森が座るテーブルに歩み寄る。

「お待たせしました」

「忙しいところ悪かったな」

「いえ。先日はお疲れさまでした」

お疲れさん。同じ言葉を、森下からも掛けられた。経験を買われて〈ロク〉の聴取を任されたものの、結局目新しいことは何一つ聞き出せなかった。それで何森は、お役御免となった。

今回の拉致事件を受け、七年半前の事件の管轄である浦和署と飯能署の強行犯係とで、合同捜査班が設けられることになった。〈ロク〉の行確にもすでに専従班がついている。元の記録係に戻された何森は完全に蚊帳《かや》の外で、捜査の進展についてはみゆきから聞くしかないのだった。

「捜査員の大勢は、『やはり記憶喪失は本当なのだろう』という意見ですね」

コーヒーを一口すすったみゆきは、顔をしかめ、紙コップを脇にやった。

「ここでコーヒーを頼む奴はいない」

何森が飲んでいるのが紅茶であるのを確かめたみゆきは、「先に教えてくださいよ」と口をとがらせる。

「捜査員の意見は」何森は話を戻した。「今回の件があっても変わらずか」

「むしろ強くなっていますね」みゆきが答える。

「これほどすらすらと共犯者や事件について供述するのは、事件の記憶が本当にないからだと。詐病だった場合、共犯者が逮捕されてしまえばそれも露呈します。刑事事件としては一事不再理《いちじふさいり》が適用されるとしても、損害賠償の訴訟を起こされる可能性もあります。対象者《マルタイ》にとって何のメリットもない」

「民事の時効は三年だ。とっくに過ぎている」

「そうですね……」

みゆきが、思案する顔になった。

「対象者が奪った金を独り占めにしようとしている可能性は、確かにあります」

考えをまとめるように、ゆっくりと話す。

「捜査班は共犯の二人組の方が持って逃げたと考えていますが、対象者が強奪現場から車で逃走して検問にひっかかるまで——どの防犯カメラにも映っていない空白の時間が二十分余あります。その間に、どこかに金を隠した……だから共犯者も、拳銃で脅してでも金のありかを白状させようとした。そう何森さんは考えているわけですね」

何森は肯きだけを返した。

「しかし、だとしたら出所後のどこかの時点でその金を取り出そうと動くはずですが……」

みゆきはそう言って首を傾《かし》げた。疑問に思うのも無理はない。〈ロク〉が満了後も園に残りたいと言っていること。これから大金を手に入れようとしている男が、そんなことを言うだろうか。

「乗り捨てられていたワゴンからは何も出なかったんだな」何森は尋ねた。

「はい、指紋も、繊維などの遺留品からも身元を特定するようなものは何も」

「似顔絵の方は」

「そちらは、何らかの反応は期待できると思います。対象者も『よく似ている』と言っていましたから。本当のことを言っているとしてですが」

「おそらく本当だろう」

その似顔絵は、小園にも確認させた。一瞬見ただけだから何とも言えないが、確かにこんな男女だった、と証言した。

これで勘弁してください。

小園からはその時、はっきり言われてしまった。

「あとひと月もすれば満了するんで。これ以上やっかいごとに巻き込まれたくないんで」

そう言われてしまえば、無理に頼むわけにはいかなかった。

「それで」みゆきが、何森のことを見た。「何森さんは、これからどうされますか」

「俺は俺のやり方でやる」

「単独で対象者の行確を？」

「いや」

何森は首を振った。〈ロク〉については専従班がいれば動きがあればすぐに分かる。それに、今回の拉致に失敗したことで共犯者も接近しにくくなっているはずだ。しばらくは様子を見るだろう。

「俺は、施設の方をあたる」

「『緑友園』の――」みゆきは何森の顔を窺った。

「加納桐子ですか？」

みゆきはやはり勘がいい。

「彼女が何か知っていると？」

「分からん。ただ――」

何森は、自分の考えを話した。

「寮生の境遇にいちいち同情していては施設長は務まらない。しかし、彼女は〈ロク〉の満了後も園に残りたいという申し出を許容しているように見えた。おそらく、他の職員の反対を押し切って……」

「私も感じました。あの沼野という職員は、確かに快く思っていないようでしたね」

みゆきの言葉に肯いた。同じことを感じていたのだ。

桐子のガードは固いだろう。だが沼野のような男の扱いには慣れていた。あの男だったら、何か引き出せるかもしれない――。

「私も協力します。必要があればいつでもご指示ください」

「分かった。その時は頼む」

「本当に、遠慮なく言ってくださいね」

みゆきの口調が、気安いものになった。

「ああ」何森は肯いた。「その時は、遠慮なく頼む」

口だけではなかった。捜査の情報を聞くだけではなく、彼女の協力を心《しん》から必要としていた。

陽《ひ》もすっかり落ちた頃、「緑友園」の建物からがっしりとした体格の男が出てくるのが見えた。桐子の姿はまだだったが、他の職員たちはあらかた帰ったようだ。沼野のことを張る捜査員はいないのを確認して、その後ろ姿を追った。

あまり距離を詰めないようにして後を尾けていき、駅に続く商店街にさしかかろうかというところで声を掛けた。

「沼野さん、ですよね」

男がビクッとしたように振り返った。何森の顔を見ても誰だか分からなかったようだが、

「先日お伺いした警察の者です」

と告げると、ああ、と肯いた。

「びっくりさせないでくださいよ、何です」

沼野は、何森の背後を窺うようにしてから、

「園から尾けてきたんですか」

と眉間に皺《しわ》を寄せた。

「いえ、たまたま通りかかったもので」

何森の言葉に沼野が苦笑する。

「まあいいです。何の用です。お話しできるようなことはありませんがね」

「少しお時間ありませんか。立ち話もなんですから、どこかでちょっと腰掛けませんか」

「ここでいいです。何です」

「沼野さんもご苦労がおありだろうと思いましてね。経験未熟な施設長に振り回されていろいろ大変なうえに、四六時中警察に監視されて、仕事に集中できませんよね」

「いや、そんなことは……」

沼野は、困惑した表情を浮かべる。

「我々も、こんなこと早く終わらせたいんです。お訊きしたいのはもちろん友田のことです。施設長は特別な思い入れがあるようで話してはくれないでしょうから。ちょっとでも友田のことが分かれば、もうご迷惑をおかけすることもないと思うんですが」

沼野は、少し考えるような顔になった。

「友田の、何が訊きたいんです？　本当にお話しできるようなことはありませんよ」

「何でもいいんです。全くの手ぶらでは署にも帰れません。ご覧のように、この年で下っ端仕事です。年下の上司に顎で使われていましてね」

「……刑事さんもいろいろ大変でしょうな」

何森の風情に自分と似通ったものを感じたのか、沼野の態度がやわらいだ。

「こんなところでは何ですから、ちょっと一杯いきませんか。実は私もこの仕事に飽き飽きしていて、少しさぼりたいんです。お付き合い願えませんか」

「はあ……」沼野が満更でもない顔になった。

睨んだ通り、沼野は嫌いな方ではなかった。

「とにかくね、人の忠告を聞かないからこんなことになってるわけよ。経験もないのに主幹は勝手が過ぎるんだ」

安居酒屋のカウンターで焼酎を三杯ほどもあおると、早くも酔いの回った口調でまくし立てた。

「どこでもベテランがないがしろにされるのは同じだな」

何森も適当に話を合わせる。すでにお互い敬語抜きになっていた。

「そもそも、あんな奴を受け入れるのはやめろって言ったんだよ、俺は」

「友田のことか？」

「そうだよ。そりゃあね、うちは先代のおやっさん――いや先々代の創立時から、人を選ばない寮ってことで知られてきたよ。あんた知らないだろ？　他の寮じゃな、犯歴や経歴で入寮者を選別してるんだよ」

こちらから訊かずとも、すっかりメートルの上がった沼野はどんどんしゃべってくれる。

「よそはな、アルコール依存症《アル中》や薬物依存症《ヤク中》、性犯罪者《まめどろ》や放火犯《あかいぬ》なんかは嫌がるわけ。そうするとそういうのがみーんなうちに回ってくるわけよ。おやっさんは情に厚い人だったからさ、そういう連中こそ居場所が必要なんだって……まあそれは分かるよ、分かるけどさ。ここのところうちも赤字続きだぜ？　補助金は減らされ、寄付金だっておやっさんの代にくらべりゃ減る一方だよ。金だけじゃない。寮生たちがトラブルを起こさないように目ぇ光らせてなきゃなんない、近所からの苦情だって心配しなきゃいけない。それでなくても問題は山積みなんだ。その上に、あんなワケアリの……」

「ワケアリ、というのは」何森は口を挟んだ。「友田の記憶喪失のことか？」

「そうだよ。案の定、こんなトラブル起こしやがって。だから俺は、あんなの受け入れるのやめろって言ったんだ」

沼野は、同じ言葉を繰り返した。

「それにしても変わった奴だよな。満了後も園に残りたいっていうのは」

さりげなく、聞きたい方向に話を持っていく。

「そう、それ。一体何を考えてんだか」

「施設長は前向きの様子だったが」

「えこひいきなんだよ、えこひいき」

沼野は、もはや声を潜めるでもなく、気炎を上げる。

「確かにやっこさんはここまで優等生だったよ。模範生といってもいい。園の雑用もやってくれて助かってたのは間違いない、でも特別扱いはまずいだろ？　大体、期限の終わった寮生を置いといたって補助金は出ないんだ。奴に給料を払うとしたらどっから出すっていうんだ？　主幹は自腹でも、って勢いなんだからやんなっちゃう。えこひいきも大概にしてほしい、ってもんだよ、なあ」

「施設長はなぜそこまで友田のことを？」

「へっ、見てくれがいいからじゃねえか？」

沼野が面白くなさそうな顔で言う。

「まさかそれだけってこともないだろう」

「どうだかな……まあ同情もあるんだろうけど、奴の境遇に。でもな」

沼野は再び声を大きくした。

「情で動いちゃまずいんだよ、この仕事は。やっぱりお嬢さんだから分かってねえんだ。うん？　お嬢だけに情に厚いってか？」

面白くもない自分の冗談に口を開けて笑う。

何森も付き合って笑い声を上げてから、「しかし境遇っていっても、奴のことは何も分かってないだろう？」と話を元へ戻した。

「なんかいろいろ調べてやろうとしてるんだよ、それが」

調べてやる？　その言葉に引っかかった。

「調べようがあるのか？　奴は自分のことは何も覚えていないはずだが」

「知らねえけどな。この前、全養協《ぜんようきょう》に何か問い合わせしてたみたいだけど」

「全養協？」

「ああ、全国児童養護施設協議会。児童養護施設は知ってるだろ？　その全国組織だ」

児童養護施設についてはもちろん知っている。保護者がいない、あるいは虐待などで適切な養育環境にないと判断された原則十八歳未満の子供たちが入所して生活する施設だ。

「友田が、そういう施設と何か関係が？」

「さあ、知らんけどな」

「その全養協への問い合わせが、友田がらみだというのは確かなのか？」

「確かってわけじゃねえけど」沼野は面倒臭そうに答えた。「過去はともかく、今の寮生に養護出身の奴はいねえしな。主幹があんなに一生懸命調べごとしてんのは、奴がらみしかないんじゃないかね」

〈ロク〉が、児童養護施設出身――。

その可能性を、桐子は何かで知ったのだろうか？

考えられないことではなかった。七年半前の逮捕時、〈ロク〉の顔写真こそ公開されることはなかったが、事件そのものはニュースでも報道された。本人が記憶を失っていても、心当たりがある者が名乗り出てもおかしくなかったが……。そもそも家族がいない、あるいは長い間離れて生活していたとしたら、それも合点がいく。

「その件、何か分かったら教えてくれんか」何森は、わざと軽い調子で言った。「今度はもっといいところでおごるから」

「じゃあ寿司だな」

沼野は、下卑た笑いを向けてきた。

「例の兄妹について、素性が判明しました」

いつかのイートイン・スペースで落ち合ったみゆきから報告を受けたのは、その数日後のことだった。

これまでも、似顔絵の男女に似た兄妹を知っているという情報はいくつか警察に寄せられていた。その中でも信憑性が高いとされたのが、県内志木《しき》駅近くの喫茶店、新座《にいざ》のパチンコ屋、それぞれの店主から寄せられた情報だった。

喫茶店の方は少し前まで勤めていた〈臼井美帆《うすいみほ》〉というウェイトレスを、パチンコ屋の方は最近急に姿を見せなくなった〈うっさん〉という常連客をそれぞれ指しており、〈美帆〉の方にはちょくちょく店に来ていた「兄」がいて、これも似顔絵によく似ている、ということだった。

〈うっさん〉についてよく知る常連客に聞き込みを行うと、本名を〈臼井鋭一《えいいち》〉ということが分かった。「みほ」と呼ぶ妹がいたということも。

この二人が、〈友田六郎〉を拉致した兄妹とみて間違いない、と捜査員たちの意見は一致した。

合同捜査班では、新座署の協力を仰ぎ臼井美帆なる女性の住居であるアパートを訪ねたが、だいぶ前に「夜逃げ同然」に引っ越していった、ということだった。

「まだ断定はできない」という慎重論もあり、逮捕状こそ請求されていなかったものの、重要参考人として臼井兄妹の行方を追っているという。

「七年半前の事件当時の足取りも、ある程度判明しています」

今の居場所を探すのに比べれば、来《き》し方《かた》を調べるのはさほど難しいことではなかった。まず美帆が勤めていた喫茶店に、採用面接の際に提出した履歴書が保管されていた。そこに最終学歴として書かれていた北海道の高校に当たったところ、臼井美帆なる女性の名は、十六年前の卒業生として確かにそこにあった。また、喫茶店の店主や同僚らが覚えていた会話の断片から、今の店に勤める以前は、某有名チェーンが経営するファミリーレストランに勤めていたこと、その頃の住居は和光《わこう》市辺りであったことが判明した。

これらの情報を元に、和光市周辺の当該チェーンに照会した結果、八年ほど前まで川越《かわごえ》街道沿いにあるファミリーレストランで、臼井美帆という女性がウェイトレスとして勤務していたことが突き止められた。

店長以下スタッフは総入れ替えになっていたものの、当時のサブマネージャーが今は本部の営業課におり、その四十歳になる女性に二人の写真を見せたところ、美帆が働いていたのはもちろん、男の方も何度か店に来たことのある彼女の兄に間違いない、という証言が得られたのだった。

「〈藤木〉という名の男についてももちろん聞き込みはしてるんだな?」

何森の質問に、

「そうなんですが……」

みゆきの口調は途端に歯切れが悪くなった。

「こっちは、まるで何も出てこないんです」

捜査班は、ファミレスの方だけでなく、うっさんこと臼井鋭一が常連だったというパチンコ屋や雀荘にももちろん当たった。店員や常連客たちに〈友田〉の写真を見せ、この男を見なかったか、〈藤木〉という名に心当たりはないか、と訊いて回った。中には似たような男を見かけたことがある者はいたものの、〈藤木〉という男が実在した確固たる証言は出てこなかった。美帆や鋭一とは対照的に、〈藤木〉は自らの足跡をどこにも残していなかった。

「捜査班の対象は臼井兄妹ですから仕方ありませんが。もう少し真剣に〈藤木〉についても調べれば何か引っかかってくるとは思うんですが」

「いや、無駄だろう」

「無駄？」

訝《いぶか》しげな顔を向けてくるみゆきに、何森は言った。

「調べても無駄だ。おそらく〈藤木〉については何も出てこない」

「もちろん偽名だとは思いますが……」

「名前だけじゃない。奴はおそらく最初から慎重に、自分の情報が残らないようにしていたんだ」

みゆきが肯く。「その頃から事件を計画していたということですね」

「事件だけじゃない」何森は答えた。「すべて、だ」

「すべて？」みゆきが不審げな表情を浮かべた。

「『記憶喪失』も初めから計画されていた、ということですか？」

黙した何森に、みゆきが続ける。

「事故に遭ったのもわざと。逮捕されるのも、実刑になるのも計画通り、だと？」

「そうだ」

「機械や専門家を欺くために、長い時間をかけて想定問答集などで何度も練習し、本当の感情が出ないようにコントロールした？」

実際にそんなことが可能かどうかは分からない。だが、〈ロク〉はそれをやり遂げたのだ。

「しかし、事故で一命をとりとめたのは奇跡的だったと聞いています。まかり間違えば命を落としかねない、そんな危険な賭けを――なぜそんなことまでして、わざわざ捕まらなければならないんですか？　なぜ記憶喪失の振りなどを」

「奪った金を独り占めするためだ」

「――そこが分からないんです」みゆきが、釈然《しゃくぜん》としない顔で言う。

「ではなぜ対象者は金を取りに動かないんでしょう。今は共犯も警察も見張っているから？　ほとぼりが冷めた頃に動き出そう、というのなら分かります。しかし、対象者は園に残りたいと言っている。そんなことをしたらますます身動きがとれません」

その問いには、何森も答えられなかった。

「もう一つ、どうも納得できないことがあるんです」

「何だ」

「奪った金を独り占めする――。その行為と、対象者とが、どうしても結びつかないんです」

言わんとすることは、何となく分かった。

「記憶喪失を装っているから。そう言われればそうなのかもしれません。しかし対象者の、あの達観したような態度。物腰。言動。どこをとっても、銀行強盗を起こすような――いや起こしたのは事実だとしても、そのお金を独占しようとするような男に、見えないんです。私が甘いのかもしれませんが――」

みゆきが、何森のことを見た。

「何森さんはどうですか？　あの男が本当に奪った金を独り占めしようとしている。そう思いますか？」

答えられなかった。

だが、他にどんな理由がある？

自分も、みゆきも、そして加納桐子も、いまだ奴に騙されているのかもしれない。

記憶喪失の演技だけではない。

――クソがつくほど真面目な奴ですね。

――問題を起こすことはないと私も思っていましたから。

――ここまで優等生だったよ。模範生といってもいい。

すべて奴の芝居だとしたら？

「何森さん……」

みゆきが、自信なげな口調で言う。

「もしかしたら対象者は、すでに目的を遂げてしまったのではないですか」

「目的？　強盗という目的なら」

「そうじゃありません。対象者の目的が、奪った金を自分が手に入れる、ということになかったらどうなります？」

「――どういうことだ？」

「もし、第三者がいたとしたら」

第三者？

「対象者が事故に遭う前――空白の二十分の間に、金を隠したんじゃなくて、第三者に渡したんだとしたら。臼井兄妹じゃない、本当の共犯者が別に」

本当の共犯者――。

「そもそも対象者の目的は、自分が金を得ることではなく、その真の共犯者に渡すことにあったのだとしたら？」みゆきの口調が、段々確信めいたものに変わっていく。「その目的さえ成就できれば、自分はどうなってもいいと思ったのではないですか？　だから、事故も本気で起こした。死んでも構わない。万が一助かってしまったら、記憶喪失を装えばいい、と」

奴はもう、目的を遂げてしまった……？

「だとしたら、対象者はもう、動きません」

みゆきが断言するように言った。

「ずっと園に残って園の仕事を手伝いたい、というのは本当の気持ちなのではないでしょうか。せめてもの罪滅ぼしとして――」

5

沼野から連絡があったのは、その数日後のことだった。

「主幹が来週、日帰りで出張する。行き先は長野だ」

「長野？」

「ああ。訪問先までは分からないが、新幹線は佐久平《さくだいら》までの指定をとっている。そんなところに園の用事はないはずだ。昨日、例の全養協からファックスが届いていたから、その関係だと思う」

「分かった。礼を言う」

「寿司、忘れるなよ」

笑い声を残して電話は切れた。

その足で係長のところへ行き、休暇を願い出た。窓際の記録係が休むのを止める者は、誰もいなかった。

その朝、大宮《おおみや》駅の新幹線乗り場の隣にある駅カフェで、桐子が現われるのを待った。沼野が言うには、九時二十八分大宮発、長野行き「あさま」の指定をとったという。

九時を少し過ぎた頃、乗り換え口にパンツスーツ姿の桐子が現われた。何号車に乗り込むかだけを確認し、ホームの券売機で隣の車両に空席を探した。

幸い、席はあった。指定券を買い、列車に乗り込む。通路から確認すると、車両の中ほどにその姿を見つけた。佐久平に着くまでは張り付いていなくても大丈夫だろう。自席の車両に入り、腰を下ろした。

やがて、新幹線が動き出した。流れる景色を眺めながら、みゆきが言っていたことを思い起こしていた。

奪った金は、すでに第三者——本当の共犯者の手に渡っている。初めからその計画だった。事故も。記憶喪失を装うことも。臼井兄妹は、単に利用されただけ——。

そう考えれば、確かにすべての辻褄《つじつま》が合う。しかし、何森はまだ確信が持てなかった。服役を覚悟し——いや、事故でまかり間違えば命を落とすかもしれなかったのだ。死ぬかもしれない危険を冒してまで、奪った金を他人に渡すことが目的？　そんなことがあるのだろうか。それほどのリスクを冒してまでなぜ他人に金を——。

いずれにしても、と思う。それが事実だとしたら、みゆきの言う通り〈ロク〉はもう動かない。すでに目的を遂げているのだから。

奴が動かないとしたら、こちらが動くしかない。

そう思っていた矢先の、桐子の行動だった。

もしかしたら桐子も、同じように考えているのではないか、と何森は思っていた。

記憶喪失を疑っている、ということではない。〈ロク〉の記憶喪失を信じ、しかし奴が自分の過去を取り戻そうと動かないことに歯がゆさを感じ、自分が動こうとしているのではないか。〈ロク〉が——友田六郎が何者か知りたい。その一点で、何森と桐子の目指すものは一致しているのだ。

何森は、昨日のうちに調べ、プリントアウトした紙片を取り出した。

長野県内の児童養護施設。全十四か所のうち、進路を見れば松本《まつもと》・飯田《いいだ》・上田《うえだ》方面の施設は除外していい。残るは七つだが、佐久平から向かうとなると五か所に絞られる。

そのうちのどこかに、〈ロク〉と関係のある施設があるのだろうか——。

新幹線に揺られることおよそ五十分。「間もなく佐久平に到着します」というアナウンスで、何森は立ち上がった。車両の際に立って桐子の様子を窺う。隣の車両から出てくる数人の客の中にその姿が見えた。身を隠してホームに着くのを待ち、降車客に混じって彼女の後を追った。

小諸《こもろ》から小淵沢《こぶちざわ》へと向かう小海線《こうみせん》への乗り換えホームへと、桐子は向かった。つかず離れず、その後を追う。今度も桐子の乗った隣の車両に乗り込み、様子を窺った。やがて単線のローカル列車はゆっくりと動き出した。

新幹線の駅を離れれば、周囲には田畑が広がりだす。その風景を楽しむ余裕もなく、桐子は一駅先の岩村田《いわむらだ》という駅で下車した。慌ててその後を追う。

想像以上に小さな駅だった。駅前には駐車場が広がるだけでロータリーもない。バス停はあるようだったが、桐子はタクシー乗り場へと向かった。他に客はなく、そのすぐ後に付くわけにもいかない。改札近くの自販機で飲み物を買う振りをしながら、タクシー乗り場から目を離さないようにした。

しばらくして、タクシーがきた。桐子が乗り込むのを待って、タクシー乗り場へ走る。このままでは見失ってしまうと焦ったが、幸運なことにすぐに次のタクシーがやってきた。

「今出たタクシーを追ってくれ。あそこの黒い車体の」

「何です？　警察の方？　何かの捜査で？」運転手は目を丸くしつつもタクシーを発進させ、桐子を乗せたタクシーを追ってくれた。

さして交通量は多くなかった。ここまでくれば見失うこともないだろう、と安堵《あんど》してシートにもたれる。

「地元の警察の人じゃないですよね。どこからです？」

好奇心丸出しで尋ねてくる運転手だったが、何森が何も答えないでいると諦めたように運転に専念した。

タクシーは、中山道《なかせんどう》を東へと走っていく。高校や郵便局のある一角を過ぎると、牧歌的な風景が広がってきた。

もし〈ロク〉がこの町にある児童養護施設で育ったなら、と何森は思う。

さっき通り過ぎた高校に通い、この道を歩いていたのか。

一体どんな少年で、どんな暮らしをしていたのだろうか。

やがて川を越え、市営球場を後にした辺りから、道幅は狭くなり、上り坂になっていく。

「この先に児童養護施設はあるか?」

突然何森が言葉を発したので驚いた運転手だったが、「ああ、ありますね」と答えた。

「そうか、前の車『ともしび』に向かってるのか」

合点がいったように呟いている。

何森は、児童養護施設のリストに目を走らせた。

「ともしびの里」。長野県佐久市下平尾《しもひらお》。創立は昭和三十五年。定員は五十名。運営は仏教系の社会福祉法人のようだった。

「行き先は分かった。急がなくていい。前の車に不審に思われないようゆっくり行ってくれ」

「分かりました」と肯き、運転手はスピードを緩めた。


道の途中で、空のタクシーとすれ違った。

「この先です」

運転手の言う通り、そこから二百メートルといかないところに、児童養護施設「ともしびの里」はあった。

運転手の連絡先を聞いて、タクシーから降りた。

離れたところから建物を眺める。桐子がここに入って行ったことは間違いない。とはいえ、後をついて中に入るわけにもいかなかった。

建物から少し離れた場所に立つ大木の陰に身を隠した。玄関の出入りは十分見える。誰かに見つかったら、子供の様子を見に行ってくれと親から頼まれた探偵の振りでもするしかない。どれぐらいかかるだろうかと案じたが、三、四十分ほどで玄関に桐子の姿が現われた。初老の女性と一緒だった。園長だろうか、その女性に丁寧に辞去の挨拶をしている。

やがて迎えのタクシーがきて、桐子が乗り込む。その後を追うつもりはなかった。知りたいことは、この施設の中にあるのだ。

タクシーが走り去ったのを見送ってから、中へと戻っていく初老の女性に歩み寄った。

「すみません」

声を掛けると、驚いたように女性が振り返る。

「こちらの施設の方ですか」

「はい」

女性が改まった様子で向き直った。

「園長の柴本《しばもと》です。何かご用でしょうか」

「私は何森といいます。今来た女性――『緑友園』の施設長さんとおそらく同じ用件なのですが。〈友田六郎〉さんのことでお伺いしたいことが」

柴本という園長が、ほんの少し首を傾げた。

「あなたも『緑友園』の方ですか?」

「いえ」事実を告げた方がいいだろうと判断した。「警察の者です」

休暇中で手帳は所持していなかった。代わりに名刺を差し出す。柴本は両手で受け取り、少し顔から離すようにして眺めた。

「……刑事さん、ですか？」

「はい」少し心苦しかったが、肯いた。「少しお話を伺えますか」

「はあ」

腑に落ちないような顔をしながらも、柴本は「ではこちらへ」と建物の中へ促した。

玄関を入ったすぐのところにあるソファを「どうぞ」と指す。腰を下ろし、柴本と向かい合った。彼女が尋ねる。

「どんなことでしょう」

「加納さんと同じ用件です。友田六郎さんが昔、こちらでお世話になっていたのではないか。そのお話を」

柴本は、何森のことをじっと見た。もう七十に近いだろう。その濁りのない瞳に、少しばかり怯《ひる》んだ。

柴本が、静かに尋ねた。

「その友田六郎さんという方は、何か罪を？」

正直に話すことにした。

「七年半前に、ある事件を。しかしもう、罪は償っています」

「ではなぜ、今頃？」

そう、なぜ、今頃。

何森は、ふいに分からなくなる。

なぜ自分は、〈ロク〉のことを調べているのか。とうに終わった事件のことを。

いや、終わっていないのだ。そう思う。事件がまだ続いているという意味ではない。

〈ロク〉が何者で、何のためにあんな事件を起こしたのか。

それを知るまでは、自分の中では終わらないのだ――。

「彼を罪に問うためではありません」何森は答えた。「今言ったように、彼はすでに罪を償っています。ただ、事件そのものはすべてが解明されたわけではありません。彼は何者なのか。それを知ることで、事件の全貌が明らかになる。私はそう考えています」

柴本は、少し考えるような仕草をした。やがて顔を上げると、「分かりました。お話しします」と言った。

「加納さんにお話ししたのと同じことですが……」

「はい」

「友田六郎さんという人のことは知りません。加納さんが今日お尋ねになったのは、三十年前にこの園にいた、十五歳の男の子と、その四歳になる妹についてです」

十五歳の男の子。

四歳の妹。

何森は、一瞬めまいのようなものに襲われた。

お兄ちゃん。

少女の声が蘇る。

違う。そうじゃない。お前のことじゃない――。

「どうしました?」

目の前に、心配そうな柴本の顔があった。

「ご気分が悪いようですが……」

「大丈夫です、続けてください」

「……はい」訝る表情を浮かべながらも、柴本は続けた。

「二週間ほど前になるでしょうか。全養協から問い合わせがあったんです。ある名前の、父親が行方不明の未就学女児が在園していないか、過去に在籍していなかったか。協会に加入している全国すべての施設に問い合わせているようでした」

何森は肯き、先を促した。

「懇意にしている更生保護施設からの依頼、ということでした。出生が分からない寮生がいて、警察でも分からないのだと。その出生を確かめることが、寮生の更生には必要らしいので是非協力してほしい、と」

それが、沼野の言う「全養協に何か問い合わせをしていた」内容なのだろう。

それにしてもなぜ、未就学女児なのか。桐子は、〈ロク〉に幼い娘がいることでも摑んだのだろうか。

「それで――こちらにいたんですね、そういう女の子が」

「園児の個人情報については、本来、外部の方にはお教えできません」

柴本の口調が、事務的なものになった。

「在園児はもちろん、過去の在籍についても。うちのような施設にいたことを公《おおやけ》にしたくない人もいますから」

「はい」

「そのことを前提に、過去に該当する女児がいた、と返答しました。するとしばらくして、全養協から聞いたと、加納さんから直接お電話があったんです。私どもとしてはこれ以上詳しいことはお教えできない、とお断りしたのですが」

その時のことを思い出したのか、柴本は困惑したような表情を浮かべた。

「どうしても直接会って、『事情』をお話ししたい、そうおっしゃるんです。いらっしゃってもご希望には添えないと思いますとお伝えしたのですが、それでも構わない、伺いたい、とおっしゃるので。では、お会いするだけならと。それで、先ほどお見えになって」

「加納さんが話した『事情』というのは」何森は言った。「その『出生の分からない寮生』が記憶を失っている、ということですね」

「はい」と柴本は肯いた。「全生活史健忘、というのだそうですね。私は存じませんでしたが、自分に関する記憶をすべて失っているそうで。どこで生まれたのか、これまで何をしていたのか。自分の名前さえも……」

「そのようですね」

おや、というように柴本の表情が動いた。何森がそれを信じていない、ということが伝わってしまったのかもしれない。

「加納さんは」気を取り直したように柴本は続けた。「その方の現在の写真を持ってこられました。何かの証明写真のようで、実際の雰囲気はずいぶん違うとおっしゃっていましたけど……」

おそらく、入寮に当たって身上書《しんじょうしょ》に添付された写真だろう。

柴本はそこで、感慨深げな表情を見せた。

「面影はある、と思いました」

面影――〈ロク〉の少年時代の。

「奴は、ここにいたんですか！」

思わず勢い込んでしまった。その物言いに、柴本が少しだけ眉をひそめた。

「確かなことは申せません」慎重な口調で続ける。「今と同じ言葉をお伝えしました。面影はあるような気はします、と」

「その、面影がある少年というのは――名前は」

柴本は、思案する顔になった。

「加納さんにはお伝えしたので、加納さんからお聞きになるのがよろしいかとも思いますが」

「すみませんが、今、教えてください。先ほどいったように、彼を罪に問うようなものではありません。ただ、必要なんです。彼の名前が。他言はいたしません。誰にも」

それでもまだ迷っているようだったが、やがて、柴本は口を開いた。

「有川亮平《ありかわりようへい》くん、といいます。ここには、十五歳の時から、高校を卒業するまでいました。麻《ま》衣《い》ちゃんという、十一歳下の妹と一緒に」

有川亮平——。それが奴の、〈ロク〉の本当の名前か。

「その有川亮平さんが、こちらを出られてからの足取り——その後のことについてもご存じなんでしょうか」

「卒園してからしばらくのことは」と柴本は答えた。「麻衣ちゃんは中学までここから通っていましたから……」

有川亮平は、高校卒業と同時に地元の建設会社で働き口を見つけ、妹を引き取って一緒に暮らしたいと申し出たが、幼子との二人暮らしは彼にも負担になるし、麻衣にとっても中学までは施設から通ったほうがいい、と柴本たちに説得され、泣く泣く従ったらしい。会社の寮に入った後も、亮平は毎週末には園を訪れ、幼い妹のことを気遣った。はた目から見ても本当に仲の良い兄妹だった……。

「そうすると、妹が園を出たのは……」

「中学を卒業した時ですから、二十年近く前になりますね……」

「その後は、もう全然?」

「麻衣ちゃんがこっちの高校に通っている間はちょくちょく遊びに来たりしてくれていたんですが、二人で上京してからはほとんど」

「その妹さんが今、どこにいるかは」

柴本は、再び首を振った。

「加納さんからも訊かれましたが、亮平くんはもちろん、麻衣ちゃんが今どこでどうしているかは、分かりません。最後にきた手紙も、もう八年ほど前のもので」

八年前──「事件」が起きた頃だ。

「手紙に、住所は」

「書いてありました。ただ、おそらくその後すぐに引っ越したと思います。これも加納さんにはお話ししましたが、その手紙は、近々麻衣ちゃんが結婚するという知らせで……」

結婚。それで転居か。

「それでも構いません。手掛かりになります。その住所を教えてください」

「──分かりました。少しお待ちください」

柴本は席を立った。本当は手紙そのものを見せてもらいたかったが、さすがにそれは無理だろう。場合によっては令状をとるか……。だが、どんな理由で？〈ロク〉には現在なんの容疑もかかっていない。〈臼井兄妹〉の捜査に必要と言えるだろうか。……いや、無理だろう。おそらく令状は下りない。

その時ふと、何かが引っかかった。

臼井も、兄と妹。〈ロク〉──有川亮平にも妹がいる。これは単なる偶然なのだろうか。

いや、それだけじゃない。もっと大事な何かが──。

柴本が戻ってきた。

「こちらが、その住所です」メモした紙を渡す。「手紙の日付は、平成二十四年の六月でした」

事件の八か月ほど前か。書かれた文字に目をやった。

東京都練馬《ねりま》区のアパートの住所と、有川麻衣、という名前。

妹。家族——。

相手が他人ではなかったら——。

さっき引っかかったものの正体が、はっきりと分かった。

みゆきの推理に、今一つ納得できなかった理由。死ぬかもしれない危険を冒してまで、なぜ他人に金を渡さなければならないのか？

他人じゃない。その相手が、「妹」だったとしたら——。

「妹さんからの手紙は、結婚を知らせるものだったと言ってましたね？」

「はい」

「結婚式への招待状、ということではなかったんですか？」

「いいえ」柴本は、首を振った。「ただの知らせでした……しかしもし招待されたとしても、私たちは出席しなかったでしょう」

「なぜです？」

「過去に、結婚が決まっていたのに、うちの卒園生だということが知られてしまったことで破談になってしまった、というケースもありましたから」

柴本の口調は穏やかだったが、その内容は切実なものだった。

「麻衣ちゃんが良くても、相手の方が望まない場合もあります。麻衣ちゃんからも、亮平くんからも、その知らせを最後に連絡は途絶えました。電話も不通になり、手紙も戻ってきてしまって。そういうことなのだと、理解しています」

いや、おそらくそうじゃない。胸の内で呟く。

時期を考えても、連絡が途絶えたのは「事件」と無関係ではないはずだ。

しかし、これから結婚しようとするような女性が、銀行強盗などに加担するだろうか。

それとも、結婚するために、その金が必要だった？

さすがにそれは考えにくい。だとすると、妹は何も知らず、〈ロク〉が勝手にやったということだろうか。だがそんな大金を、妹が何の疑問も持たずに受け取るわけがない。

何森の推理は、そこで再び行き詰まった。

「妹さんと結婚予定だった方の名前は分かりますか」

「はい」柴本は躊躇《ちゆうちよ》なく答えた。これも加納が質問済みなのだろう。

「入来《いりき》さん。入来啓介《けいすけ》さんという人です。病院に勤務されている方だとか」

「病院？　医者ですか？」

「いえ、看護師さんだそうです。麻衣ちゃんはその頃、栄養士の資格をとって学校や病院で働いていたので、その関係で知り合ったんだと思います」

「病院の名前は分かりますか」

「本当に加納さんと同じことをお訊きになるのね」柴本が笑みを浮かべた。「さっき確かめましたから、分かります。東京にある『赤塚《あかつか》病院』というところです」

赤塚病院。

その病院の名は、聞いたことがあった。都内でも有数の、精神科専門の病院ではなかったか。

みゆきの言葉が蘇る。

——あらかじめ、想定問答集などで何度も練習し、本当の感情が出ないようにコントロールする必要がある、と。

——それには、専門的な知識と、訓練する環境、時間、が必要だそうです。

専門的な知識と環境。

精神科専門の病院の看護師がいれば、それも可能ではないか。

有川麻衣と入来啓介。

その二人こそが、記憶喪失の訓練に協力し、〈ロク〉が奪った一億円を受け取った真の共犯者だ——。

来る時に乗ったタクシーに迎えにきてもらい、「ともしびの里」を後にした。桐子と同じ新幹線には間に合わないだろうが、できるだけ早く戻りたかった。

幸い、昼前の新幹線に席を取ることができた。戻ったらその足で「赤塚病院」に赴き、入来啓介という看護師が在籍しているかを確かめる。おそらくもう辞めているだろうが、何らかの手掛かりは得ることができるだろう。そこから、有川麻衣までたどれるか。

新幹線の座席で、何森は、柴本から借りた一葉の写真を取り出した。

在園時の、有川亮平と麻衣の写真だった。最近の――それにしても二十年近く前だが――写真は、桐子に渡してしまったという。借りてきたのは、それよりずっと前に二人が園に来たばかりのころ、東京に遊びに行った時の記念写真だった。

どこかの動物園で撮ったものらしかった。二泊三日であちこち観光したが、二人が――特に妹の麻衣が一番行きたがったのがその動物園だったという。

「上野《うえの》動物園でしょうか」

尋ねると、柴本は首をひねった。

「もう三十年近く前なので覚えていないんですけれど……上野じゃなかった気がするんですよね」

そう言って、写真を覗き込むようにした。

「麻衣ちゃんが、そこにしかいない動物を見たいというので、ちょっと不便な場所にあったその動物園に行ったように思うんですけど……どこだったか……」

鹿のような動物の前で、十五歳の少年と四歳の女の子がにこやかにこちらを向いて並んでいた。

有川亮平と、妹の麻衣。

とうとう見つけたぞ――。

何森は、胸の内で呟いた。

〈名無しのロク〉〈友田六郎〉〈藤木〉。いろいろな名前で呼ばれ、呼び名が変わるたびに実体が失われていくようだったその男が、ついに現実の人間として目の前に現われたのだ。

何森は、写真の中の少年を見つめる。

十五歳という年齢ではあるが、それが〈ロク〉の真の姿であることに間違いはなかった。

この聡明そうな少年と愛らしい少女が、なぜ二十数年経った後に大それた犯罪に手を染めなければならなかったのか。

真相は、もうすぐそこにある。そう思いながら写真をポケットに仕舞った。

携帯電話が鳴ったのは、その時だった。みゆきからだった。

立ち上がり、デッキに向かいながら通話ボタンを押した。

「何森だ」

「荒井です。何森さん、臼井美帆が、確保されました」

「――いつだ」

「つい三十分ほど前です。今、浦和署に移送中です」

「どこで確保された」

「病院です」

息を呑《の》んだ。

「赤塚病院か」

「赤塚病院？」みゆきが怪訝《けげん》な声を出す。「いえ、八王子《はちおうじ》の下川《しもかわ》病院というところです」

八王子？　下川病院？　一体そこは何だ。

「なぜ被疑者《マルヒ》はそんなところに？」

「働いていたんです。看護助手のような仕事をして。そこの同僚が、たまたま訪れた交番で美帆の似顔絵を見たらしくて、それで」

通報があったのか。

「分かった。浦和署だな。一時過ぎになると思うが、着いたらすぐに向かう」

「着いたら？　何森さん、今どこにいるんです？」

「会った時に詳しく話す。とにかく俺もそっちに向かう」

「でも、来られても」

みゆきは何か言いかけたが、構わず電話を切った。

行っても、捜査員ではない自分には聴取をすることはできない。みゆきはそう言いたかったのだろう。だが、何としても直接美帆の話を聞きたかった。

〈藤木〉といつ、どこで会い、どんな経緯で犯行に加わることになったのか。

そしてもう一つ。どうしても訊きたいこと、訊かなければならないことがある。

〈藤木〉に妹がいること。〈麻衣〉という、その妹のことを知っているか——。

6

浦和署に駆け付けたが、案の定、何森はけんもほろろに追い返された。その夜にみゆきと落ち合い、話を聞いた。

「対象者《マルタイ》の拉致に関しては、大筋認めています。美帆は鋭一に言われて嫌々手伝っただけだと言っていますが」

兄の鋭一とはその件の後に別れ、今は連絡もとっておらず居場所も知らない、と供述しているようだ。

一人になった美帆は、なるべくそれまでの生活圏から離れた方がいいと考え、都内に出て仕事を探した。たまたま八王子の下川病院で看護助手の募集を見つけ、未経験でも可、ということだったので応募し、採用されたという。

なぜ〈ロク〉を拉致しようとしたかについては、まだ話していないようだ。捜査班でも、とりあえず逮捕・監禁の容疑で逮捕状を取って身柄は飯能署に移し、七年半前の事件についてはじっくり調べていく腹のようだった。

「奴のことは何と呼んでいる?」

「やはり〈藤木〉と呼んでいるようですね」

「〈藤木〉というつ、どういう経緯で知り合ったかについては？」

「それについては黙秘しています」

ひととおり何森からの質問が終わったところで、みゆきが尋ねた。

「何森さん、教えてください。昼間、どこへ行ってたんですか」

元より、みゆきにはすべて話すつもりだった。

「長野だ」

「長野？　一体そんなところへ何をしに」

これまで分かったことをすべて話した。〈ロク〉こと有川亮平は、奪った金を妹の〈麻衣〉、あるいは妹の婚約者である〈入来啓介〉という男に渡した可能性がある。その入来は精神科病院の看護師――。

「専門的な知識と、訓練する環境……」

みゆきが、何森が考えたのと同じことを口にした。

「間違いありませんね。記憶喪失は、やはり詐病――」

「『赤塚病院』の方には問い合わせてみた」

「それで」

「入来啓介という職員は、いないそうだ。以前在籍していたかについては答えられないと」

「事件の頃に辞めていたとすれば、もう記録は残っていないかもしれませんね……有川麻衣についてては名前しか分からないんですか」

「明日にでも、以前住んでいたというアパートを訪ねてみるつもりだ」

みゆきが、おや、という顔で何森のことを見た。

「今の話を捜査班にあげることは考えていない、ということですか」

「言っても、取り合ってはもらえないだろう。奴らの頭の中には、臼井美帆の口から鋭一の居場所を聞き出すこと、七年半前の事件について自供させることしかない」

「しかし、奪った金が麻衣、あるいは入来啓介に渡っていることが分かれば」

「確証はまだない。それを摑んでからだ」

「一人でやるつもりですか?」

「そっちは動けないだろう」

「係長に朝いちで話してみます。有川麻衣と入来啓介にも事件の共謀の疑いがあると分かれば、捜査の対象になります。最初に何森さんのフォローをしろと言ったのは森下さんなんですから」

「できるか」

「やります。明朝、ご連絡します。それまで待っていてください」

「――とりあえず、明日だ」

何森は言った。

「おそらく、加納桐子も同じことを考えているはずだ。もしかしたらもう動いているかもしれない。あまり猶予はない」

「分かりました。明日、必ずご連絡します」

翌朝、みゆきから電話があった。

「すみません。朝から捜査会議で……私は動くことができなくなりました」

くやしそうな声で言う彼女に、「何か分かったら連絡する」と答えて、一人、練馬に向かった。柴本から聞いた住所は、西武池袋線の富士見台《ふじみだい》駅から歩いて十分ほどの場所にあった。

新旧のアパートが並ぶ通りを歩きながら、何森はもう一度メモに目を落とす。八年前の〈有川麻衣〉の住所。今もそこに〈麻衣〉が住んでいる可能性はまずないだろう。アパート自体が残っているかどうかも怪しい。古いアパートはどんどん取り壊され、新しいマンションに生まれ変わっているのはどこも同じだ。

入り組んだ路地を行きつ戻りつしながらようやく見つけたその建物は、想像通りの古い木造アパートだった。外壁はところどころ剝げ、元の色も分からなくなっている。

それでもアパートが残っていたことに一縷《いちる》の望みをつなぎ、集合ポストに「一〇一号室」の表札を探した。だがやはりそこに〈有川〉の名はなかった。

とりあえずその部屋のドアをノックすると、学生風の若い男がドアを開けた。八年も前の住人のことを尋ねる相手に胡散《うさん》臭げな顔を見せながらも、近所に「大家さん」がいる、と教えてくれた。

礼を言ってアパートを辞去し、途中にあったコンビニで菓子折りを買い求め、教えてもらった「大家さん」を訪ねた。

「あら、あなたも麻衣ちゃんのことを?」

菓子折りを差し出してから用件を切り出した何森に、見るからに人の好さそうな老女は、驚いた顔を見せた。

「誰か同じ用件で?」

「ええ、昨日の夕方。更生保護施設っていったかしら? そこの施設長さんという方がいらしてやっぱり麻衣ちゃんのことを。女の方なのに、大変でしょうねえそういう仕事は……あなたも、同じところで?」

「まあ似たようなものです。話が重複《ちょうふく》して申し訳ないですが、聞かせてもらえませんか。有川麻衣さん、ご存じですね」

「ええ、もちろんよく覚えてますよ」

「今、どこにいるかは」

「悪いんだけどそれは分からないのよ」

老女は申し訳なさそうに首を振った。転居先を前の大家に告げる者はあまりいない。仕方がなかった。

「麻衣さんにお兄さんがいたことはご存じですか」

「ええ、知ってるわよ。やっぱりお兄さんのことお訊きになるのね。礼儀正しい、立派なお兄さんだったわよ」

部屋の借主は麻衣だったが、引っ越しの挨拶の際にはその「兄」も同行しており、「妹のこと、どうぞよろしくお願いします」と深く頭を下げたこと。勤めている会社の寮住まいだという「兄」の姿はそれからも度々見かけ、見るからに仲のいい兄妹だったこと。麻衣は栄養士をしており、勤め先は想像通り入来啓介と同じ「赤塚病院」だったこと。

話好きの老女は、「素直ないい子」である麻衣と会うたびに、二人のことをいろいろ聞きだしたらしい。

幼い頃に両親を亡くし、兄が親代わりに育ててくれたこと、その妹の結婚が決まり、まさに幸せの絶頂だったこと。

「あたしも結婚式には呼んでくれる、なんて言ってくれてねえ。身よりがなくて招待客も少ないから、来てくれれば嬉しい、って言われて……今どき、結婚式に招待してくれる店子《たなこ》なんていないから、あたしも感激しちゃって……それなのに、あんなことになるなんて……」

老女の顔が、ふいに曇った。

「あんなこと?」

「ええ。神様ってほんとにいないんだって恨んだもんですよ……」

飯能署の玄関を入った何森は、エレベータを待つのももどかしく、階段を駆け上がった。会議室があるフロアに着くと、部屋のドアを片っ端から開けていく。

三番目に開けた会議室に、見知った強行犯係の面々がホワイトボードを囲んでいるのが見えた。

　乱暴に開いたドアの音に、捜査員たちが一斉に振り向く。

「何森さん」

　真っ先に立ち上がったのは、みゆきだった。

「臼井美帆の聴取をさせてくれ」

　突然の乱入とその言葉に、全員が顔をしかめる。

「何なんですか、いきなり」

「何森さん、悪いが会議中だ」

　迷惑顔が向けられる中、「何か分かったんですか」とみゆきだけが声を弾ませた。

「何さん、困るな」

　奥に座っていた森下が立ち上がった。

「会議を続けていてくれ」部下たちに言うと、何森に歩み寄る。

「悪いが、あんたはうちの係じゃない」

　その言葉を無視し、問うた。

「美帆は自白《ゲロ》したのか」

「拉致事件に関しては――」

「そっちじゃない。七年半前の事件についてだ」

　森下が苦虫を噛み潰したような顔になった。

「それについては、まだだ」

「俺に話をさせてくれ。自供をとってみせる」

断定した口調に、森下の表情が変わった。聞いていた捜査員たちも顔を見合わせている。

「根拠は？」

「美帆に訊いてくれ」

「何をだ」

「『八王子で、まいを見つけたか』と」

「何だそりゃ。なんかの映画のタイトルか」

森下が失笑を浮かべる。

「いいから訊いてくれ」

「何さん、どういうことなんだ」

「いいから美帆にそう伝えろ」

「どういうことか説明してくれんと――」

「八王子というのは、下川病院のことですか？」森下の背後でみゆきが立ち上がった。「被疑《マル》者《ヒ》が働いていた」

「そうだ」

「伝えてみましょう」森下に、みゆきが直訴する。「私が行きます」

迷ったような表情を浮かべた森下だったが、仕方がない、という風に肯いた。

「行ってこい」

「はい」みゆきが部屋を飛び出していく。

「どういうことなんです」

若い捜査員が、色をなして何森に迫った。

「何かネタを摑んできたんなら、まずそれを我々に伝えるのが筋でしょう」

「やめとけ、無駄だ」

森下が捜査員に向かって苦笑を浮かべた。

「摑んできたネタは確証を得るまでたとえ仲間でも漏らさない。そういう昔気質《かたぎ》の刑事《デカ》さんだからな、このお方は」

森下の皮肉に、何森は無言で応えた。


「被疑者が、何森さんと話したいと言っています」

しばらくして戻ってきたみゆきが、そう告げた。

「自供すると言ってるのか?」

「とにかくその刑事さんと話をさせてくれ、と」

再び考え込んだ森下だったが、やがて、顔を何森に向けた。

「必ず自供をとってくれ。勝手な行動を許すのは、本当にこれが最後だ」

こうして、美帆への何森の聴取は許可された。みゆきが補佐役でつくことも認められた。

「教えてください、何森さん」

留置場に向かう途中で、みゆきが尋ねた。

「有川麻衣の居場所が分かったんですか。もしかして下川病院に勤務して？」

「いや、そうじゃない――」

歩きながら、麻衣が住んでいたアパートの大家から聞いてきた事実を話した。

大家が言った「あんなこと」――。

それは、結婚を控え幸せの絶頂にいたはずの有川麻衣が、突然仕事場で倒れ、緊急入院した、という事実だった。

兄が電話で告げたことには、麻衣には元々心臓に疾患があったのだが、それが原因で血栓が生じ、脳梗塞に至ってしまった。今はまだ意識が回復していない、と――。

面会はできなかったが、どこの病院に入院したかは、大家が書き留めていた。

八王子の、下川病院――。

「下川病院に、麻衣が」

みゆきが、驚いたように口にした。

「美帆は、どこかでそれを知って、病院に入り込んだんですね」

「おそらくな」

「麻衣は、今でも病院に？」

何森は首を振った。

「現在の入院患者に、〈有川麻衣〉という女性はいない」

「その後について、大家さんは？」

「何も知らない、ということだった。面会謝絶だということで見舞いにも行けず、数か月が過ぎた頃に麻衣の婚約者だという男が来て、転居の手続きをしてそれっきりだと」

元気になってくれてるといいんだけど……。大家はそう言って、続けた。

いい病院に移れることになったからって、その男の人は言ってたけど……。

「入来啓介ですね」みゆきが言った。

「間違いない。転居の日付は、平成二十五年二月九日だ」

「それって、『事件』の」

「五日後だ」

「――『いい病院に移れることになった』。そう、入来啓介は言ってたんですね」

「そうだ。麻衣の病気がどういう類いのものかは分からないが、もっと良い治療を受けられるようになった、ということだろう。そういった治療には、保険のきかないものもある。いずれにしても多額の治療費が必要になる」

「それで――」

何森は、肯き、答えた。

「妹の治療費が必要だった。それが〈ロク〉の――〈有川亮平〉の犯行動機だ」

取調室には、すでに美帆の姿があった。スウェットの上下にサンダル履き、長めの髪は後ろで無造作に縛っている。何森たちが入っていくと、鈍い動作で美帆は顔を上げた。

その前に座り、「飯能署刑事課の何森だ」と名乗る。

「あんたが、伝言の刑事さん？」

肯き、「これから取り調べを始める」と告げた。

「あなたには黙秘権があり――」

「そんなことはどうでもいいよ」美帆が遮《さえぎ》った。

「あんた、〈麻衣〉のことを知ってるの？」

美帆のことを見返し、何森は答えた。

「〈有川亮平〉の、十一歳下の妹」

「有川亮平……」

美帆が、俯いて呟く。

「あたしはそんな奴は知らない」

「では言い直そう。〈藤木〉の妹、だ」

美帆が顔を上げた。

「今、どこにいるか知ってるの」

その言葉で分かった。美帆も知らないのだ。有川麻衣が、今、どこでどうしているのかを。

「探している。そっちと同じだ」

美帆が、探るように何森のことを見た。

無言のまま、しばし睨み合う形になった。

視線を逸らしたのは、美帆の方だった。

「……あたしはもう、このまま出られないんでしょう?」

今までとは違う、弱々しい声だった。

「鋭一が逃亡中の現状では」何森は正直に答えた。「おそらく保釈はない。逮捕・監禁の容疑だけでも勾留されたまま起訴されるだろう」

美帆の口元が小さく歪んだ。自分を憐れむような笑みだった。

「……もうあいつには会えないってわけか」

「会いに来い、と伝えることはできる」

何森の言葉に、美帆が視線を戻した。

「あんたが会いたがってる、面会に行ってやれ、と伝えることはできる」

「あいつを逮捕するんじゃないの?」

「奴はすでに裁かれている。これから新たな罪を犯さない限り、逮捕されることはない」

美帆はふっと息をついた。それは、安堵のため息のように見えた。

美帆が再び何森のことを見た。

「約束してくれる?　必ずあいつに伝えるって」

「分かった」

「あたしに会いに来てくれって」

「伝える」

美帆は、小さく笑みを浮かべると、話し出した。

「〈藤木〉と会ったのは、八年前のことだった。ちょうど今ぐらいかな。暑かった夏が終わって、ようやく涼しい風が吹き始めた、そんな頃だった……」


そう、兄貴より先に、あたしの方が先にあいつと知り合ったの。あたしの勤めていたファミレスの客だった。常連、というほどじゃない。週に一度来るか来ないかぐらいの客だったけど、最初から強く印象に残ってたんだ。

うん、タイプだったのは確かだけど。それだけじゃない。

あいつは、いつも決まって一番奥の席で、あたしが運んだコーヒーを前に、一時間ほどただ黙って座っていた。食事をとることはほとんどなかったね。何でうちの大して美味《うま》くもないコーヒーをわざわざ飲みに来るのかは分からなかったけど。

店にいる間、携帯を取り出すことも、新聞や雑誌を読むこともない。トイレに立つこともなかったんじゃないかな。ただ、目の前のカップを見つめてるの。その視線の先にあるのが、コーヒーじゃないってことは、何度か来るうちにあたしには分かった。

何か得体のしれない、あたしには想像もつかないような深い思いを抱えているんだろう。そんな風に見えた。

あいつが見ているものを知りたい、っていう好奇心が、あいつ自身への興味へと変わっていくのに、それほど時間はかからなかった。

何度目だったかなあ、とにかくある時、あたしは初めてあいつの一人の時間の邪魔をした。

水曜日がお休み？

少しも減ってない水のお代わりを無理矢理注いだついでに、そう訊いたの。何て声を掛けようかいろいろ考えたんだけど。いつも来るのが水曜だって気づいてね、会話のとっかかりにしようと思ったんだけど……。

その時のあいつの顔を思い出すと、今でもちょっとぞっとする。

何て言うか、その辺の石ころを見るような目であたしのことを見たの。蔑《さげす》んでるって意味じゃないよ。何の感情もない……突然声を掛けられて驚いたとか、迷惑そうだとか、そういうのも一切ない。本当にそこには何の感情も浮かんでなかった。

もうその瞬間には声を掛けたことを後悔してたけど、それでも頑張って続けたんだ。

いつも来るの水曜の昼間だから。

もうそのまんまね。自分でも馬鹿なセリフだと思うけど、そう言うしかなかった。でもね、そしたらあいつが、ああ、って声を漏らしたのよ。返事っていう返事でもなかったけど、初めて「コーヒー」って注文以外、口をきいてくれたことが嬉しくて、尋ねたのよ。

何の仕事してるの？

そしたら、パチンコ屋で働いている、って。

素っ気ない言い方だったけど、答えてくれたことに勇気付けられてさ、続けたの。

ほんとぉ。あたしのお兄ちゃんもパチンコが好きで、毎日いりびたってるよ。

そしたら。

あいつの顔つきが変わったのよ。ほんの少しだけどね。それまで石ころを見るようだったのが、人間を見る目に変わった、っていう感じ。

お兄さんがいるのか。

あいつは、そう言ったの。呟くような感じだったけど、目の前にはあたししかいないんだからね。あたしに答えたのよね。嬉しくなって、そこからべらべらしゃべっちゃったのよ。

そう、兄ひとり妹ひとり。両親が早くに死んじゃったからさ、ずっと二人きり。ろくでもない兄貴だけど、まあ、たった一人の身内だから、って。

あいつは、ずっと黙ってた。あたしの話を聞いてるのか聞いてないのかよく分かんなかったけど。

そのうちあたしも話すことがなくなっちゃって、気まずい思いで、じゃ、どうぞごゆっくり、って席を離れようとした時にね、あいつがポケットから何か取り出してこっちに差し出したのよ。

良かったら、お兄さんに、店に遊びに来てくれ、って。

勤めてるパチンコ屋の名前が入った使い捨てライター。

……それが、三人がつるむことになったキッカケ。

うん、そう、兄貴にそのライターを渡して、あいつのことを話して。行けばサービスしてくれんじゃない？　とか適当なことを言って。もちろん本当はあたしが行きたかったんだけど、女一人でパチンコは、ねえ。そう見えないかもしんないけど、あたし、そういうとこあるのよ。

だから兄貴が代わりに行って、知り合いになってくんないかな、って期待して。そん時は兄貴も大して興味示した様子はなかったんだけど。

その一週間後ぐらいかな。兄貴が気まぐれにその店に行って、本当に大勝ちして帰ってきちゃってさ。ううん、あいつがマジでサービスしてくれたかどうかは知らないよ。たまたま、なんじゃないかとあたしは思ってるけど。兄貴はすっかり気をよくしちゃって。あいつのこともいっぺんで気に入っちゃってさ。大して話なんかしてないと思うけど、いい奴だ、とかいっちゃって、マジ現金。

それから兄貴は、足しげくあいつの店に通うようになってさ。もちろんいつも勝つわけじゃなかったけど、それまでに比べれば大負けすることはなくなって、兄貴にとってあいつはすっかり「ツキを呼ぶ男」になったわけ。大勝ちした日には、店終わりのあいつを誘って飲みに行くようにもなったりして。あいつが兄貴なんかの誘いに乗ったことにすっごい驚いたんだけど。無口な男とおしゃべりで調子のいい奴とで、案外気が合ったのかもしれない。

で、あたしもそのうち兄貴に連れてもらってその店に行くようになってさ。あたしはあんまりやらなかったけどね。見てるだけ。あいつの手が空いてそうな時を見計らって話しかけたりして。

それで、三人でも飲みに行くようになった。ほとんど兄貴が一人で飲んでしゃべってたけどね。あいつも退屈そうな感じには見えなかった。お酒？　勧めれば飲むけど、そんなに好きっていう風には見えなかったね。うん、飲んでも全然変わらなかったね。あたしもあんまり飲めないから、面白くねえ奴らだな、とか言いながら、兄貴がいつも一人で酔っぱらってたね。

そうやって親しくはなっていったけど、あいつは、自分のことはほとんどしゃべらなかった。一人暮らしで、今の店には勤めてまだひと月ほど、ということだけは分かったけど、それ以外、どこの出身でどういう経歴で家族はどうしているのか、なんて全然。どこに住んでるのかも言わない。

そう、だからあたしも、あいつの部屋に行ったことがないんだ。その頃は兄貴と二人で住んでたから、あたしのところに来るってわけにもいかないから、そういう時は適当なとこに入って……。

うん、まあいつの間にかそういう関係になったってわけ。

でも、なんかねえ……これって、恋人同士って言えるのかな、って思ってた。だってあいつのこと何にも知らないんだもの。何にも話してくれないんだもの。ただ何となくね、家族はいないんじゃないかってこととね、あたしや兄貴と同じように、根無し草のように職を転々として、何の当てもない生活を送ってるんじゃないかなって……。

でもやっぱり知りたいじゃない。相手のこと。ね、そう思うでしょ。そっちの……女の刑事さん。

だから尾けたのよ。あいつのこと。

せめてどこに住んでいるかぐらい突き止めてやろうって。まさか女でもいるんじゃないだろうなって、ちょっと不安にも思いながらね。

まあそれは途中で中断しちゃったんだけど。

その頃なのよ。あいつが突然、その言葉を口にしたのは。

いつものように三人で飲みながら、兄貴の馬鹿話を黙って聞いていたあいつが、兄貴の話が一段落したところで、唐突に言ったの。

一緒に、銀行を襲ってみないか、って。

まるで天気の話でもするように、なんでもない口調で——。


美帆は、七年半前の事件についてすべてを供述した。「計画」は、〈藤木〉から持ち掛けられたものだった。

初めてその話が出た時、本気か、と問うた美帆に、〈藤木〉は「本気だ。俺は一人でもやるつもりだ」と返し、続けたという。

「ただ、あんたたちが一緒にやってくれるっていうのなら、心強い。俺には、信用できる相手はあんたたちしかいないんだ」

あんたたちが、あんたに聞こえたの。

そう、美帆は言った。

初めは冗談だろと笑い飛ばした鋭一も、それからことあるごとに〈藤木〉からその計画について聞かされるうちに、次第に本気になっていったという。

そして犯行当日。一億円強奪には成功したものの、金を持って逃げたはずの〈藤木〉は逮捕されてしまった。記憶喪失を装っているのは、金のありかを隠し通すためだと鋭一も美帆も信じていたらしい。出所後には必ず連絡があるはずだと——。

「本当はあたしは、金のことはどうでも良かったんだ」と美帆は言った。「兄貴と違って、それが目的で計画に加わったわけじゃないし……」

美帆は、〈藤木〉が本当に記憶喪失なのだと信じたという。でなければ、出所したのに自分に知らせないわけはない、と。

一方の鋭一は、ただただ怒り狂っていた。奴は俺たちを裏切った。金を独り占めにするつもりだ。そんなことさせてたまるか。そうまくし立てた。

「でもあたしに会えば、って思ったんだ」美帆は哀しげな笑みを浮かべ、そう言った。「あたしに会えば、あたしの顔を見れば思い出すはずだ。そうだ、絶対そうに違いないって」

絶望の中に一筋の光を見出《みいだ》す思いで、美帆は「奴をさらう」という兄に協力したのだった。

しかし、拉致には失敗した。

美帆と鋭一に会っても、拳銃を突き付けられてもなお、〈藤木〉は何も思い出さなかった。美帆のことも。二人で過ごした時間も。

失意の美帆は鋭一と別れ、一人で〈藤木〉と会う方法を探そうとした。もう「緑友園」には近づけない。接触するとしたら、〈藤木〉が訪れそうな場所で、待ち伏せするしかない。

当ては、一つだけあった。

それが、八王子の下川病院だった。

「あいつのことを尾けたって言ったでしょ。そうでもしなきゃ、あいつは自分のことを何も話さなかったからね」

そう言って、美帆は寂しげな顔を見せた。

「藤木って名前だってどうせ偽名だろうって思ってた。それぐらい秘密主義の方が組むにはいいんだって兄貴は気にしてなかったけど。あたしにまで何も教えないっていうのはひどいって思ってね……」

教えてくれないのであれば、自分で突き止めてみせる。美帆はそう決め、ある日、自分と別れてから一人で帰る〈藤木〉の後を尾けたのだという。

電車を乗り継ぎ、〈藤木〉は県境を越え、東京のはずれへと向かった。こんなところに住んでいたのか、と訝った美帆だったが、さらに意外なことに、着いた先はアパートでもマンションでもなかった。

夜間受付の警備員に慣れた様子で挨拶をし、入院病棟へと向かっていくその後ろ姿を見送ったところで、ようやく美帆は、彼が誰かの見舞いに来たのだということを悟った。

警備員に、今の人は誰の見舞いに来たのかと尋ねたが、不審がられて目的を果たすことはできなかった。一時間近く表で佇《たたず》んだものの、外気の寒さに耐えられず、その日は帰った。

数日後、美帆は今度こそ住んでいるところを突き止めようと再びその後を尾けたが、〈藤木〉はまた同じコースを辿《たど》った。

一体誰を見舞っているのか。〈藤木〉が入って行った後、続いて夜間受付の前を通り過ぎようとしたが、警備員に呼び止められてしまった。言い訳をしながら、開いていた面会帳に目を走らせたが、そこに〈藤木〉の文字はなかった。しかし、面会帳の一番下に書かれた文字だけは、しっかり記憶にとどめたのだ。

患者の名は、有川麻衣。面会人の名は、有川亮平。患者との関係の欄には「兄」。

そう書かれてあった——。

美帆の自供は、何森の聴取の後、正式に調書にとられた。美帆は、七年半前の強盗容疑で、再逮捕された。

「一つだけ私から訊いてもいいですか」

何森の聴取が終わったところで、背後に控えていたみゆきが言った。

「ああ」

何森が肯くと、彼女が美帆に向かって尋ねた。

「あなたは今でも、〈藤木〉が本当に記憶喪失だと信じてる?」

美帆は、虚を衝かれたような表情を浮かべた。かなりの間があってから、「分かんない」と首を振った。

「……そんなこと、もうどっちでもいいよ」

力なく答えてから、誰にともなく言う。

「どっちにしても、あいつの中にあたしがいたことなんてなかったのよ……最初から最後まで。ただの一度も……そうでしょう？」

みゆきも、そして何森も言葉を返せなかった。

「あいつの中にずっといたのは……」

言いかけて、ハッとしたように美帆が顔を上げた。

「お願い、兄貴を捕まえて」

何森に向かって言う、その表情が強張っている。

「あたしは本当に兄貴の居場所を知らない。携帯にも出ない。だからそっちで、何とかして探して、捕まえて。でないと――」

言い淀んだ美帆の後を、何森が受けた。

「鋭一が奴のことを殺すと？」

逮捕しなければ、臼井鋭一は再び〈藤木〉のことを襲う。奴が金のありかを白状しなければ、今度こそ威嚇ではなく――。

「違う」と美帆は首を振った。

「きっとあいつに、兄貴は殺される」

美帆は、数日前に兄と電話で話した時に、〈藤木〉に〈妹〉がいることを教えてしまったのだという。

「兄貴は、あいつの弱点を見つけた、って大喜びだった。これで奴と取引ができるって。でも、もしそんなことをしたら、あいつは――〈藤木〉は兄貴を赦《ゆる》さない」

美帆は、懇願するように言った。

「お願い、助けてやって、お兄ちゃんを――」


「お手柄だな」

美帆の完全自供《かんおち》を手放しで喜んだ森下だったが、〈有川亮平〉〈麻衣〉の兄妹については、ほとんど関心を示さなかった。〈友田六郎〉こと有川亮平の記憶喪失は詐病である、という何森の主張についても。

「予想はしていましたけど……」

みゆきが、くやしそうに言った。

以前に度々利用した安居酒屋で、仕事が終わった後、二人で落ち合っていた。

「有川亮平はもう罪を償っていますし、麻衣は、事件当時はまだ入院・治療中だったはずです。共謀の可能性は薄いと考えているようで」

「入来啓介についてはどうだ」

「ええ、確かに」みゆきの口調は、歯切れが悪くなる。「入来には、共謀共同正犯の可能性がありますけど……」

記憶喪失を装うための訓練に、精神科の看護師だった入来啓介が協力したのは間違いない。そして、有川亮平が奪った金を、麻衣の治療のために入来が受け取った、ということも。

「しかし、何の証拠もありません。捜査班にとっての『共犯』は、あくまで臼井兄妹ですから」

その言い分は分かった。正式に捜査の対象とするには、共謀の証拠を見つけるしかなかった。あるいは、証言を。しかし、共謀の事実を知っているのは有川亮平と入来啓介の二人だけ——。

「入来の行方は分からないんですよね」

何森は黙って肯いた。赤塚病院はすでに退職している。分かっているのはそれだけだった。有川亮平——捜査班にとってはいまだ〈友田六郎〉だ——には、聴取すら許可されないだろう。となれば。

「加納桐子は、その後どうしているんですか」

みゆきが尋ねた。彼女も同じことを考えていたようだ。

桐子は、何森と同じ情報を摑んでいる。つまり、入来啓介の存在も知っているはずだった。

「おそらく、奴に調べたことを伝えたはずだ」

昼間、「緑友園」の沼野に連絡を入れてみたのだった。

「今朝、友田を執務室に呼んで、二人で話し込んでたな。満了後の話じゃないか？　俺たちに相談もしないで何を考えてるんだか」

沼野は、面白くなさそうな口調でそう答えた。

長野の「ともしびの里」で知り得たことを、その日に〈友田〉に伝えたのだろう。あなたの素性が分かった。あなたには、〈麻衣〉という名の妹さんがいる。それに対して奴はどう答えたか。

おそらく、何の反応も見せなかったのではないか。

何森には、その光景が目に浮かぶようだった。

7

執務室のドアがノックされた。

「はい」

「友田です。お呼びでしょうか」

「入って」

執務の手を休め、加納桐子は立ち上がった。

「失礼します」

ドアが開き、入ってきた友田は後ろ手にドアを閉めた。だがそれ以上は近づいてこようとせず、まっすぐ前を向いたまま、桐子の方を見ようともしない。

「座って」

応接セットを促しても、「いえ、このままで結構です」と動かなかった。

「お話とは何でしょう」

「うん、あのね……」

どこから話そうかと何度も考えていたはずなのに、いざ話すと思うと、ためらいが生じた。だが話さないわけにはいかないのだ。迷いを振り払い、桐子は切り出した。

「あなたが誰だか、分かったの」

友田の表情は変わらなかった。

「聞こえなかったかしら？　あなたが誰だか分かった、と言ったのよ」

「私は、〈友田六郎〉です」

友田は、前を向いたまま答えた。ある程度予想された反応だった。

彼の気持ちは分かっていた。自分が余計なことをしているのだということも。それでも、知ってしまった以上話さないわけにはいかない。

「あなたの本当の名前は、有川亮平。お父さんの名は幸一《こういち》。お母さんの名は京子《きょうこ》。そのお二人の長男として、昭和五十年に長野県小諸市で生まれている。残念ながらご両親は、あなたが中学生の頃に亡くなってしまっているけど」

「ともしびの里」の園長から聞いてきた〈有川亮平〉の経歴を話し、抽斗《ひきだし》から「写真」を出した。

「ご覧なさい、あなたと、唯一の身内である妹さんが写ってる。妹さんの名前は、〈麻衣〉さん」

〈有川亮平〉という名を聞いても眉一つ動かさなかった友田の表情が、初めて動いた。ゆっくりと桐子のことを見、それから視線を机の上に置かれた写真へと動かした。

「どうぞ、ご覧なさい。見れば分かるわ」

友田の顔に、迷うような表情が浮かんだ。やがて、ゆっくり近づいてくると、無言で写真を手に取った。

桐子は友田の表情を凝視した。写真を見たその瞬間がチャンスだ。思い出すなら、一瞬にして思い出すことだろう。

だが――。

友田の顔には、何の感情も浮かびはしなかった。数秒眺めただけで、写真を元に戻すと、

「分かりません」

と素っ気なく答えた。

「何も思い出さない？」

「はい」

「でも、似ているでしょう？　その写真の男の子、あなたに」

「分かりません」

友田は同じ答えを繰り返した。桐子は、急に不安になった。分からない？　そんなはずはない。私だけじゃない、柴本園長だって一目で「面影はある」と言ったのに。

「もっとよく見たら?」

「必要ありません。お話というのは、このことでしょうか」

「そうだけど……ねえ、もう一度見て。本当に何も――」

「では失礼します」

友田は踵を返すと、ドアに向かった。

「ちょっと待って」

桐子が駆け寄ろうとした時、友田の動きが止まった。

「施設長――」

低いが、強い声だった。

「今後、私の過去を調べていただく必要はありません」

そうきっぱり口にすると、「失礼します」と一礼し、出ていった。

……彼を、怒らせてしまった。

桐子は唇を嚙んだ。頼まれもしないのに余計なことをしたのは確かだ。だから感謝してくれとは言わない。だが、自分が何者であるか分かったのに、身内の存在が明らかになったというのに、何の興味も示さないのはなぜ?　いや、興味がないはずはない。あれは、嘘だ。そういう振りをしているだけだ――。

その時ふと、桐子の心に一つの疑念が湧いた。

もしかしたら――。

彼は、すでに思い出しているのではないか？　自分の過去を。「妹」のことを。思い出したがゆえに、それに気づかれたくないのではないか？　人に知られたくないのではないか？

なぜ。なぜ自分の過去を隠さなくてはならない？

桐子の心が泡立つ。知りたい。友田の、いや、〈有川亮平〉のことを、もっと。

それが彼の望みでないことは十分承知しているにもかかわらず、その欲求に逆らうことができない。初めて会った時から、桐子はそう思っていたのだから――。

＊　　＊

〈彼〉を迎えたその朝――。桐子は、すでに何度も読み返して隅の隅まで頭に入っている資料を、もう一度読み直していた。

通常、氏名・年齢はもちろん、生まれや家庭環境などについても細かく記される新入寮生の身上調査書だったが、〈彼〉の場合はほとんどが空欄だった。

「氏名・年齢　不詳」

から始まり、経歴や家族に関する事項などが一切ないその身上調査書に目を通しながら、改めて〈彼〉が、この施設をしてもきわめて特異なケースであることを感じる。

だが、それならむしろ更生しやすいのかもしれない。桐子はそう思っていた。ほとんどの入寮者は、いくら更生を誓っても、罪を犯した過去からは逃げられない。犯罪を行うに至った原因・自らの性格・家庭環境については忘れたくても忘れられないのだ。

それをはなから覚えていないということは、いってみればまっさらな、汚れを知らない子供のようなものではないか。実際、刑期中の〈彼〉=〈ロクさん〉は、温厚で善良な、模範的な服役者だったと資料にはあった。

大丈夫。他の寮生と同じように、私がきちんと社会復帰させてみせる。そう胸の内で呟くと、桐子は資料をファイルの中に戻した。

そろそろ〈彼〉が到着する頃だ。自らを鼓舞《こぶ》しながら、桐子は立ち上がった。

「主幹、連れてまいりました」

玄関から出ると、迎えに行っていた職員の隣に、〈彼〉は立っていた。歩み寄る桐子に深々と頭を下げ、「お世話になります」と、小さいが、しっかりした声で口にした。

頭を上げた〈彼〉は、桐子のことを正面から見た。

このようにまっすぐ自分を見る入寮者は初めてだった。普通はもう少し伏目がちだったり斜に構えていたりするものだ。

桐子も、〈彼〉の目を見返した。

澄んだ目をしている。

それが、桐子の第一印象だった。これまで対したどの入寮者にも感じたことがないものだった。

〈彼〉の、園での生活が始まった。

桐子が施設長として最初にしたのは、〈彼〉に名前を与えることだった。

「友田六郎。いい名ですね。ありがとうございます」

その日から、〈彼〉は〈友田六郎〉になった。

友田は、毎日規則正しい生活を続けていた。寮内では禁止されていた飲酒はもちろん、寮生の多くがやるタバコもやらない。喧嘩も借金も賭けごとも、他の寮生が多かれ少なかれ行う問題行動は、友田には一切見られなかった。それどころか、普段行き届かない園内の箇所の掃除や、庭の草むしり、水やりなど、何の義務もない作業を率先して行い、自らの部屋は常に整理整頓されていた。

入寮の際の導入手続きで行ったIQテストの結果、知能が驚くほど高いことも分かった。SSTに参加すれば、どの役もどんなシチュエーションでも難なくこなし、終わった後の意見交換でも常に的確な意見を述べた。

入寮して一週間も経たないうちに、友田があらゆる面から見て「模範生」であることは、桐子だけでなく、補導員の誰もが認めるところとなっていた。

家に帰ると、桐子はまず窓という窓を全部開ける。暑さの残る今の季節はもちろん、冬の厳寒時にもその習慣は変わらなかった。一日中閉め切って淀んだ空気を短時間で入れ替えた後は、熱いシャワーを浴び、缶ビールを一本だけ口にする。それが、桐子にとって一番のくつろぎの時間であり、唯一のぜいたくだった。

2DKの室内には、無駄なものは一切なかった。奥の部屋を寝室に、手前の六畳をリビングとして使い、家具と言えば、冷蔵庫に母の形見である桐のタンス。それとこれだけは少し奮発《ふんぱつ》して買ったオーク材のダイニングテーブルだけだった。他の家具や電化製品——テレビやパソコン、オーディオセット、本棚といったもの——は、すべて「緑友園」の執務室に置いていた。

実際、この部屋に帰ってくるのは寝るためだけであり、その眠りすらも突然の呼び出しに邪魔されることがままあった。園までは歩いて十分とかからない距離にあるから、どちらに物を置いてもさして変わらないとも言えるのだった。

桐子がこの中古マンションを買った時には、数少ない学生時代の友人などは「もっと住むところと職場は切り離さなきゃ駄目よ」と忠告してくれたものだが、桐子にしてみれば、これでも両親に比べればかなり職住を離したつもりなのだと、苦笑を返すしかなかった。

園を継ぐことを、初めから決めていたわけではなかった。それまでの仕事にはやりがいを感じていたし、加えて、付き合って数年になる相手がいた。将来について話し合ったわけではなかったが、ともに三十代半ばという年齢を考えれば、互いにそれを意識しないで交際しているわけもなかった。

結婚か園を継ぐか、などという二者択一を迫られたわけでは決してなかった。だが、母が亡くなったのを機に銀行を辞め、社会福祉を学びに大学に入り直すことを決めた時、相手が口にした、

「何でそんなことを？　まさか君が施設を継ぐってことはないんだろう？」

という一言が、二人の間に亀裂を走らせた。

「なんで『まさか』なの？」

「いや、だって――」

女の君が。その言葉を相手が慌てて呑み込んだのが、はっきり分かった。常識的にはその通りだろう。女の身で、実務経験もなく、更生保護施設といういわば犯罪者の巣窟の長を務めるなどということは、誰が考えても無謀なことだ。そう分かっていたからこそ、桐子とて迷ってもいたのだ。

だが、はなからその可能性を否定された――少なくとも相手が全くその可能性を考えていなかった事実は、いつまでもとれない刺《とげ》のように桐子の胸に刺さった。

桐子の気持ちが伝わったのだろう、二人の仲は次第に気まずいものとなり、重雄が倒れ再起不能であると分かった頃に、桐子の方から別れを告げた。

仕事と恋愛・結婚は両立しない、などと決めつけたわけではない。だが、日々はあまりに忙しく、考えなければならないこと、しなければならないことが多すぎた。いつの間にかロマンチックな事柄とは無縁になり、結果として、四年の間にこの部屋に足を踏み入れた異性は皆無、というのが現実になってしまっていた。

この道を選んだことに悔いはない。それは、決して強がりではないつもりだった。しかし、例えば今日のように晴れた日曜日。たまには誰かと一緒にどこかへ出かけたりしたい、と考え

ないでもなかった。都会の雑踏から離れ、郊外に新鮮な空気を吸いに出かけるとか。そう、例えば動物園にでも行って――、

動物園？

突然頭に浮かんだその言葉の唐突さに、我ながらなぜ？　とクエスチョンマークが浮かぶ。

だがすぐに、ああ、と気が付いた。

昼間の会話の中に出てきたのだ――。

今日の午後、執務室でたまった書類を一気に仕上げ、ふと中庭に目をやると、友田が一人、伸びっ放しの庭木を刈り込んでいた。

日曜日だというのに熱心なこと。心の中で呟いた桐子は、休みの日に園に残って雑務をこなしている者同士、という妙な連帯感が芽生え、外に出た。

「いつも申し訳ないわね」

玄関から回って声を掛けると、友田はいつものように律儀に頭を下げてから、「いえ」と首を振った。「勝手にやらせてもらっていることですから」

「そんなことないわ。助かってるのよ」

器用に剪定鋏《せんていばさみ》を使う彼の姿を眺めながら、桐子は訊くとはなしに尋ねた。

「こんなに天気がいいのにどこにも出かけないの？」

友田が剪定の手を休め、目を細めて桐子のことを見た。太陽を背にした桐子が眩しかっただけなのだろう。だが桐子は、その姿にふっと懐かしさを覚えた。

父も昔、日曜日など少しでも時間に余裕ができた時には、そうやって庭木の剪定をしていた。その姿を、ガラス越しに見るのが好きだった。そんな時は決まって母が桐子の分のジュースと父のために熱い茶を淹れ、「ちょっと休みませんか」と声を掛ける。

ああ、と振り返った父の、少し目を細めた表情が、好きだった。自分と母に向けるその温かい眼差しが。その光景は、両親ともに忙しくほとんど一家団欒《だんらん》などという時間を持った記憶のない桐子にとって、数少ない「家庭」らしい思い出として残っていた。

「どこにも行くところなんてないですから」

友田の声で、我に返った。

自分に向けられた穏やかな眼差しと彼の言葉が、桐子の胸に深く染み入った。

そう、どこにも行くところなんてない。

だから私も、ここにいるのだ――。

「そうね」桐子は、わざと軽い調子で合わせた。「どこに行っても混んでいるし。それにまだ暑いしね」

友田も、ええ、と肯く。

「早く涼しくなればいいわね。といってもまだまだ残暑が続きそうだけど」

「そうですね。もう少し涼しくなったら――」

彼はそこで、言葉を切った。余計なおしゃべりをした、とでも言うように下を向く。

「あら。涼しくなったらどこか行きたいところでもあるの?」

普段だったらそれ以上詮索はせずに立ち去るところだったが、なぜか桐子はそうできなかった。彼の答えを聞きたかった。

桐子が待っているのが分かったのか、友田は顔を上げると、答えた。

「ええ、秋になって少し涼しくなったら、動物園にでも行ってみようと思っています」

「動物園？　動物が好きなの？」

だが今度は問いに答えることなく、「終わりました」と鋏を仕舞うと、桐子の脇を通り過ぎて行った。

たったそれだけのことだったが、その会話は、桐子の胸の中に、何かを残した。だから今、突然そのことを思い出したのだろう。

本当に不思議な人だ、と改めて桐子は思う。今までの寮生に、あんな人はいなかった。

空になった缶ビールを手の中でつぶし、立ち上がった。

さあ、もう寝よう。明日は朝から、規則を破った寮生の処遇を巡って緊急の会議がある。午後からは、入寮希望者の環境調整面接のために府中《ふちゅう》刑務所まで行かなければならない。早く寝て、体力を蓄えておかなければ。

寝る準備をしながら、桐子の頭に、昼間の会話のことが再び蘇る。

秋の動物園――。

本当にいいかもしれない。私も行ってみようかしら。柄にもなくそんなことを思いながら、ベッドに入った。いつもと同じ缶ビール一本なのに、何だか今日は心地良く眠れるような気がするのだった。

＊　＊

「ボランティアとして残りたい、というお話、沼野さんからお聞きしました」

桐子は、部屋に入ってきてからも直立不動の姿勢を崩さない相手を少しでもリラックスさせようと、ほほ笑みかけながら言った。友田と二人で話すのは、いつかの日曜日に中庭で会話をして以来のことだった。

桐子の言葉に小さく肯いただけで、友田は椅子を勧めても、「いえ」と短く返事をしただけで動こうとはしない。

仕方なく桐子は、せめて口調だけでもなるべくくだけた感じを心がけるようにした。

「うちとしてはとてもありがたい申し出なんだけど、本当にいいのかしら？」

「はい」

「でもね、満期終了までまだだいぶあるでしょう？　その間には仕事も見つかって、会社の寮か借り上げのアパートに入れるかもしれない。あなただったら他の土地に行っても仕事には困らないと思うの。だから、その時になって気持ちが変わったら、遠慮なくそう言ってもらって構わないのよ」

「気持ちは変わりません。雑用でも何でもしますので、ここに置いていただけたら、と思います」

「その気持ちはほんとありがたいの。でもね、その言葉に縛られることはないのよ」

ふいに、友田が桐子の顔を見つめた。

「ご迷惑でしょうか」

「え?」

「私が、ここにいることは園にとってご迷惑でしょうか」

「いいえ——」桐子は慌てて答える。「そんなことはありません。そう聞こえたなら謝ります」

桐子は、言葉を選びながら続けた。

「こちらとしたら、ボランティアで雑用をやってくれる人がいたらほんと助かるの。それは事実なのよ。でも、あなたのこの先のことを考えたら、本当にそれでいいのかな、とも思って……」

「自分には、他に行くところはありません。ここに置いていただければありがたいです」

友田は同じ言葉を繰り返す。本心からのものに思えた。

「分かりました。とはいってもいろいろクリアしなければいけない問題もあるので、少し検討させてください」

「ありがとうございます」

「お礼を言うのはこちらの方よ」

一礼して顔を上げた彼と、また正面から目が合った。先に視線を逸らしたのは桐子の方だった。

「話はこれで終わりです」

「失礼します」

友田は回れ右をすると、部屋から出て行った。

ドアが閉まったのを見届けて、桐子は、ふう、と小さく息をついた。

何なのだろう。あの人と向かい合うと、何か緊張する。ただの寮生なのに……。そう思ってから、いや、やはり彼は他の寮生とは違うのだ、と考え直す。たった今口にした言葉からしてそうだ。

——他に行くところはありません。

そう口にする者は多い。実際、ここに来るものはほとんど身寄りがないか、あっても関係を断たれた者ばかりだ。

だが、友田の場合はさらに切実だった。彼は、自分がどこで生まれたかも、どこに住んでいたかも分からない。彼にとって「知っている場所」とは、世界中に刑務所とここ「緑友園」の二つだけなのだ。

父はよく、「更生保護施設は寄港地でいい」という言葉を口にしていた。今までも、そしてこれからもさらなる荒波の中を生きていかなければならない彼らにとって、束の間立ち寄ったこの場所が、ほんのいっときでも安らげる所であったならばそれでいい。自分の犯した罪への反省や被害者への贖罪《しょくざい》の気持ちは忘れてほしくないが、保護司や保護施設のことなど、ここを出た瞬間に忘れていい、むしろ忘れてほしい、そんな人や場所などとは何の関係もない、新しい人生をつくっていってほしい、と。

でも、例外があってもいいのではないか。桐子の中には、そういう気持ちが生まれていた。一人ぐらい残る者があっても。ここを本当の住み家とする者がいても——。

そうは言っても、今の園の経済状況を考えれば、友田に報酬を出す余裕はないだろう。彼が残るとしても、文字通りボランティアでやってもらうしかない。

報酬は出せないにしても、その代わりに何か自分にしてあげられることはないだろうか。

その時はまだ漠然としていたその考えが具体的な形になったのは、ある小さな出来事がキッカケだった。

*　　*

その日は、同じ市内にある特別養護老人ホームに、友田ともう一人、若い寮生を伴って奉仕活動に出かけていた。社会福祉を学んでいた頃に研修で世話になっていた縁で、今でも月に一度、入所者たちの介護支援の活動を行っていた。もちろん寮生たちに強制はしない。予定のない者の中から希望者を募って出かけるのだったが、ひんぱんに参加する者、しない者に自然と分かれる。友田は自ら積極的に参加するだけでなく、無駄口を叩《たた》かず手を抜かない姿勢は高齢者たちからの評判もよく、施設側から指名がかかるぐらいだった。

入浴の手伝いや食事の介助といった作業が一段落し、デイルームで小休止していた時のことだった。

職員が淹れてくれた冷たいお茶で喉を潤していた桐子たちの傍らを、小さな女の子が駆け抜けていった。

三、四歳だろうか。入所者の面会に来たのだろう、と目をやると、母親らしき女性が「まい！」と呼んで追っていく。「おばあちゃんにこんにちはしなきゃダメでしょ！」と摑まえられた。何が気に入らないのか、女の子は抱き上げられてもまだぐずぐず言っている。そんな光景をほほ笑ましく見ていた桐子は、隣に座った友田の顔を見て、ハッとした。

彼の視線は、その母子《おやこ》に釘付けになっていた。それだけではない。寮に来てから今まで、どのような感情も浮かんだことのなかったその顔に、激しい変化が現われていたのだ。

驚愕。期待。喜び。そして失望――。

その表情は、一瞬にしてめまぐるしく変化した。

思わず見つめていた桐子だったが、友田は、数秒としないうちに元の能面のような顔に戻ってしまい、何事もなかったかのように飲み物を口にした。

「友田さん――」

桐子が呼ぶと、彼はゆっくり振り向いた。

「はい」

「……今、どうしたの？」

「何が、ですか?」

すでに彼の表情からは、何の感情も読み取れない。

「今、自分の顔色が変わったのが分からない?」

「顔色?」

「顔色というか、表情というか、とにかく今、あなたに何かが起こったのよ」

何を言われているのか分からない、という顔で友田は桐子を見返していた。隣にいた若い寮生まで怪訝な顔をこちらに向けている。

「あの女の子、あの母子のことよ」

桐子は母子がいた方を見やったが、もう二人の姿はなかった。

「どこに行ったのかしら」若い寮生に訊く。「ねえ、知らない? 今あそこにいたお母さんと小さな女の子……」

「さあ……」

施設長が妙なことを言い出したぞ、とでも思ったのか、寮生は腰を浮かせると「しょんべんしてきます」と去ってしまった。

「今の母子のこと、見たでしょ?」

桐子は友田に向き直った。

「すみません、何のことだか……」

「今、見てたじゃない。見てたのよ。そして、表情が変わったの。何か大きく感情を揺さぶられていたのよ」

彼の顔には、困惑の色が浮かんでいた。

分かっていないのだ、と桐子は思った。気づいていないのだ。自分の表情の変化に。

もどかしい思いで桐子は尋ねた。

「今の母子に心当たりはないのね？」

「はい、見たこともありません」

答えを待つまでもなく、自分が馬鹿な質問をしたことに気づいていた。彼は、八年近くもの間刑務所にいたのだ。今の女の子はどう見ても五歳より上ではない。見たことがあるはずもなかった。

それでも、今の表情の変化に桐子はこだわった。彼自身に心当たりがなくても、さっきの少女、もしくは母子の存在には、友田の心の奥に触れる何かがあったのだ。

彼の過去と何かつながりがあるのではないか？　例えば、幼い彼と母親。いや、それでは子供の性別が違う。では、彼と娘――。

「ねえ」もう一度、友田に向き直る。「あなた、もしかして娘さんがいたんじゃない？　あれぐらいの、三、四歳の女の子。違う？　全然思い出さない？」

「施設長さん――」

友田がようやく口を開いた。

「自分に子供がいたかどうか、私には分かりません。ですが、それで……分からないままでいいんだと思っています」

「いいって……？」

「私も、以前は、自分は何者なのだろう。家族はいるのだろうか。そう考えたことはあります……ですが、服役していた七年半の間に、思ったのです」

少し間を置いてから、続けた。

「私は自分の過去は知りません。ですが、自分が犯罪者であることだけは分かっています。捜索願は出ていなかった――それが、すべてを物語っているのだと、私は思います。私には家族なんてものはいなかったのでしょう。もし仮にいたとしても、彼らは、私に会いたくないのだと思います。ですから、私はこのままでいいのです。過去を知りたいとは思いません。どうせ碌《ろく》でもない過去です。そんなもの、知らないで過ごせるなら、私にはその方がいいのです」

彼にしては、初めてと言っていいほどの長い言葉を口にすると、立ち上がり、作業をしていた部屋の方へ戻っていった。

友田の声が、桐子の耳の奥に残っていた。

――私には家族なんてものはいなかったのでしょう。もし仮にいたとしても、彼らは、私に会いたくないのだと思います。

そうだろうか、と桐子は思った。そんなの、会ってみなければ分からないではないか。何かの事情があるのかもしれない。会わないうちから、見つけようと努力しないうちからそれを放棄してしまって本当にいいのだろうか。

よくない。桐子は、そう結論づけた。過去を知る努力は怠るべきではない。彼がこの先、よりよい人生を歩んで行くためにも、過去につながりのある、自分は何者かを知ることのできる芽は、摘むべきではない——。

まずは、今の母子だ。桐子は、もう一度そこに戻った。彼は今の光景の、どこに反応したのか。それを知るために、自分が見たことを詳細に思い起こそうとした。

女の子が駆けていって、お母さんが追っていって、女の子の名を呼んで……。

何といっただろうか？　女の子の名前は。そうだ、確か、

——まい！

母親の少女を呼ぶ声が蘇った。

そうだ、その可能性は、ある。

まい、という名。

その名に、本人に自覚がなくても、彼の潜在意識が、体の方が反応したのだ。隠れていた記憶が、一瞬だけ呼び覚まされたのだ。

調べてみよう。そう思った。もし見つかったら、その少女の意思を確かめてみるのだ。友田に、会いたいか、会いたくないのか。

そう、たとえ会いたくてもそのすべがない、ということだってあり得るではないか。もしその〈まい〉という幼い子供が友田の唯一の身寄りだったら、幼子に行方不明者届など出したくても出せない。そういう可能性もあるのに、はなから諦めてしまうのは納得がいかなかった。

調べてみよう。彼には内緒で。結果が出たら教えればいい。桐子は、そう決めたのだった――。

まずは、友田と関わりのありそうな〈まい〉という名の少女を探し出すのが先決だった。

幼子が何らかの理由で突然「一人ぼっち」になってしまった場合、いったん乳児院か児童養護施設に預けられ、そこから里親を探すことになる。桐子は、以前から仕事で付き合いのあった全国児童養護施設協議会の会長である太田《おおた》に、頼みごとをした。

『七年半ほど前に、父親が行方不明になり身寄りがなくなった〈まい〉という名の未就学年齢の女児を探しています。ご協力お願いできないでしょうか』

女児の正確な年齢も当時の居場所も不明。個人情報であることは承知しており、難しいとは思うが、ある寮生の更生にどうしてもその情報が必要なのだ、と訴えた。

必死さが伝わったのか、太田は、各支部ブロックを通じ、全施設に照会します、と応えてくれた。全国の児童養護施設に問い合わせてくれれば、きっと何か手掛かりは得られるはずだ。

しかし、太田から芳しい返事は戻ってこなかった。

やはり自分の見当違いだったのか。友田は〈まい〉などという女の子と何の関係もなく、そもそもそんな名の少女はどの施設にもいないのか……。

太田から電話があったのは、桐子が半ば諦めかけた頃のことだった。

「連絡が遅くなってすみません。全部とりまとめてからの方がいいと思ったものですから……」

丁寧に切り出した太田の口から続いて出たのは、

「あいにく、加納さんのご期待に添えるようなお答えはできないようなんです」

という申し訳なさそうな声だった。

やはり、駄目だったか……。一瞬抱いた期待は、あっけなく霧散した。

「いえ、〈まい〉ちゃんという女の子は何人かいたんですけど」太田が言い訳するように続ける。「どの子も、入所の年次が全然違ったり、父親の生死がはっきりしていたりで……ご依頼に該当する女児はどうやらうちの傘下の施設にはいないようなんですよ」

「そうですか……」

落胆を隠せない桐子を気の毒に思ったのか、太田は、

「それでも一応、〈まい〉ちゃんという園児が過去に在籍していた施設について、リストにまとめましたので、お送りします」

親切にそう言ってくれた。条件が該当しないのでは意味がないと思ったが、厚意を無下にもできず、「お願いします」と答えて電話を切った。

ファックスはすぐに送られてきた。〈まい〉という名の少女が在園している、過去に在園していた、というケースがすべて報告されてあった。だが太田の言うとおり、どの子も年齢や入所時期、父親のあるなしについて、友田のケースには該当しないものばかりだった。諦めて仕舞いこもうとした時、ふと、一つのケースに目が留まった。

長野県佐久市にある「ともしびの里」という児童養護施設からの回答だった。

三十年前、〈麻衣〉という名の四歳の少女が十一歳上の兄とともに入園、と記されていた。

三十年前という年数に頭から除外してしまっていたが、四歳という年齢は、あの時、特養で見た女の子とぴたりと一致する。

桐子の頭の中で、十五歳の男の子と四歳の女の子が手をつないで歩いている光景が像を結んだ。男の子が女の子の手をしっかりと握り、どこかの田舎道を歩いている。頭上からは容赦なく真夏の日差しが照りつけ、女の子の足取りは重い。だが前を行く男の子はしっかりと、女の子を力強く引っ張っていく。

その時ふいに、何かに躓《つまず》いて女の子が転び、つかんでいた手を離してしまう。男の子がアッと声を上げ、続いて悲痛な叫びをあげる。

——まい！

その悲しみに歪んだ顔が、いつか特養ホームで見た友田の顔と重なった。

そうだ！

桐子は我に返った。

「娘」ということはなくても、その可能性はあるではないか。

友田には、〈まい〉という名の幼い「妹」がいたのだ——。

8

地下鉄の改札からエスカレータで地上に上がり、国道に出た。念のためプリントアウトしてきた地図を確かめるまでもなく、信号の向こうに目指す建物が見えていた。連絡をとった時には茨城に本拠のある勤務先の大学まで行くつもりでいたが、幸い先方が東京キャンパスに行く用事があるというので、そこで落ち合おうということになったのだった。

本当は、自分でここまでするつもりはなかった。「ともしびの里」で知り得たことを友田に話し、その後どうするかは友田、いや、〈有川亮平〉に任せる。そう思っていたのだった。

だが、彼が全く関心を示さなかったことで、自分で調べるしかなくなった。まずは「赤塚病院」に連絡し、〈入来啓介〉のことを訊いてみたが、現在そういう名前の職員はいない、ということしか分からなかった。

残る手掛かりは、一つ。かつて〈有川麻衣〉が住んでいた住所を訪ねたのだったが――。アパートの大家から聞かされたのは、思いもかけない話だった。八年近く前、麻衣を襲った突然の不幸。心疾患を原因とする脳梗塞で倒れたという。

入院先が「八王子の下川病院」であるということ、そこからさらに転院したというところまでは分かったが、その病院で八年前の入院患者についての情報を得ることは不可能だろう。話好きの老女と違い、大きな病院の個人情報保護の壁は厚い。

ただ、大家の話で分かったことが一つある。

〈有川亮平〉が罪を犯した理由——。

それは、麻衣の入院と関係があるのではないか。転院しての治療が必要になったとあれば、多額の費用がかかったに違いない。ある程度保険や高額医療費補助でカバーできたにしろ、高度な医療を受けさせようとすれば数百万、場合によってはそれ以上の費用がかかることもある。

妹の治療費を捻出《ねんしゅつ》するため。

彼が犯罪に手を染めた理由は、それなのではないか。

更生保護に携わる自分が決して口にしてはならないことだが、それが理由ならば理解はできる。

いや、それ以外はありえない。あの、冷静で温厚で明晰な友田が罪を犯す理由としては、それしか——。

妹のために罪を犯した。

ほかに道はなかったとはいえ、苦渋の選択だっただろう。さらに不幸なことに、彼は失敗した。銀行の集金車を襲うことには成功したものの、途中で自らも事故に遭い、服役することになった。

唯一の救いは、彼が「記憶喪失者」になり、警察がその身元を確認できなかったことだ。彼の身元が明らかになっていたら、妹は犯罪者の身内として、その原因をつくった者として世間の非難の目にさらされたことだろう。

それだけではない。もし彼女の意識が戻り、それが「自分のため」だと知ったら、どれほど自分をさいなんだことか――。

その時ふと、疑問が湧いた。

いや、本当にそうなのか？

彼は本当に、失敗したのだろうか。

大家の話を聞いた時、麻衣の転居手続きを、婚約者の入来啓介が「兄の代理」として行った、ということが気になった。なぜ〈有川亮平〉自身がしなかったのか？　なぜ入来に代わってもらう必要があったのだろう。

その理由はすぐに分かった。彼は、したくてもできなかったのだ。

大家から聞いた、転居手続きを行った日付。それは、「事件」の五日後だった。

〈有川亮平〉は、身動きがとれない場所――病院か拘置所にいたのだ。

犯行は失敗に終わり、金は手に入れられなかったはずなのに、入来は転院の手続きをした。

そこから導き出される答えは一つ――。

〈有川亮平〉は、金を手に入れたのだ。

そして、それを入来啓介に託した。

彼自身は、逃走途中に事故に遭い、逮捕収監された。だがそんなことは構わなかったのだ。

金が入来に渡れば――妹のために使われさえすれば。

そしてもう一つ重要なこと。彼がどれほどの罰を受けようと、その罪が妹に及んではならない。つまり妹の存在を、警察にも世間にも絶対に知られてはいけないのだ。

このすべてを解決する方法を、彼は見つけた。

すなわち、記憶喪失を装うこと。

彼がそれを徹頭徹尾《てっとうてつび》貫くことさえできれば、すべてはうまくいく。金は逃走途中で第三者——入来啓介に渡す。自分は逮捕されても、妹へ影響が及ぶことはない。その時点で意識のなかった妹は、兄がいなくなったとしても、行方不明者届を出したり、事件と結び付けて考えたりすることはない。いや、事件そのものを知ることがないのだ。

これが逃亡して指名手配でもされていれば、〈有川亮平〉を知る誰かが気付いたかもしれない。だがすでに逮捕されている人間の身元について、警察が顔写真を公開してまで調べることはない。一石二鳥どころか、三羽目も四羽目も手に入れることができるウルトラC——。

もちろん、すべて推測に過ぎない。

だが、それを確かめるすべが、桐子にはあった。

桐子は、大学で福祉を学んでいた頃の恩師の一人だった永野《ながの》ともえという女性と、これから会う約束を取り付けていた。

大家の説明だけでは詳しいことは分からなかったが、心疾患を原因とする脳梗塞で倒れたという〈有川麻衣〉は、意識が回復しないまま転院したのではないか、と桐子は推察していた。

永野は、遷延性意識障害《せんえんせいいしきしょうがい》——重度の昏睡状態を指す——の治療・看護分野における第一人者だった。元々は看護師でありながら、現在は医学博士として国立大学の名誉教授の地位にある。以前は札幌の病院で看護部長として自らの看護技術を実践し、数々の回復事例を報告していた。

国内で、遷延性意識障害の患者を専門的に治療できる病院は限られているはずだった。治療・リハビリには長い年月を必要とする。八年前のこととはいえ、片っ端から当たって行けば〈有川麻衣〉の現在について何か手掛かりが得られるかもしれない。そう思ったのだった。

キャンパスを突っ切り、待ち合わせの喫茶室が入っている建物へと向かう。会うのは久しぶりだったが、年賀状のやり取りはずっと続けており、永野の方も更生保護施設の施設長という仕事に就いた桐子のことを気にかけてくれていた。多忙なはずの永野が、今日時間を割いてくれたのも、「久しぶりに加納さんの顔も見たいから」という理由だった。

喫茶室に入り、空いているテーブルを見つけて席をとった。五分と待たずに、七十歳は過ぎたであろう彼女が、老いなど微塵《みじん》も感じさせない颯爽とした足取りで桐子の前に現われた。

「しばらくね、元気?」

友達のような口調でそう声を掛け、桐子の向かいに座った。ぴんと背筋が伸びた姿は惚れぼれするほどだった。

互いに近況をひとくさりしゃべり合うと、永野は「で、お尋ねの件だけど」と切り出した。

会う時間は限られている。電話で約束を取り付けた後、知りたいこと、訊きたいことをメールで送っていたのだった。

「あなたの言うように、遷延性意識障害の患者を専門的に治療できる病院は限られている。しかも、その多くは自動車事故対策機構が運営している療護センターなの。あなたの話にあった女性は、交通事故じゃないのよね」

「ええ、脳梗塞だと聞いています」

「そうすると、さらに絞られてくる。うちの大学でやっている看護プログラムの他は、岡山の保健衛生大学が中心になって行っているＤＣＳ・脊髄後索電気《せきずいこうさくでんき》刺激療法《しげきりょうほう》か、日大医学部が進めているＤＢＳ・脳深部《のうしんぶ》刺激療法《しげきりょうほう》、あとは小規模に展開されている音楽運動療法ぐらいだけど……」

「はい」

そのすべての病院を紹介してもらうつもりでいた。後は、自分で一つ一つ調べるしかない。

「有川麻衣さん、って言ったわね。三十代前半の女性で、心疾患を原因とする血栓により脳梗塞になった……」

「ええ。何かご存じですか」

「患者さんの名前までは分からないんだけど、同じような症例で、私のところにも問い合わせをしてきた方がいたのを思い出したの。遷延性意識障害かどうかは診てないので分からないけど……そう、ちょうど八年ぐらい前」

「本当ですか！　その人は今――」

「ちょっと待ってね。順番に説明するから」永野が苦笑する。

「は、はい」

「記録を調べてみたのよ。その女性の婚約者の方、お名前なんておっしゃったかしら。精神科の看護師さんだって」

「入来さん。入来啓介さんです」

「ああ、じゃあやっぱりそうだわ。『赤塚病院』の方ね」

「はい。ご存じなんですか！」

「『赤塚病院』の総師長とは昔からの知り合いだったから。彼女を通じて、その入来さんという方から連絡をもらったのよ。あちこち当たってはみたけど、どこも治療は難しいと言われて。可能性がありそうなところも、すでに手一杯で新たに患者さんを受け入れる余裕がない、と。治療費の問題もあったみたいでだいぶお困りの様子だったんだけど……私もちょうどその頃は現場から離れていた時でね。それでもどこかご紹介できるところがないかと探していたんだけど……」

永野の説明がもどかしかった。結局入来は——麻衣はどこの病院に行ったのだ。

「ひと月ぐらい経った頃かしら。その入来さんという方から連絡があって。ご紹介いただだかなくて大丈夫になりました。最も回復が期待できそうな病院を、自分の方で見つけました、って」

「どこですか、教えてください！」思わず叫んだ。「場所さえ教えていただければ、自分で——」

「それがねえ、ちょっと行くのは大変なところなのよ」

永野は、少し困ったような表情を浮かべた。

「入来さんが選んだのは、アメリカの病院なの」


約束通り沼野に寿司をおごる羽目になった。懐具合を考え、何森はチェーンの回転寿司を予定していたのだが、沼野が指定したのは地元の町鮨《まちずし》店だった。当然のようにカウンターに座ろうとする沼野を何とかテーブル席へと促し、「にぎりの上を二人前」と先んじて注文をした。

「何だよ、好きなもんを食わせてくれるんじゃないのか」

不服げな沼野だったが、日本酒を二合もあけたところでいつものペースになってきた。

「主幹が、一週間のアメリカ出張を申請している」

追加でウニの注文をした沼野は、機嫌のいい声でそう言った。

「アメリカ？」

沼野の口から飛び出した意外な単語に、思わずオウム返しにしてしまう。

「ああ、来週のニューヨーク行きの便をとろうとしている」

「――目的は」

「それがよく分からんのだよ」沼野は首を傾げた。「先週の処遇会議でいきなり『自主研修』を名目に、アメリカの更生保護についての新しい取り組みを視察したいとか何とか。何でそんなことを急に言い出したのか……」

沼野は、「おそらくそれも友田がらみなんじゃねえかな」と付け加える。

「友田とアメリカとどんな関係がある」

「それは分かんねえけどな」

「それで、ニューヨーク行きは認められたのか」

「もちろん全員が反対したさ。今、主幹に一週間も留守にされたら大変だからな。けど強引に説得されちまった」

そこまでして行こうとしているとあれば、沼野の言うように「友田がらみ」の可能性が強い。しかし、なぜアメリカなのだ。

「目的を調べられるか。行こうとしている場所、会おうとしている相手」

「うーん、どこまで調べられるかなあ」

「頼む」

「今度はあっちに座らせてくれるか?」

カウンターの方に顎をしゃくった。

小園よりもたちが悪い……。そう思ったが、仕方がない。小園はあれから携帯にも出なくなってしまい、全く連絡がとれないでいた。園についての情報は沼野から得るしかなかった。

「ほんとに何考えてんだか。それでなくても問題山積みだってのに」

ふと、先ほどから沼野が「大変」「問題」と度々口にしていることに気づいた。

「園に、何か問題が生じてるのか」

「え？」

沼野の表情が、少しだけ変わった。

「いや、別に」

目が泳いでいる。何かあるのだ。

「おい、ここにきて隠しごとはやめないか」

「いや、友田とは関係のないことだからな」

「いいから何だ、話せ」

沼野が、仕方がない、という顔になった。

「……寮生が一人、ばっくれちまってな」

「ばっくれた？　脱走したということか」

「俺たちは『離設《りせつ》』と言ってるが、簡単に言やあそういうことだ。たまにあることなんだがな。規則の厳しい寮暮らしに息が詰まって勝手に出て行く奴が年に一人か二人は……けど、満了寸前でトンズラするってのは珍しいんだが」

「満了寸前？」

「ああ、こうなると仮釈も取り消されるからな。捕まったら再収監ってことになる。なぜそんな馬鹿なことを、小園は」

小園？

何森の視線に気づいた沼野が、しまった、という顔になった。

「――今の話は聞かなかったことにしてくれ。口がすべった」

もちろん聞き流すわけにはいかない。

「小園が、いなくなったのか？」

今度は向こうが怪訝な顔になった。

「あんた、小園のことを知ってるのか？」

それには答えず、「いつのことだ」と訊いた。

「いなくなってから一週間は経つかな……もちろん保護観察所には連絡済みだ。行方不明者届を出すような話じゃないから警察には届けてないが……」

一週間前――。

伝票を摑んで席を立った。

「おい、どこへ行く。まだ残ってるぞ」

「俺の分も食ってくれ」

言い捨て、会計を済ませる。店を出たところで、携帯電話を取り出した。もちろん小園に掛けるためだ。

だがやはり、「現在この電話は、お客様の都合で……」というアナウンスが流れるだけだった。

――あとひと月もすれば満了するんで。これ以上やっかいごとに巻き込まれたくないんで。

そう言ったのは小園の方だ。沼野に言われるまでもなく、このタイミングで施設を脱走していいことなど一つもない。

何かあったのか――いや、あったに違いない。

桐子のアメリカ行き。小園の失踪。両者が関係しているかは不明だが、何かが動き出しているのは間違いない。何森は続けて、荒井みゆきの電話番号を呼び出した。


アメリカに研修旅行に行くため一週間ほど休みをもらいたい。処遇会議の場で口にしたその申し出は、予想通り職員たちからは総スカンにあった。突然の自主研修、しかも単独で、となればうるさ型の沼野でなくとも「勝手すぎる」と反発を受けるのは当然だ。それに対し桐子は、アメリカで最近注目されている「家族集団カンファレンス」という主に少年を対象とした修復的司法について視察したい、とにわか知識をもとに熱弁し、何とか強引に説得した。

執務室に戻る途中、自室から出てくる友田を見かけた。

思わず足が止まった。彼の方はこちらに気づかず、いつものように背筋を伸ばした姿勢で歩いて行く。顔を合わせなくてよかったと安堵したすぐ後に、なぜ自分がこんな逃げるような態度をとらなくてはいけないのか、という思いにかられる。過敏とも言える振る舞いをしてしまうのは、先日のあの晩のことがあったからだと分かっていた。

永野に会った数日後の夜のことだった。

その日は、珍しく早い時間に自宅に戻っていた。いつものようにシャワーを浴びようとシャツのボタンをはずしている時、玄関のチャイムが鳴った。こんな時間の訪問者に心当たりなどなく、宅配便かセールスの類いだろうと、いささか不機嫌にインターフォンに向かって「どちらさま?」と応えた。

「友田です。こんな時間にすみません」

心臓が止まるか、と思うほど驚いた。

なぜ彼がうちに? 何かの間違いでは……でも、確かに今の声は彼のものだった。一体何の用で。とにかくドアを開けなくては――ちょっと待て。家に上げるのはまずいのではないか。どこか外で待ってもらったほうが。いや、それはおおげさか。一言二言で済むような用事かもしれない。どうすれば――。

混乱したままインターフォンの前で固まっていると、続けて、彼の声が聞こえた。

「すみません、ちょっとご相談したいことがあって。ご迷惑かと思ったのですが、今日はもう戻られたとお伺いして――」

相談。それならば立ち話ではすまない。人に聞かれたくない話であれば外ではまずいだろう。

「分かった。ちょっと待って」

インターフォンを切ると、洗面所に入り鏡に向かう。帰ってきたばかりでまだ化粧は落としていないのが幸いだった。

いったん脱いだスーツを再び着る。シャツのボタンをきちんと留め直すと、玄関に向かった。

「お待たせ」

努めて軽い口調で玄関を開けた。

「本当にすみません」

友田が一礼し、顔を上げた。狼狽《ろうばい》を悟られたくなくて桐子は視線を落とし、「どうぞ、入って」と体を斜めにした。

園の執務室のようにソファがあるわけでもなく、ダイニングテーブルで向かい合うしかなかった。友田を座らせても、自分はすぐにその前に座ることができず、キッチンに入って時間を稼いだ。

「お茶でいい？　それとも、コーヒーとかの方がいいかしら？」

「どうぞお構いなく。すぐに失礼しますから」

お茶の支度をしながら息を整える。どうやら少しは落ち着いたようだ。よし、もう大丈夫。

桐子は淹れた茶を手に友田の前に座った。

「施設長にはいろいろご心配していただいているのに、先日は失礼な態度をとってしまって――」

深々と頭を下げる。いつか、長野で調べた話をした時のことを言っているのだろう。

「いいのよ、私も勝手にいろいろ調べて、悪かったと思ってる」

友田は「いえ」ともう一度小さく頭を下げると、言った。

「その、施設長が調べた男性のことですが……」

「〈有川亮平〉さんのことね」

友田は、その名を確かめるように肯く。

「その男性と、私が、その……同一人物であることに、施設長は確信を持っていらっしゃるんですね」

「ええ」

桐子は強く肯いた。彼は、考え直したのだ。あの時は「もう調べるには及ばない」と突き放したものの、やはり気になってきたのだろう。そのことを嬉しく思いながら、桐子は「私は、間違いないと思ってる」と答えた。

「施設長がそうおっしゃるなら……きっとそうなのでしょう」

友田はそこで、俯いた。じっと考えるようにしてから、「私は、怖いんです……」と呟くように言った。

「『妹』がいる、とおっしゃいましたね……たった一人の身内だとも……でも、その『妹』は私の捜索願を出していない。それは、何を意味しているのでしょう……それを考えると、これ以上本当のことなど知りたくない。そう思ってしまうんです……」

何と言っていいか分からなかった。彼の気持ちが――「怖い」という意味が理解できるだけに、「分かる」などと安易に口にできなかった。桐子が言葉を探していると、友田が顔を上げた。

「『妹』の居場所は、分かっているのでしょうか」

桐子は首を振った。

「それは残念ながらまだなの。でも――」必要以上に期待を持たせてはいけない、と思いながら続けた。「もしかしたら分かるかもしれない」

「……そうですか」

「『妹さん』の居場所を知っている方と、連絡がとれるかもしれないの。でも、その人が今住んでいるのはちょっと遠くなのね。だから、あなたをそこまですぐに連れて行くっていうわけにはいかないいんだけれど……」

「……そうですか」

友田は同じ言葉を繰り返す。桐子は続けた。

「私がまずはその方に会って妹さんの様子を訊く。その上で、もし妹さんがあなたに会える状況で――」微妙な言い回しになっていないかと気になりながら、言った。「会いたいということになったら、その時、あなたは会う気がある?」

しばしの沈黙があった。

口を開いた友田は、

「その時は、教えてください」

そう言って桐子のことを見た。

「その時は私も――決断をしなければなりません」

今まで見たことのない目だった。いつもの穏やかな――初めて会った時に「澄んだ目をしている」と感じた、あの時のものとも違う。見つめ合っていると、どこか底知れぬ場所に吸い込まれていきそうな感覚を覚える、そんな目だった。

ふいに友田が立ち上がった。

「夜分にすみませんでした。今日はこれで失礼します」

桐子も慌てて立ち上がった。その拍子に、少しよろけてしまう。即座にがっしりとした手に支えられた。

「――ごめんなさい」

慌てて彼から離れる。

「いえ」

桐子を見た彼の目は、いつもの穏やかなものだった。ホッとするような少し寂しいような、そんな奇妙な思いを抱きながら、玄関まで見送ったのだった。


この部屋の前に立つのも七年振りか――。

少しく感慨を覚えながら、玄関のチャイムを押した。〈ロク〉の事件が起きた少し後、何森が埼玉県警本部に配属されていた頃、いくつかの事件でみゆきや彼女の夫――その頃はまだ結婚していなかったが――と関わることになった。その時に訪れて以来だった。

至急相談したいことがある。そう言って掛けた電話で、みゆきから「良かったら、うちに来ませんか」

と言われた時は、もちろん固辞した。忙しいなら掛け直す、と言ったのだが、

「電話ではゆっくり話せませんし。といって、今は私も家から出られないんです。荒井もじき

帰ってきますので。何森さんさえ良かったら」

そう言われ、迷った挙句に受け入れることにしたのは、あの男の顔を見るのもたまにはいいか、という思いと、もう一つ理由があった。

「どうぞ。散らかしていますけど」

案内されて、部屋に上がった。訪れたことはあるが、玄関から先に通されるのは初めてのことだった。そう言えばあの時は、家族揃《そろ》って出かけるところを邪魔して、みゆきと上の娘――確か美和《みわ》といったか――に凄い目で睨まれたものだった。

ダイニングに通された。リビングとの間のドアは半分開いていたが、テレビの音などは聞こえなかった。

「荒井は仕事か」

「ええ。でもじき戻ってきます。どうぞ、お座りください」

テーブルの前の椅子を促され、腰かけた。散らかっているというが、少なくとも玄関からこまではきれいなものだった。

「子供たちは」

「上の子は塾に」キッチンからみゆきが答える。「下の子はそっちでテレビを観《み》ています」

そうか……。下の娘は、「聴こえない子供」だった。テレビをつけてはいても音声は切ってあるのだろう。字幕付きの番組かビデオを観ているのかもしれない。

何森の位置からはその姿は見えなかったが、キッチンから出てきたみゆきが、

「ご挨拶させますね」

とリビングへ向かう。

「いや、その必要は」

腰を浮かせたが、すぐに戻ってきたみゆきは、幼い女の子を伴っていた。

「瞳美《ひとみ》、といいます」

そう言ってみゆきが娘に向き直る。手の動きと表情とで、何か伝えていた。

何森の方に顔を向けた瞳美が、大きな笑みを浮かべ、手を動かした。

「こんばんは。私、四歳。でももうすぐ五歳。そう言っています」

何森は手話で応えることはできない。仕方なく、

「こんばんは。遅くに申し訳ない」

そう言って頭を下げた。

瞳美は不思議そうな顔で母に向かって手話で何か尋ねる。みゆきが同じく手話で応えると、驚いたような、嬉しそうな顔になって、何森に向かって激しく手と表情を動かした。

「うん、分かった分かった、お母さんたち、ちょっとお話があるからね、あっちのお部屋に戻っててね」

何森にも分かるようにか、みゆきが口でも言いながら、娘のお尻を両手で押すようにしてリビングへと促す。瞳美は何森に向かって手を振り、ドアの向こうへと消えていった。

みゆきが苦笑を浮かべ何森に向き直る。

「誰？　と訊くので『お父さんのお友達』だと答えたら、急に自分のことをいろいろ話し出して。私の上司だと言えば良かったですね」

「いや」何森は首を振った。「可愛い子だな」

生まれた子は「聴こえない子供」だと荒井から聞かされたのは、確か三年ほど前、身元不明の遺体を巡って、荒井に協力してもらおうと久し振りに会った時のことだった。

あの時から何森は、いつかその娘に会ってみたいとひそかに思っていたのだった。

そうか、もうすぐ五歳か……。

目の前で、みゆきがクスクスと笑っていた。

「何だ」

「すみません。『可愛い』なんて言うから、意外で」

まだ顔から笑みが消えないみゆきだったが、テーブルに着いたところで「それで」と真顔になった。

「何か分かったんですか」

何森も仕事の顔を取り戻し、小園の失踪と桐子のアメリカ行きの件について話した。

「アメリカ……」

何森と同じく、彼女も思案顔になった。

「奴のからみだと思うか」

みゆきが顔を上げた。

「あくまで推測ですが……もしかしたらアメリカにいるのかもしれません」

「いる？　誰がだ」

「入来啓介——いや、〈有川麻衣〉が」

「二人が、アメリカに？　何のために」

「もちろん、治療を受けるためにです」

「治療——」

「あれから、いろいろ調べたんです」

みゆきが、棚から書類の束を取り出し、戻ってくる。

「八年前当時、有川麻衣が意識不明の重体であったことは間違いありません。重篤《じゅうとく》な状態が長く続けば、場合によっては遷延性意識障害に陥る可能性もあります」

「何だその、せんえんせい——」

「重度の昏睡状態を指す言葉です。人間の尊厳を欠く表現だとして今はあまり使いませんが、昔でいう『植物状態』です。事故などで頭部に外傷を受けた場合になることが多いですが、脳梗塞などの急性脳疾患や、心臓疾患で心肺停止により血流・酸素供給が一定時間途絶すれば、同じ状態になることがあるそうです」

「しかし、いったんそういう状態になったら回復は」

「脳死と違い、回復の可能性がないとは言えないそうです。実際、程度の差はありますが回復例はいくつも報告されています。最も有名なのは」

みゆきは、パソコンからプリントアウトしたらしい紙片を手に取り、読み上げた。

「著名なF1レーサーだったミハエル・シューマッハが、スキー中の事故で脳を損傷し、この状態になったが、その後治療を受け、現在は退院して自宅に戻り在宅療養・リハビリに移っている、というものです。どこまで回復したかは分かりませんが……。もちろん国内にも——」

紙片を見ながら、回復例をいくつか紹介する。

「脳幹出血で倒れ、医師から『一生植物状態』と告げられた学校教員が、七か月後に誰の力も借りずに文章を書けるようになった事例。多発性脳挫傷による遷延性意識障害に陥り、二年間変化のなかった四十歳の男性が、新しい看護技術を組み込んだところ、退院時には三食普通食が摂取できるまでになったという事例……」

みゆきは顔を上げ、続けた。

「最新治療や独自の看護プログラムについては、ずいぶん前ですがテレビのドキュメンタリーで取り上げられたこともあるそうです。これらの治療法や看護プログラムを実践している病院を片っ端から当たれば〈有川麻衣〉にも行きつけるのでは、と思っていたところだったのですが」

「じゃあ、アメリカというのは——」

「ええ」とみゆきが肯く。「何といっても米国は医療については最先端です。具体的には分かりませんが、彼女の状態でも治癒の可能性がありそうな病院を見つけたのかもしれません。ご存じのようにあちらは医療には莫大なお金がかかります。外国人であればなおさらです」

「しかしそんな状態の患者を、飛行機に乗せ長時間移送できるものなのか」

「専用機のチャーターが必要になるかもしれません。それらの渡航費用も合わせれば数千万という金額に上ることもあるかと」

数千万という金額――。

確かに推測ではあるが、加納桐子が突然アメリカ行きを決心したと言えば、それしかない。

桐子は、何かしらの方法をもって、入来が渡米したという情報を摑んだのだ。

入来がそこに――いや、そうじゃない。

アメリカに、麻衣がいるのだ。

四歳の妹が。

……お兄ちゃん、助けて……。

「何森さん」

みゆきの声で我に返った。

「どうしました?」

訝し気に自分のことを見つめている。

「いや、何だ」

平静を装って答えた。

「荒井が帰ってきました」

みゆきが顔を動かす。その視線の先に、ダイニングの入口に立つ男の姿があった。

「何森さん、ご無沙汰しています」

荒井尚人《なおと》が、小さく笑みを浮かべ、一礼をした。


突然の訪問という出来事があったものの、友田の様子はあれからも変わらなかった。仮釈放の満期終了は、数週間後に迫っている。その後はボランティアとして園に残ることが今日の会議で正式に了承された。だが実際その通りになるかどうかは、自分がこれから得る「成果」にかかってくるのだ。

アメリカに行って、今はニューヨークに住んでいるという入来と会う。桐子は、そう決めていた。入来の住所は、永野が調べて連絡をくれることになっていた。彼と会い、麻衣が今どうしているか訊き、可能であれば彼女にも会う。そして――それからのことは決めていなかった。まずは、麻衣の状態を確認することが先決だ。

執務室に戻り、渡米に必要なものを確認していると、携帯が鳴った。登録したばかりの永野の名が表示されている。


「先生、先日はありがとうござ――」

「この前話した入来さんのことだけど」

礼の言葉を遮って、永野がせっかちに告げる。

「奇偶なことにさっき突然連絡があってね。来週、日本に帰ってくるっていうの」

「え――」

「わざわざいつかのお礼を兼ねて、報告の連絡をくれたの。で、あなた会いたいのよね？」

「え、はい、そうなんですけど、でも、あの」

突然のことにしどろもどろになる桐子に小さな笑いを返し、永野は続けた。

「じゃあ、こうしましょう。私もバタバタしていてセッティングしてあげられる時間がないから、先方にあなたの電話番号を教えていい？　で、会ってもいいということだったらあちらから直接電話させるから」

「ええ、はい、それで構いません。是非お願いします」

「分かった。じゃあそうするわ。またね」

電話は慌ただしく切れた。多忙な永野がわざわざここまで気を遣ってくれることがありがたかった。

入来啓介が日本に帰ってくる――。

「奇偶」という言葉を永野は使った。これが本当に偶然であれば、まさにその通りだ。

だが、そうじゃない。少し冷静になってきた桐子は、悟った。

七年半の間、日本を発ってから一度たりとも戻ったことのなかった入来が、わざわざこの時期に帰ってくることの意味。それは、一つしかない。

入来は、出所した〈有川亮平〉に会うために戻ってくるのだ。

ニューヨーク行きの予定はキャンセルしたが、スケジュールは元に戻さず、桐子はその日程をそのまま休暇とした。自由に動ける時間があるのは好都合だった。残された執務を大急ぎで片付けなければならなかったが、いつ来るか分からぬ電話をただ待っているより、気が紛れてよかった。

携帯が鳴った。未登録の番号からだった。もしや、という予感を抱きながら通話ボタンを押した。

「加納さんでいらっしゃいますか」

電話の向こうから、聞き覚えのない男性の声が流れてきた。

「はい、加納です」

「私、入来と申します。永野ともえさんからお聞きしてお電話しています」

「はい」緊張で口の中が乾き、うまく言葉が出ない。「お電話、ありがとうございます。あの、永野さんからは」

「私に会いたい、ということですが」桐子の言葉を待たず、入来が続けた。「どういったご用件でしょうか」

どう話を切りだすか。何度も考えた。口から出たのは、用意したものとは違う単刀直入な言葉だった。

「〈有川亮平〉さんに関することです」

相手が息を吞む気配があった。

「有川亮平、さん……」

少し間を置いてから、入来は感情を消したような声を出した。

「心当たりがありませんが」

桐子は、その言葉を無視して続けた。

「彼は今、私のところに——私が運営する更生保護施設に入所しています。もうすぐ、仮釈放の満期終了を迎えます」

「おっしゃっている意味が分かりませんが……」

「その前に、入来さんは私にお会いになる必要がある、そう思います」

再び間があった。切られてしまうかもしれない。そうなったらすべては終わりだ。だが桐子は耐えた。数秒が数分にも感じられる長い間があった後、電話の向こうから声が聞こえた。

「いつでしたらお会いできますか——?」

桐子は、賭けに勝ったのだった。

9

出がけに思いついてクローゼットから引っ張り出して着こんだコートの襟を、桐子は首の前で合わせた。外気は思ったより冷え込んでおり、厚着をしたのは正解だった。

軽く呼吸を整えてから、入来と待ち合わせた場所——東京タワーの展望台へと昇るエレベータへと足を踏み入れた。

目印を教え合おうとした桐子を遮り、入来は「たぶんすぐ分かると思います」と言った。その意味はここへ来て分かった。平日の昼下がり、好き好んでこんな場所へ来るのは、地方から出てきたと一目瞭然の家族連れか、二人一緒であればどこでもいいといった風情の若いカップルだけだ。若くも子連れでもない女一人の姿は、嫌でも目立つ。桐子の方でも、一人客の男性を見つけるのは容易《たやす》いだろう。

そう思っていたのに、彼がいつ後ろに立ったのか分からなかった。

「加納さんですね?」

声に振り返ると、その男が立っていた。瘦せぎすで涼し気な目。イメージした通りの男性だった。

「入来です。ちょっと歩きましょうか」

小さく言って、桐子の前を歩きだした。桐子もその後に続く。こうして二人歩いていれば、年齢はともかく他のカップルと変わりはない。

前を行く入来がふいに立ち止まり、眼下の風景を覗き込むようにした。

「不思議なものですね。私が日本を離れた時にはすでにスカイツリーができていて、東京タワーなんて忘れられた存在になっていたのに」地上を眺めたまま、入来は話した。「向こうにいると、むしょうに懐かしくってしょうがない。子供の頃に一度来たきりでしたが、ここから見下ろす風景はどんな風だったか——」

桐子を振り返り、言った。

「更生保護施設の施設長、とおっしゃいましたよね」

「はい」

「立場としては、どちら側に？」

質問の意味が分からず、「どちら側、とは……？」と尋ね返す。

「罪を犯した者の？　それとも、取り締まる側ですか？」

入来が言う意味が理解できた。

「私は――」先ほど入来がしたように、眼下に目を落としながら桐子は答える。「私は、自分が知ったことを、警察や、その他の誰にも話すつもりはありません」

入来が、桐子を見つめた。不思議なことを言う、とでも言いたげだった。桐子自身、たった今口にするまで、自分がそこまではっきりとした意志を持っているとは思わなかった。罪を犯した者の更生を助けるのが仕事とは言え、犯罪そのものを看過することはもちろんできない。

だが、と桐子は思う。今の友田は――入来や麻衣は、はたして罪人《つみびと》なのだろうか？

入来が静かに口を開いた。

「私と有川亮平さんの関係はご存じなのですね」

桐子は黙って肯いた。

「有川さんからお聞きになったのですか」

桐子は首を振った。

「彼は、何も語っていません。ご存じないのですか？　彼は、何も覚えていないんです」

桐子は、入来の目を見た。入来も見返してくる。

二人の視線が交錯する数秒の間に、桐子は友田の記憶喪失を信じていることを演じ、入来は桐子が心底それを信じているのかを探る。

しばらくして、入来がほっと息をついた。彼は、信じた。少なくとも、信じた振りをしようと決めた。ならば自分もそれを貫くだけだ。

桐子はもう一度繰り返した。

「彼は、記憶を失っています。事故以前のすべての記憶を」

長い沈黙があった。

「そうですか……」

入来が吐く息とともに呟く。

「それで、あなたはどうしようと……？」

「私がお尋ねしたいのは一つだけです」

桐子もまた息を吐き、その言葉を口にした。

「〈有川麻衣〉さんは、お元気なのですね？」

今度の沈黙は短かった。入来ははっきりと肯き、

「今は〈入来麻衣〉ですけどね」

と小さくほほ笑んだ。

麻衣は、生きている。入来と結婚したのだ。アメリカで回復を遂げたのだ――。

「日本には、ご一緒に……？」

入来は黙って肯いた。

「お兄さんに、会うために、ですね？」

今度は肯かず、入来は視線を再び眼下へと向けた。桐子は質問を重ねた。

「どうやって彼に会わせるつもりですか？　今彼は、微妙な立場にあります。共犯者が接触する可能性があり、二十四時間警察の監視下にあります。彼らの目を盗んで二人を会わせることはほとんど不可能でしょう」

「兄妹が会うことに、警察の許可が要りますか？」

入来は小さく笑ったが、桐子は強い口調で返した。

「今、彼らの目の前で有川亮平さんに会えば、あなたは難しい立場に立たされることになるでしょう。おそらく、奥様も」

入来の顔の中で、笑みが固まった。

「でも、私ならばできます。二人を、誰にも知られないところで会わせることが――」

入来は、桐子を見つめた。

「あなたの望みはなんですか？」

「あなたが望んでいることと同じです」

入来は、少し考えるような顔をしてから、「私は」と首を振った。

「あなたのことを何も知らない。信用できる人だと永野さんから聞いてはいます。彼女がそう言うのなら、その通りなのでしょう。しかし――」

そこで入来の言葉が止まった。彼の視線が、言うべき言葉を探すように宙をさまよう。だが結局それは見つからなかったようだった。

「私には、選択肢がほとんど残されていないようですね」

入来は、諦めた、というような表情で呟いた。

「分かりました。会わせてください。有川亮平さんと」


何森は、書きあげた休暇願を封筒に仕舞うと、ジャケットのポケットに入れ玄関のドアを開けた。今度の休暇は長くなる。同じポケットには、パスポートの申請に必要な書類一式も入っていた。

桐子を追ってアメリカに行く。そう決めたのは、昨日のことだった。

そのことはまだ、みゆきにも告げていない。言えば、さすがに呆《あき》れられることだろう。桐子の目的が本当に入来や麻衣に会うことにあるのか、いや本当に麻衣がかの国にいるのか。確証などないのだ。

それでも、何森はその可能性に賭けてみることにした。

入来啓介を共謀共同正犯で逮捕するためではない。そんな権限など何森に、日本の警察にはなかった。

麻衣に会ってみたい。

何森の頭にあったのは、それだけだった。

麻衣が果たして回復しているのか。今、どんな状態なのか。それをこの目で確かめたかった。

〈ロク〉の代わりに――。

銀行強盗などという大それた計画を立て、実行した〈ロク〉。自分がもしかしたら死ぬかもしれないというリスクを冒してまで、記憶喪失を装った。

その理由が、今の何森には痛いほど分かる。

計画が成功しても失敗しても、どんなことがあっても麻衣に、妹に累《るい》が及ばないようにするためだ。

もとより犯罪には加担していない彼女に罪はない。それでもなお。彼女を自分と絶対に関係づけさせないために。

しかし、奴は妹に会うことはできない。会いに行くことはすなわち自分との関係が露呈することにつながる。それゆえ、奴は妹に会うことはおろか、彼女が今、どこでどうしているか、どれだけ回復しているのか知ることさえできないのだ。

それでもいい、と〈ロク〉は考えた。

何よりも大切なのは、妹の命――。

……お兄ちゃん。

その声に、もはや耳をふさぐことはできなかった。

ふさいではいけないのだ。聞かなければいけないのだ。絶望の淵から自分だけを頼りに、そう叫ぶ妹の声を。


何森さんに妹さんがいたとは知りませんでした。

あの日、荒井とみゆきの前で、何森は初めて他人《ひと》にその話をした。

「誰にも話したことはない。四つの時に死んでいるからな」

「四つ……それで……」

みゆきが、痛ましそうな表情を浮かべる。何森はリビングの方に目をやった。

「ああ、ちょうどあの子と同じぐらいの年だった」

「ご病気で？」

「いや」何森は首を振った。

「事故ですか」荒井が訊く。

「――俺が」

何森は、その言葉を口にした。今まで誰にも言えなかった、親にも口にできなかったその言葉を。

「俺が殺したんだ」

荒井とみゆきは、言葉を失ったように何森のことを見つめていた。

「俺が、妹を殺したんだ。もうすぐ五歳の誕生日を迎えるところだったあの子を――」

「何森さん」

荒井が静かに言った。

「良かったら話してください」

そうか、と何森は悟った。

俺は今日、この話をするために。荒井とみゆきに聞いてもらうために、ここに来たのか――。

携帯電話が鳴っていた。

休暇願を胸に、玄関を出たところだった。みゆきの名が表示されている。それまで考えていたことを頭から振り払い、通話ボタンを押した。

「何森さん」

いつもと違う、緊張した声が聞こえた。

「昨日、小森川《こもりがわ》の上流で発見された遺体《ホトケ》の件をご存じですか」

その件は知っていた。遺体が発見されたのは秩父郡《ちちぶぐん》小鹿野町《おがのまち》の小森川の上流。事故と事件の両面で調べていると聞いていたが、いずれにせよ管轄外の事件《ヤマ》で関心はなかった。

「それが?」

「遺体はかなり腐敗していて死因も身元も分からなかったのですが、今日、科捜研から結果があがってきて、死因が分かったらしいんです。銃殺だったと」

それがどうしたというのだ。

「摘出された銃弾が〈友田六郎〉の拉致事件の際に発砲されたものと一致したと、浦和署と飯能《う》署《ち》に報せが。さらに遺留品から採取された指紋その他が、拉致事件の際に採取されたものと一致したと」

「何だと」

「被害者《マルガイ》は、臼井鋭一に間違いありません」

息を呑んだ。

「今ご自宅ですか？　これから車をそちらに回しますので――」

みゆきの言葉は、耳に入っていなかった。

代わりに、臼井美帆の懇願するような声が蘇っていた。

――お願い、助けてやって、お兄ちゃんを。

すまない。

何森は目を閉じた。

助けてやれなかった――。


駐車場に停めてあった園のミニバンに乗り込み、エンジンをかけた。助手席の友田がシートベルトを掛けようと動かした腕が、軽く桐子の肘に触れる。

奉仕活動のため彼と二人で特養ホームへ行くと言って、怪しむ者はいなかった。

その友田には、「妹さんのことを知っているという人に会えることになった」とだけ告げていた。「妹本人と会える」ということは、移動の途中で言うつもりだった。

道路に出ると、路肩に停車していた黒いセダンが動き出すのがバックミラーに映った。警察の監視車に違いない。桐子は慌てず、ハンドルを握った。とりあえず特養まではご同行願うつもりだった。


友田を伴って特養の玄関をくぐると、受付の女性が、おや、という表情で腰を浮かした。

「おはようございます、加納先生。えーと、今日は……」

「ええ、ちょっと木塚《きづか》さんに用事があって」

桐子はなじみの相談員の名前を挙げながら事務室の方へと向かう。

「お呼びしましょうか」

「いえ、それには及びません。事務室でしょ?」

「ええ」

「じゃ、お邪魔します」

さっさと中に向かう桐子に、友田は黙ってついてくる。いつも寡黙な彼ではあったが、今日は殊更《ことさら》無口だった。

事務室には向かわず、廊下を曲がるとそのまま裏口へと向かった。

裏口から外へ出ると、そこには国産のレンタカーが停まっていた。桐子は、「乗って」と友田を促し、自分も車へ歩み寄った。

だが、友田は動かなかった。ここに来て初めて、逡巡《しゅんじゅん》したように立ち止まっている。迷っているのだ。その気持ちは分かる。だが時間がなかった。

「早く、乗って」

「施設長、やはり、私は――」

その時、運転席の男がドアを開け、外に出てきた。

「乗ってください」

入来の姿を見て、友田が一瞬固まった。その反応が、旧知の男の登場による驚きなのか、見ず知らずの男に突然呼び掛けられたことによるものなのかは判別がつかない。

「乗ってください」もう一度、入来が言った。「私たちも承知してのことです」

それでも友田は動かなかった。失敗だったか――。桐子が唇を噛んだ時、

「加納先生、そんなところで何やってるんです？」

背後から声が聞こえた。

振り返ると、ホームの裏口で、木塚がきょとんとした顔でこちらを見ている。

「いえ、何でもないんです」

桐子は気にしないでください、というサインのつもりで愛想笑いを送ったが、木塚はニコニコと「今日、奉仕活動の日じゃないですよね」

と歩み寄って来る。

桐子の隣に立っていた友田の大きな体が、ふいに視界から消えた。彼が後部座席に乗り込み

ドアを閉めたのを見て、桐子も慌てて助手席に回った。すでに入来は運転席に戻っている。

「では、また」

桐子が助手席から木塚に向かって頭を下げた途端、車は急発進した。

ぽかんと口を開いた木塚の姿が、たちまち遠ざかった。


みゆきは、言った通りすぐに迎えに来た。車の中で、ここまでの経緯を聞く。死因は、胸を拳銃で撃たれたことによる失血死。死後数日が経過していた。

まず確認すべきことを訊いた。

「被疑者《マルヒ》は特定されたのか」

「それはまだです。ですが――」

乱暴に路線変更しようとする前の車に向かってクラクションを鳴らすと、みゆきは続けた。

「遺体が発見されたのと同じ川から、拳銃が発見されました。銃弾の線条痕とも一致しました。凶器とみて間違いありません」

「銃から指紋は」

「出ました。臼井本人のものと、もう一つ」

「まさか――」

〈ロク〉の、という言葉を飲み込んだ。みゆきが言った。

「小園信次《のぶつぐ》」

「小園……?」

みゆきは、肯き、続けた。

「小園が失踪した件はすでに小鹿野署も把握しています。緊急手配した模様です」

小園と臼井鋭一の接点——それは〈ロク〉のことしかない。おそらく小園は、〈ロク〉が何者か知ったのだ。昔起こした事件のことを。奪った金がまだ見つかっていないことも。小園は臼井鋭一のことも一度目撃している。何らかの方法でその居場所を知ったのか?

「〈ロク〉は今、どこに?」

「施設長と特養で奉仕活動をしているそうです。監視班が今頃、事情を聞いているはずです」

その時、みゆきの携帯が鳴った。車を路肩に停め、「監視班からです」と何森に告げ、電話をとる。

「荒井です——え、友田が?」

「どうした?」

みゆきが、緊張した顔を向けた。

「特養から消えたそうです。施設長も一緒に」

みゆきが運転する車が、特養に着いた。駐車スペースに停めるのももどかしく、何森は助手席から飛び降りる。引きあげようとしていた捜査員たちがこちらに気づき、近寄って来た。

「友田は?」

みゆきが捜査員に訊く。

「逃げられた。裏口に停めてあった車で十分ぐらい前に出て行ったのを職員が目撃している」

「施設長も一緒ですね」

「そうだ。職員が言うには、車の運転席に三十代から四十代ぐらいの男が乗っていたと」

みゆきが何森を振り返る。

「入来でしょうか」

何森は肯いた。そうとしか考えられない。

しかし、アメリカにいるはずの入来がなぜ今ここに——。


狭山日高インターから圏央道へと入った車は、日野《ひの》・八王子方面へと向かっていた。大きな荷物を積んだトラックが多く、視界が遮られる。車内では、誰も口をきくものはなかった。友田の沈黙が何を意味するのか、推し量ろうにもその無表情な顔からは何も読み取ることができない。

八王子ジャンクションから中央道へと入る。麻衣とどこで落ち合うことになっているのか、何も聞かされていなかった。今日に至るまで、麻衣の姿は勿論、声も聞かされていない。宿泊しているホテルでの待ち合わせであれば、車は都心へと向かうはずだ。だが入来は、そのハンドルを東京の郊外へと向けていた。一体、麻衣はどこで待っているのか——。

ふと、不安にかられた。この先に位置するある施設に、一つ心当たりがあったのだ。年に二度ほど、必ず訪れている場所だ。

多磨霊園《たま》。祖父や父をはじめ、祖先が眠る場所だった。

まさか、そこに行くつもりでは。

もしそうだったら麻衣は――。

桐子の不安をよそに、車はまさしく多磨霊園のある府中方面へと向かっていた。


特養の職員から事情を聞こうと、捜査員らと押し問答をしている時だった。何森の携帯が鳴った。「小園」という文字が見えた。

「ちょっとすまん」

交渉はみゆきにまかせ、何森はその場から離れた。

「もしもし」

「専務――」

小園の、情けない声が聞こえた。

「今どこにいる」

「専務、信じてください。殺《や》るつもりなんかなかった。向こうがいきなりチャカなんか出すから」小園は悲痛な声で続ける。「事故だったんだ、あっちが最初に俺のことを」

「分かったからどこにいる。居場所を教えろ」

だが小園の耳には、何森の言葉など届いていないようだった。

「はめられたんだ、あいつに。あいつのせいだ──」

「あいつとは」

「分かってるでしょう、あの野郎ですよ」

その名を口にしたくもないようだった。小園が心の底から怯《おび》えていることが、何森には分かった。

「あんなものを見つけなけりゃ、あいつの部屋を家探《やさが》しなんかしなけりゃ。そうすりゃこんなことには──」

友田の、と言いかけて、何森も小園に合わせる。「あいつの部屋をあさったのか?」

「そうですよ。ああ、俺はほんと間抜けだった。あいつを脅そうなんて、馬鹿げたことを考えたばっかりに……」

泣き言を聞いている暇はなかった。

「はめられたというのはどういうことだ」

「会えって言われたんだ。金はあの若いのが持ってるからって」

大体のことは察した。七年半前の事件で奪った金がまだ出てきていないことを知った小園は、〈友田〉の部屋を家探しした。そこで何か見つけたのだ。それをネタに〈友田〉を脅した。〈友田〉は、金は鋭一が持っていると言い、二人を引き合わせたのだろう。うまくいけば双方でつぶし合いをしてくれる、と。そして、小園はまんまとその計略にはまり──。

馬鹿な男だと思ったが、同情する気は起きなかった。

「何を見つけたんだ、あいつの荷物の中に」

「写真ですよ」

「写真？　何の写真だ？」

「女の写真です。あいつのレコでしょ。それにしちゃ若すぎるが……それより専務――」

「ちょっと待て。その写真についてもっと詳しく話せ。若いって、いくつぐらいの女だ。どこで撮った写真か分かるか」

「ええ？　ちょっと見ただけだから、そんな詳しく分かりませんよ」

電話の向こうで小園が苛立たしげな声を出した。だが、何森は無視して、「いいから思い出すんだ」と急《せ》かした。

「お前のことは考えてやるから、何とか思い出せ。女の特徴。写した時期や場所を特定できるようなものはなかったか」

「時期や場所……ああ」小園が思いついたように声を上げた。「場所は、たぶん動物園だな」

「動物園？」

思いもよらない答えに、オウム返しに訊いてしまう。

「ええ。女の後ろに、なんかの動物が見えましたから」

その時、思い出した。

「ともしびの里」の園長から借りてきた写真。

あれも確か、どこかの動物園で撮ったものだった。

――麻衣ちゃんが、そこにしかいない動物を見たいというので、ちょっと不便な場所にあったその動物園に行ったように思うんですけど……。

「どんな動物だ」

「知らねえよそんなこと！」小園が叫んだ。「動物が何だって言うんだ、こんな時に何くだらねえこと訊いてんだ。てめえ、俺を助ける気なんかねえだろう。こうなったらてめえもぶっ殺してやるからな、覚えてろよ！」

捨て鉢なセリフを最後に、電話は切れた。

何森は、その写真をポケットから出した。あれから常に持ち歩いていたのだ。

三十年近く前、養護施設のみなで東京に遊びに行った時の記念写真。麻衣のたっての願いで訪れたという動物園。

そこは、二人にとって大切な場所だったに違いない。

これは、どこの動物園なのだ。

鹿のような動物の前で、十五歳の少年と四歳の女の子がにこやかに並んでいた。動物の名を記した札を読もうとしたが、小さすぎて読み取れない。かろうじて、最後の「ゾウ」という文字だけが読めた。手掛かりは、それだけだった。

車は、国立《くにたち》府中インターで中央道を降りた。行き先が墓地でなかったことに安堵を覚えながらも、それではどこまで行くのか、と新たな不安が芽生える。本当に入来は麻衣の待つ場所へと向かっているのだろうか。こんな郊外に一体何があるというのだ。この先にある場所と言えば、高幡不動《たかはたふどう》か、多摩《たま》動物公園ぐらいしか――。

その時、桐子はふいに思い出した。ずっと以前、そう、あれはまだ友田が入寮したばかりの頃のことだ。彼と交わした何気ない会話。

――秋になって少し涼しくなったら、動物園にでも行ってみようと思っています。

動物園。車は、まさしく今、それがある方向へと向かっているのだった。

何森は、まだ捜査員たちと押し問答を続けているみゆきのところに戻ると、告げた。

「小園から連絡があった。臼井殺しをゲロした」

「本当か⁉」捜査員たちが目を剝く。

「どこにいるかまでは聞き出せなかったが、奴の携帯は生きている。発信電波で場所を特定できるだろう」

何森は彼らに小園の携帯番号を示すと、

「〈ロク〉を探すぞ」

とみゆきに小声で告げた。

捜査員たちが色めき立っているのを尻目に、何森とみゆきは車に戻った。

「どこへ」

「一番近くの図書館を探してくれ」

「図書館ですか……？」

怪訝な顔をしながらも、みゆきがナビで検索する。

「近くにあります」

車を発進させた。

ネットで検索するには情報が絞り込めていなかった。こういう時は「紙の事典」の方が早いと踏んだ。

最寄りの図書館には、五分ほどで着いた。司書に尋ねて「動物百科」の類いが置いてあるコーナーを教えてもらう。とりあえず目についた動物事典を引き抜き「鹿」のページを探した。

「なんとかゾウ」などという名の鹿がいるのか——。

それは、思いのほか簡単に見つかった。動物の写真とともに、解説が載っていた。


シフゾウ（四不像）は、偶蹄目《ぐうていもく》シカ科の動物。中国原産の大形ジカの一種で、体長一・五メートル、体高一・一五メートル、体重一五〇～二〇〇キログラムに達する。

大きなひづめはウシに、頭はウマに、角はシカに、体はロバに似ているが、そのどれでもない、というのが「四不像」の名の由来である。

中国の北部や中央部の沼沢地に生息したとみられるが、一八六五年に北京《ぺきん》の南苑《なんえん》で飼育されていたものがヨーロッパに紹介されたときには、野生のものは絶滅していたと言われている。その後イギリスで繁殖させたものが増え、現在では中国の保護区内で野生復帰がすすめられている。

これだ。間違いない。だが、そんな珍しい動物が日本の動物園にいるのか。

半信半疑の思いで、今度は動物園を当たる。これは、ネットの方が早い。最近の図書館はどこもコンピュータ完備で、こういう時には便利だった。

「シフゾウ　日本の動物園」と入れて検索する。すぐにヒットした。意外にも、国内では四つもの動物園で「シフゾウ」は飼育・展示されていた。都内では――多摩動物公園。

「分かったぞ」

みゆきに告げ、車に戻る。

「どこです」

「多摩動物公園。住所は日野市」

「分かります」

車に乗り込み、発進させた。

桐子たちが本当にそこに行ったのか、確証はなかった。だが、何のために、誰に会おうと行動しているかについては確信があった。

〈有川麻衣〉が一番好きだった場所――多摩動物公園。

そこに賭けてみるしかなかった。

桐子の予想通り、行き先の分からぬドライヴの最終地点は、多摩動物公園の手前にある駐車場だった。入来がエンジンを止めると、辺りが急に静かになった。遠くから、子供のはしゃぐ声が聞こえた。

「ここです」

入来が口を開いた。

「ここで、麻衣が——あなたの妹が待っています」

平日とあってか、動物園には人影もまばらだった。肌寒い季節を迎え、亜熱帯を故郷とする動物たちもどこか元気がない。その中を、入来は落ち葉を踏みしめ歩いて行く。桐子もその後に続きながら、一歩遅れて歩く友田の顔を窺った。その顔には、何の感情も浮かんでいないように見えた。

道の両脇にいる動物たちには目もくれず、入来は無言で歩いていく。経路は次第に細くなっていき、他に入場客の姿も見えない。一体どこまで行くのだろうと桐子が不安になってきた時、入来の足がふいに止まった。

「あそこです」

彼の指さす方へ目をやる。路地の向こう、背もたれを少し倒した車椅子に座った女性の姿があった。ジャンパーを羽織った若い女性が、寄り添うように立っている。

こちらに気づいた様子もなく、目の前の動物を熱心に見つめている車椅子の女性の姿を、桐子は凝視した。

あれが、麻衣なのか。

ここからでは顔までは分からない。付き添っているのは介助者だろう。ふいに、彼女が介助者の方を振り返った。笑顔で何か話しかけている。

「車椅子ではありますが、彼女は健康です」

入来が、誰にともなく言った。

「時間はかかりましたが、ここまで回復したんです」

友田の――〈有川亮平〉の願いは、叶えられたのだ。

入来が、促すように有川のことを見た。

だが彼は動かない。

「大丈夫です」

入来が言った。

「彼女は、大丈夫ですよ、お義兄《にい》さん」

有川が、入来のことを見た。入来がもう一度、安心させるように肯いた。それが有川の背中を押したのか、彼が一歩を踏み出した。

多摩動物公園の正門手前にある駐車場の入口で、何森は車から降りた。

「先に行ってるぞ。場所は分かるな」

「はい！」

駐車しているみゆきを残し、何森はまっすぐ動物園へと向かった。入園券を買って正門入口から入ると、左手にウォッチングセンターという建物があった。右へ行くとアフリカゾウやキリンなどがいるエリアになるが、そのまま直進した。檻のかわりに壕《ほり》で仕切られており、放し飼いに近い形で動物たちに接することができるようになっていた。この先に、目指す動物がいるはずだった。何森は、先を急いだ。

道が二手に分かれていた。左の経路へと進む。右のエリアはカンガルーやコアラなどがいて人気らしいが、こちらは人の数が急に少なくなる。アジアゾウの姿が見えた。近い。確かこの先をさらに左だ。

「手分けして探しますか」

いつの間にか追いついてきたみゆきが、背後から言った。

「いや、その必要はない」

緩やかな坂になっている細い道の先に、見知った女性の後ろ姿を見つけたのだった。

「動物園で待ち合わせなんて、子供っぽいと思うでしょう?」

有川の後ろ姿を見送りながら、入来が桐子に向かって言った。

「幼い頃に図鑑で見てからどうしてもここに来たいと、彼女がせがんでみなで長野から遊びに来たことがあったそうなんです。それですっかり気に入ったらしくて」

有川は、ゆっくりと麻衣に近づいている。

「八年前、私と交際していた頃もよくここでデートしました。他の動物園にも行きましたが、やはり思い出のあるここが一番落ち着くらしくて……特に今見ている、あの動物が一番のお気に入りでね。一日中見ていても飽きない、とよく言っていました……」

その言葉通り目の前の動物を熱心に眺めていた麻衣が、人が近づいてくる気配を感じたのか、ふいに振り向いた。

彼の足も止まる。

その距離、およそ十メートル。およそ八年振りとはいえ、互いに兄・妹の姿を見間違えるわけもない。ついに感激の対面か、と息を吞んだ桐子だったが、次の瞬間、その期待はあっさりと裏切られた。

兄を認めたはずの麻衣の視線は、まるで見知らぬ人のように彼を素通りし、その先にいた入来に大きな笑顔を向け、ゆらゆらと手を振ったのだ。

桐子は、我が目を疑った。

違うのか？

〈友田〉は、〈麻衣〉の兄では――〈有川亮平〉ではないのか？

入来が言った。

「さっき『健康』とはいいましたが、一つだけ、後遺症があります」

後遺症……。彼女の視力が正常であることは、入来を見つけたことで明らかだった。

なのに麻衣は、近づいてくる自分の兄に何の反応も見せない。

ハッとした。

麻衣は、〈有川亮平〉のことが分からないのだ。

妹は、兄のことを覚えていないのだ――。

桐子の驚きをよそに、彼は、一歩、また一歩と麻衣に近づいて行った。


間違いない、加納桐子だった。傍らに痩せぎすの男が立っている。あれが入来だろう。となれば、間違いなく奴は近くにいる。

何森は見た。

〈ロク〉の大きな後ろ姿が、車椅子に座った女性へと近づいて行くのを。

麻衣。有川亮平の妹――。

回復したのか……。

〈ロク〉が、麻衣の隣に立った。目の前の動物を見ながら、彼女に何か話しかけたようだった。

怪訝な表情を浮かべていた麻衣の方も、やがて打ち解けた顔になり、何か応えている。

その時、何森は見た。

〈ロク〉が笑うのを。

笑みを浮かべている、のではない。

ここまでその声が聞こえてきそうなほど大きな口を開け、笑っていた。

いかにも愉快でたまらないというような、そんな晴れ晴れとした笑い顔だった。

あの人が笑っている——。

桐子は、大きな驚きをもってその光景を見ていた。

友田が笑うところも、あんなに晴れやかな顔を見るのも、初めてのことだった。

笑うと、あんな無防備な顔になるのか。そこには、桐子の全く知らない友田がいた。いや、あれは〈友田六郎〉ではない。まぎれもなく〈有川亮平〉がそこにいた。


何森は、〈ロク〉と〈妹〉のことを見つめていた。

体の奥底から、言葉にできない感情が湧いてくる。

良かったな。妹が無事で。生きていて、良かったな——。

……お兄ちゃん。

何森には、その声がはっきりと聞こえた。

……お兄ちゃん。助けて。

ごめん。ごめんな、祐夏《ゆうか》。助けてやれなくて。

全部、俺の——お兄ちゃんのせいだ。

何森が小学五年生の時のことだった。もうすぐ五歳になる妹がいた。

何の用事だったかは忘れてしまった。どうしても両親揃って出かけなければならない、幼い子供を連れてはいけない用件だったのだろう。

今日は遊びに行かずに、家にいてね。祐夏のこと、ちゃんと見てるのよ。

両親から、何度もそう念を押された。

それなのに、自分は——。

お兄ちゃん、ちょっと出かけてくるから。すぐ帰るから。ちょっとだから、一人で留守番できるよな。

不安そうな顔を向けてくる妹に、「絶対家から出るなよ、誰か来ても玄関を開けるなよ」そうきつく言い聞かせ、外に出てしまった。

大した用事ではない。その日発売のマンガ雑誌を一刻も早く手に入れたい。それだけの理由で、幼い妹を置いて出かけてしまった。

家を出てすぐに、車の往来が多い通りがあり、それを渡ったところにある小さな雑貨屋に雑誌も置いてあった。

お目当ての雑誌を買おうとして、その横に、パンダのキーホルダーがぶら下がっているのが目に入った。その二頭の動物が初めて来日したのは前年のことで、ひと目見ようと上野動物園には連日大勢の人々が押しかけ長蛇の列をつくっていた。しかし両親が忙しく、何森も妹も連れて行ってはもらえなかった。

祐夏がもうすぐ誕生日だというのを思い出した。これを買っていってあげれば喜ぶかな。でも雑誌を買ってしまえばキーホルダーを買うお金は残らない。

どうしようか……迷っている時、

お兄ちゃん！

声に驚いて振り返ると、道路の向こうに妹の姿があった。馬鹿、来るな。帰れ。そう叫んだが、祐夏は泣きそうな顔で声を返した。

お兄ちゃん！

舌打ちし、キーホルダーを戻して引き返そうとした時、妹が道路を渡ってきた。

いや、飛び出してきたのだ。

猛スピードで走ってきた車が、小さな妹の体を飲み込んだ。

そこから先は、覚えていない。ただ妹の声だけが、耳に焼き付いて離れなかった。

お兄ちゃん、痛いよ、痛いよ。

お兄ちゃん、助けて、お兄ちゃん。

避けようのない飛び出し事故だった。そう分かってはいても、両親は、何森のことを赦さなかった。何森もまた、赦されようとは思わなかった。

……自分は、助けられなかった。

だけどお前は、〈ロク〉は、妹を助けることができたんだな。妹の命を救ったんだな。

良かったな、〈ロク〉——。

その姿に気づき、桐子はハッとした。

いつかの刑事がいる。あの人に近づいて行っている。

思わず、声が出ていた。

「亮平さん！」

有川が振り向いた。麻衣はきょとんとした顔でこちらを見ている。

「警察よ、逃げて！」

叫ぶと同時に、桐子は駆け出した。自分に何かできるとは思わなかった。ただ、彼に近づこうとする刑事に向かって駆けた。こんなに一生懸命走ったのはいつ以来のことだろう、とふと思う。仕事が忙しくて学校の行事など来てくれた例《ためし》のなかった父が、一度だけ運動会を見に来てくれたことがあった。そう、小学校三年生の時だ。あの時、父にいいところを見せたくて桐子は一生懸命走った。必死になり過ぎて、足がもつれ転んだ。いや、それは昨日見た夢だったのだろうか。本当にそんなことがあったのか、もう桐子には分からなかった。確かなのは、今、桐子の足がもつれ、前のめりになったことだけだった。もう刑事には届かない。だが彼には桐子の声を聞き、逃げる余裕はあったはずだった。それなのに、有川はまだそこに、動物の前に――麻衣の傍らに立っていた。


桐子が声を上げた時には驚いた。奴にも間違いなくあの声が届いたはずだ。

自分に気づいて逃げるかと思ったが、〈ロク〉は動かなかった。動物の前に、麻衣の隣に立っていた。

〈ロク〉が何森のことを見ていた。そしてゆっくりと足を踏み出すと、こちらに近づいてきた。

桐子は見た。有川が刑事に近づいて行くのを。刑事の前で足を止めた彼は、頭《こうべ》を垂れ、黙ったままその両手を突き出した。

……自首しようとしている。

なぜ？　もう罪は償ったというのに。最愛の妹の前で、なぜそんなことを――？

自分に向かって両手を差し出す〈ロク〉の姿を、何森は見つめていた。

〈ロク〉は、頭を垂れたまま、言った。

「小園さんをそそのかしたのは私です。臼井という男に脅されていました。このままでは殺されると怖かったんです。金がほしかったら臼井を追っ払ってくれ――いえ、殺してくれ、と頼みました」

それは本当にあったことなのだろう、と何森は思った。

臼井に妹の存在を知られた。妹がどうなってもいいのか、と脅された。

〈ロク〉には、何より怖いこと、何より赦せないことだったに違いない。

――もしそんなことをしたら、あいつは――〈藤木〉は兄貴を赦さない。

美帆にはそれが分かっていたのだ。

何森は、二人のことを見上げている麻衣の方に目をやった。

〈妹〉は何森を見つめ、何度も肯いていた。

まるで、お兄ちゃんを赦して、と言っているように――。

「何森さん」

背後から、みゆきの声がした。

「手錠の必要はありませんよね」

〈ロク〉の腕をとると、告げた。

「〈友田六郎〉の身柄を確保。臼井鋭一殺害の教唆《きょうさ》を自供。小鹿野署に連行して事情を聞きます」

桐子は、彼らの後を追うことはできなかった。あれが、彼の望んだ結末だったのだ。自分にできることは、もう何もない――。

女性に車椅子を押してもらい、入来に向かって麻衣が近づいてきた。傍らに立つ桐子に丁寧に頭を下げてから、入来に向かって尋ねる。

「どうしたのかしら、いまのひとたち……」

少し聞き取りにくいが、言いたいことは十分通じる、そんなしゃべり方だった。

「どうしたんだろうな……」心配そうに呟いてから、入来は麻衣に尋ねた。

「ところで、何を話していたんだい、今の男の人と」

「あのどうぶつのことがすきなの？　ってきかれたの。よくここにみにくるのかって」

麻衣は、動物の方を指した。

「そう。で、何て答えたの？」

麻衣が答えた。

「ここにくるのははじめてだけど、いっぺんですきになった、って。そうしたらあのひと、そう、それはよかった。ぼくもこのどうぶつがだいすきなんだって」

「そう。そう言ったのか、あの人は——」

入来は一瞬哀しげな顔になったが、「それで？」と促した。

「あのどうぶつのせつめいをしてくれたの。『シフゾウ』っていうんだって。くわしくおしえてもらった」

「珍しい動物なんだろう？」

「そうみたい。でも、ぜんぜんそんなあつかいはされていないんだって、さっきのひとはさびしそうにいってた。みんなただのしかだとおもってとおりすぎていく。わすれられたどうぶつなんだって」

「でも、二人で笑ってたじゃないか。そんな寂しそうな顔じゃなかったぞ」

「わたしがいったの。みんながわすれてしまっていても、そうやって、あなたはおぼえているんでしょう？　だったらいいじゃないって。たったひとりにでも、わすれないでいてもらえたら、きっとこのどうぶつもしあわせなんじゃないかなって。そうしたら、あのひと——」

麻衣は、首を傾げ、続けた。

「わらったのよ、とつぜん。ほんとうにゆかいでたまらないっていうふうに……わたし、そんなにおかしなことといったかしら」

「……それはきっと、おかしいから笑ったんじゃない」

入来が、静かに言った。

「きっと、幸せだから笑ったんだよ」

「しあわせだから……？」

「ああ、人は、幸せだと笑うんだ。違うかな」

「ううん、ちがわない」麻衣は小さく首を振った。「そうね、しあわせだったらひとはわらうわよね」

麻衣はそう言って、大きな笑みを浮かべた。

桐子は、黙って麻衣の言葉を聞いていた。

そう、あの人は、幸せだから笑ったのだ。あなたの元気な姿を見て。あなたに会えて。あなたと話せて。本当にあの人は幸せだったのだ。

彼は——〈有川亮平〉は、失ったものを取り戻したのだ。

そして私は——。

自分は、彼に利用されていたのだろうか。警察に知られずに麻衣に会うためには、どうしても私の協力が必要だった。そのために、彼は思わせぶりな態度を取り、協力させるように仕向けたのだろうか。

おそらくはそうなのだろう、と桐子は思った。

それでも——私は信じる。

桐子の脳裏には、刑事たちに連行されていく彼の姿が、鮮明に焼き付いていた。

一瞬だけ振り返った有川は、桐子のことを見た。晴れ晴れとしたその顔が、何かを告げようとしていた。その口が小さく動いた。

ありがとう。

そう言っていたのだと、桐子は信じた。

だから、待つのだ。

私も、いつか、失ったものを取り戻すために——。


「小園の聴取内容については、聞きました」

目の前の男が、淡々とした口調で告げた。

「〈友田六郎〉にそそのかされたと……友田の供述とも、おおむね矛盾はないようですね」

小園逮捕の報と同時に、何森は埼玉県警本部からの呼び出しを受け、一年前にも訪れた聴聞《ちょうもん》室で、県警本部刑事部捜査一課管理官の間宮紳一朗《まみやしんいちろう》と向かい合っていた。

間宮は手元のファイルに目を落とし、友田の供述を読み上げた。

「私は、臼井鋭一という『自分には覚えのない共犯者』の存在に怯えていました。『警察に自分たちのことを密告した』と恨まれているのは間違いなく、臼井により再び拉致され、口封じのため今度こそ殺されるのではないか、と恐れていたのです。そんな時、過去の事件のことを知った寮生仲間の小園が近づいてきました。私が金を隠し持っていると誤解した小園が、執拗《しつよう》に迫ってきたのです。ちょうどその頃、恐れていた通りに監視の目をかいくぐった臼井が接触してきました。小園のことを利用しようと思いついた私は、金は臼井が持っている、殺してでも奪えばいいと、臼井から待ち合わせに告げられた日時や場所を教えました」

間宮は顔を上げ、何森のことを見た。

「強盗罪についての友田の仮釈放は取り消されますが、殺人教唆で起訴できるかどうかは微妙なところですね」

「――そうか」

「ところで、小園が妙なことを口走ってるんですがね。『友田の妹』がどうしたとか」

何森は無言を返した。間宮が尋ねる。

「何かご存じないですすか」

何森は首を振った。「さあな」

「そうですか……まあ今回の件とは関わりのないことでしょうけど」

間宮がファイルを閉じる。

「『浦和区一億円強奪事件』の共同正犯である臼井美帆は強盗容疑で起訴。同臼井鋭一は被疑者死亡のまま書類送検、その後不起訴。これにて、合同捜査班も解散します。ご苦労様でした」

「――それだけか?」

呼び出されたのは、職務外かつ指揮系統を無視した行動について詰問されるか、あるいはもっと厳しい処置が下されるかと覚悟していたのだったが。

「ええ」肯いた間宮が、思い出したように「ああ、そう言えば」と口にした。

立ち上がりかけた何森は、間宮の方に顔を戻す。

「次の人事異動で、何森さんに強行犯係へ再異動の辞令が出るようです」

間宮は、涼しい顔で続けた。

「暇な係に置いといて課内を荒らされるよりそっちの方がいいのでは、と誰かが余計な口出しをしたみたいですね」

何森は無言のまま小さく一礼し、部屋を後にした。辞令とあれば従うまでだ。それが喜ばしいことなのかそうではないのか、何森自身にも分からなかった。


友田が再び収監され、数日が過ぎた小春日和の日曜日。多磨霊園に、一組の墓参客の姿があった。

長い間参る者もなく荒れた一つの墓石の裏には、両親の名前ともう一つ、「祐夏」の名も刻まれていた。昭和四十八年没、享年四と書かれた文字を、何森は手でなぞった。

傍らで、荒井が手を合わせた。みゆきも。そして瞳美も、両親に促され何も分からないまま手を合わせ、その両目を閉じていた。

墓参りに行きましょう。

そう言ってくれたのは荒井だった。

私たちも一緒に行きます。何森さんの妹さんに会いに。

おかげで、ようやくここに来ることができた。

何森も、顔の前で両手を合わせた。

自分は、赦されたわけではない。そのことはよく分かっていた。失ってしまったものを取り戻すことはできない。

しかし、忘れないことはできる。俺はいつまでも――決して忘れない。

目を開け、立ち上がった。

みゆきと瞳美が、手話で何か会話していた。

「何と言ってる？」

荒井に尋ねた。

「誰のお墓？　と瞳美が訊くので、このおじちゃんの妹のだよ、と」

荒井が二人の会話を通訳してくれた。

〈その子は何歳？〉

〈四歳〉

〈あたしと同じだ！〉

〈……そうね〉

〈あたしはもうすぐ五歳！〉

みゆきが、ちょっと困ったような顔で何森の方を見た。

何森は、「そうだ」と肯き、ポケットからそれを出し、墓に供えた。今では珍しくもないパンダのキーホルダーが、コロン、と傾いた。

「妹は今日、五歳になったんだ。一緒に誕生日を祝ってくれるか？」

荒井が通訳してくれた手話に、瞳美は大きく肯いた。そして、結んだ両手を胸の辺りから上げながら、ぱっと開いた。

何と言っているか、何森にも分かった。

〈おめでとう〉

何森も真似て手を動かす。

おめでとう、祐夏、おめでとう。

何森のへたくそな手話を見て、瞳美が嬉しそうに笑った。

あとがき

本作は、『デフ・ヴォイス　法廷の手話通訳士』（文春文庫）に始まる〈デフ・ヴォイス〉シリーズから派生した、いわばスピン・オフ作品である。シリーズ二作目となる『龍の耳を君に』（創元推理文庫）のあとがきにも記したが、何森稔《いずもりみのる》刑事は同シリーズを通して読者からの人気が高く（へたをしたら主人公の荒井《あらい》尚人《なおと》をしのぐほど）、私にとっても愛着のあるキャラクターであったため、彼を主人公とした物語を書けないだろうか、という考えは以前からあった。それがまず形になったのが、シリーズ第三弾『慟哭は聴こえない』（創元推理文庫）に収録された「静かな男」という短編である。同作は、シリーズの中で初めて「何森視点」で描かれたもので、主たる狙いは主人公の荒井を一度外側から描いてみたいというものだったが、結果的に何森は十分に主役としての働きをしてくれ、周囲からの評価も上々だった。そこでいよいよ彼を主人公とした短編連作を、という運びとなった次第である。

　とはいえ、現実のろう者が置かれている状況から物語を発想していった〈デフ・ヴォイス〉シリーズとは違い、何を書くかは全く決まっていなかった。本シリーズの方が巻を重ねるにつれミステリー度が薄まっていったため、こちらでは自分なりの「探偵小説」に挑戦してみたいと気負ったものの、捜査の本流からはずれている孤高の刑事があえて関わろうとする事件とはどういうものか、と考えあぐねていた。そんな時、自分が小説家としてデビューする前に構想していた物語の断片がいくつか浮かび上がってきたのだった。

一つは、四半世紀ほども前、敬愛する作家である打海文三《うちうみぶんぞう》さん（惜しくも五十九歳という若さで亡くなられた）の『時には懺悔を』（角川文庫）という作品を読んだことをキッカケに構想したものだった。その「探偵小説」には、重度の障害児を一人で育てる男が重要な役割で出てくるのだが、「障害者を介護することがエンターテインメント小説になるのか！」と驚き、深い感銘を受けた。いつかこういう作品を書きたいと思いながら機会を逸していたが、今がその時なのではないか。自身と愛息のことを克明に描いた打海さんに倣《なら》って身近なことに着想を得るとしたら、頸髄損傷《けいずいそんしょう》という重い障害を抱える家人のことしかなかった。どのような作品になったかは、本作の一話目を読んでいただきたい。

「供述弱者《きょうじゅつじゃくしゃ》」という表現を知ったのは最近のことだが、「相手に合わせて話す心理傾向がある被疑者（被告人）」の存在については、以前から気になっていた。最初に知ったのは、二〇〇二年に愛知県で起こったある事件の刑事裁判の結果を伝える新聞記事だった。その裁判の被告人は、警察の取り調べで当初無実を訴えたにもかかわらず何通もの自白調書を作成させられた、と訴えていた。最終的に下された判決は無罪だったが、その後も似たような冤罪《えんざい》事件が相次いだことで、書こうと決めた。捜査員という立場でありながら被疑者の側に立てるのかと悩んだが、それは物語の中で何森自身の葛藤になった。件《くだん》の裁判で弁護人が主張した「灰色ではなく、完全な無罪」という言葉から、二話目のタイトルが生まれた。

これまで「障害者や病人ばかりに材をとるのはいかがなものか」と度々言われていて、確かにそれにこだわり過ぎてはいけないと自戒はしていた。従って三話目はその傾向から離れた作品を書くつもりだったのだが、二十年近く前に観《み》たテレビドキュメンタリーで描かれていた「ある看護の取り組み」のことが忘れがたく、物語の一部として取り込むことになった。人から失われていくもの、欠けてしまったもの。そこにあってなお、希望を見出《みいだ》したいとする人々に、どうしても惹かれてしまう。

今まで胸の内にあってくすぶり続けてきたものを形にできたのは、何森という存在があってのことだろう。当初はもっと不恰好《ぶかっこう》だったはずの何森が、途中から恰好良くなり過ぎてきた気もするが、そこはご容赦願いたい。

「二階の死体」に出てくる障害者福祉制度は、小説の時代設定である二〇〇七年当時に合わせている。ケアプランの作成等について、現在は障害者も高齢者と同様に民間のケアマネージャーが担うが、以前は福祉事務所のケースワーカーが担当した。三十数年前に家人の担当になったのは経験の浅い男性ケースワーカーだったが、とても親身に相談に乗ってくれたことを今でも感謝している。

「灰色でなく」における「虚偽自白《きょぎじはく》」が生じるメカニズムについては、『「自白」はつくられる冤罪事件に出会った心理学者』（ミネルヴァ書房）ほか、浜田寿美男氏の著作を参考にした。

また供述調書の書き方については、『新事件送致書類作成要領』（高森高徳編著・立花書房）を参考にした。「供述弱者」の説明に関しては、無実の罪を着せられ十二年もの間服役し、本年晴れて再審無罪を勝ち取った滋賀県の元看護助手の女性についての記事を参考にした。

「ロスト」に出てくる「アメリカにおける先進治療」については私の創作だが、国内外の別なく、現在でも遷延性意識障害《せんえんせいいしきしょうがい》についての治療および看護プログラムに意欲的に取り組んでいる医療関係者・患者および家族が数多くいる。作中の永野《ながの》ともえの人物造形には、そのうちの一人である筑波大学名誉教授・紙屋克子氏の活動を参考にした。なお、小説中の「国内での回復例」については、「脳損傷による遷延性意識障がい者と家族の会『わかば』」のホームページ中、リンク内のニュース「遷延性意識障害からの回復例（二〇一〇年代）」を参考にした。出典は同掲載ページに記されている。

「四不像《シフゾウ》」の解説については「日本大百科全書（ニッポニカ）」の記述および公益財団法人東京動物園協会の公式サイト「東京ズーネット」での紹介文を参考にし、一部引用している。

　全編を通じて、法律関係で不明な点については〈デフ・ヴォイス〉シリーズ同様、弁護士の久保有希子先生にご教示を仰いだ。ただしすべてをチェックしていただいているわけではなく、記述に誤りがあればすべて作者である私の責任です。

　このあとがきを書いている時点でもなお、世界を覆うコロナ禍は終息の気配を見せない。我が国で感染が広がりだしたのは、現在を舞台にした三話目の執筆途中だった。迷った末、本作ではその描写を入れないことにしたが、今後も小説を書いていくとしたら素通りできるはずもない。
今月、前述の打海さんが亡くなられたのと同じ年齢になる。これから自分にどのような物語が書けるのか、ちょっと途方に暮れている。

二〇二〇年八月

付記
最後までお読みいただき深く感謝申し上げる。またぞろ言い訳めいて恐縮だが一つだけ。第三話「ロスト」の時期設定は二〇二〇年の秋で、すでに新型コロナウイルスの感染が拡大し始めた頃であるが、執筆当初にはまだその気配がなかったため途中で修正することが難しかった。文庫化に当たって全面改稿すべきかと悩んだが、作品の雰囲気がかなり変わってしまうため断念した次第。
時期としては〈デフ・ヴォイス〉シリーズ第四弾『わたしのいないテーブルで』の終盤と同じ頃に当たり、そちらではコロナ拡大の過程が描かれている。本作についてはー種のパラレルワールドとしてご理解いただければ幸いである。
またコロナ禍において何森とみゆきがかかわる出来事については、本作の続編である『刑事

何森　逃走の行先』でたっぷりと描いている。そちらも併せてお読みいただければこれに勝る喜びはない。

二〇二三年九月

丸山正樹

解説

杉江松恋

　多くを語らない男が、行動ですべての思いを示す。

『刑事何森　孤高の相貌』は、そういう主人公の物語だ。二〇二〇年九月二十五日に単行本初版が刊行された本書は、作者である丸山正樹の五番目の著書である。無骨で人好きのする性格ではない男は、一徹さゆえに組織から疎まれて能力を発揮する機会も与えられず、それでも警察官という職業にしがみついて何事かを成し遂げようとしている。そういう主人公は過去にも多く書かれてきて、警察小説における一つの典型といえるだろう。しかし本書で展開される物語にはここでしか見ることのない輝きがあり、何森稔《いずもりみのる》という男に心を惹かれる。

　本書は三つの中短篇を収めた作品集である。主人公の何森稔は埼玉県警に籍を置く警察官で、最初の「二階の死体」では同県久喜署の刑事課強行犯係にいる。同話では、ある殺人事件で捜査本部が設置され、何森も加わることになる。とある住宅の二階で桑原寿美子という五十代の女性が撲殺されるという事件だ。寿美子は、交通事故で半身不随となり車椅子で生活するさやかという娘との二人暮らしだった。現在捜査中の連続窃盗事件と同一犯との見立てが捜査本部の主流だったが、何森はそれに疑念を抱く。

二話目の「灰色でなく」での何森は、飯能署の刑事課盗犯係にいる。一年前に配置換えになったとある。ある事情から冷遇される立場なのだ。青山典夫という二十五歳の無職男性が強盗事件で逮捕されたのが発端で、過去に別の事件でその男の取調べに同席したことのある何森は彼が特異な個性の持ち主であることを記憶していた。青山が無実でも起訴され有罪になってしまうかもしれないという懸念から、何森は捜査の裏取りを開始する。彼に協力するのは、経験は浅いが警察官としては有能な荒井《あらい》みゆきだ。

警察官の教本からは外れたような行動を描いた二篇が連続している。いずれも物語の中心にあるのは一つの着想なのだが、その外側をくるむものが異なっている。ミステリの謎を構成する要素は共通しているが、それを提示する順番が違う、と言い換えようか。「二階の死体」では事件の関係者がとった行動に対して何森が抱いた小さな違和感が真相に到達するための手がかりとなる。それに対して「灰色でなく」では、ほとんどの真相が明らかになったあとで被疑者の行動の意味が判明し、何森が見抜いてはいたものの言語化するには至っていなかったことに、具体的な形が与えられるのである。大ぐくりに言えば二篇とも、刑事の独自行動が真相を暴き出す、という物語なのだが、読んだときの印象はまったく違う。

最後の「ロスト」は最も分量が多く、本書の半分以上のページ数が割かれている。かつて銀行強盗をして逃走中に事故を起こした男が、全生活史健忘と診断され氏名不詳のまま有罪判決を受けた。留置番号から〈六《ロク》〉が通称になっていた男が仮釈放で出所することを何森は知るのである。このときの所属は飯能署刑事課記録係であったが、非公式な形で出所後の〈ロク〉の動向を探るように命じられる。銀行強盗で奪われた一億円はいまだ発見されておらず、捕まっていない共犯者が彼に接触してくる可能性があるからだ。「灰色でなく」事件以来一年ぶりに、何森は荒井みゆきと協働することになる。

前二篇とはがらりと変わり、「ロスト」は〈ロク〉一人を追っていく人間観察の物語になっている。彼はなぜ銀行強盗をしたのか、そもそも何者なのか、ということが謎の中心なのである。この問いが〈ロク〉という人物に向けられることには大きな意味がある。一切の過去から断ち切られ、これからの未来もたった一人で生きていこうとする彼は、誰よりも孤独であるはずだからだ。実は「二階の死体」「灰色でなく」の事件関係者たちも、それぞれにやはり世界から断ち切られて孤独な生き方を強いられていた。物語の主人公である何森稔にも、誰とも共有できない過去があり、これまでずっと自分が幸せになることを許さずにきたという事情があったのだ。〈ロク〉の秘密が明らかになっていくことで、本書の登場人物たちの生き方にもう一度光が当てられ、人間がそれぞれに抱えざるをえない孤独のありようというものが浮かび上がる。

一人の刑事を中心に置いた連作集としては、各話に異なった趣向が凝らされ、しかも全体を貫く串も準備されており、申し分のない構成である。細部の書きこみは緻密で、情報の質量共に豊かであるので、埼玉県警という舞台が読者の前には鮮やかに立ち上がってくる。ここも作品の美点と言っていいだろう。たとえば「ロスト」の冒頭には、別冊簿冊《べっさつぼさつ》の話題が出てくる。盗難届を出したが受理番号を失念したという住民が、該当の被害届は見つからないと答えた職員に絶対にあるはずだ、と言い張って窓口で悶着《もんちゃく》が起こる挿話である。騒ぎを聞きつけた何森は、それが別冊に記載されている可能性があると助言する。別冊簿冊とは年間の事件発生件数を一定数に抑えるために警察内部で行われるからくりで、被害届をコンピュータに入力する真正簿冊の外に、裏の事件発生受理簿を作成するのである。こうした内向きの努力によって組織が体面を維持しているということが、物語の中では繰り返し描かれる。そうすることで警察の体質がどのようなものかを示しているのだ。

警察という組織がいかに硬直しているかということが物語の随所で問われることになる。巨体ゆえに時代の変遷に追いつけず、旧態依然とした金科玉条《きんかぎょくじょう》を守り続けているという事情もあるだろう。変化は初め、少数の者のかすかな声として現れる。かそけき声であるゆえ、騒がしい社会では聞くべき人のところまで届かない。また、そうした声に耳を傾けなければいけないという意識自体が立ち遅れるということもあるだろう。そうした声が届かない世界がどのような悲劇を引き起こすかということを書くのが丸山正樹という作家なのである。上意下達《じょういかたつ》を旨とし、旧弊な前例主義で動いている警察は社会全体の縮図でもある。

警察が舞台として採用されている理由はもう一つある。そこに無謬《むびゅう》神話が存在するからだ。日本の警察は間違いを起こさないという先入観が司法関係者の間にはあり、だからこそ起訴された被疑者の九割九分九厘には有罪判決が下される。しかし、本当にそうなのか。法の執行者は、自らの正義をこそまず疑ってみるべきではないのか。ミステリにはそうした形で、警察が犯しかねない過ちを取り上げることを主題とする作品群がある。本書もその系譜に連なるもので、社会的弱者の問題を中心としている点に特色がある。何森が携わる三つの事件はいずれも社会の端からこぼれ落ちた者たちの悲劇に焦点を当てたものなのだ。

ここまで書かずにきたが、『刑事何森　孤高の相貌』は丸山正樹の作家デビュー作である『デフ・ヴォイス』（二〇一一年、文藝春秋。のちに『デフ・ヴォイス　法廷の手話通訳士』と改題して文春文庫）に続く、荒井尚人《なおと》を主人公とするシリーズからのスピンオフ作品である。尚人はろう者の両親から生まれた聴こえる子、つまりコーダである。これまでの司法関係者、そして法廷は聴覚などに障害のある人に対して冷淡であった歴史がある。耳が聞こえない人のために働く手話通訳士の尚人は、いまだ社会に根強い無理解に直面し、苦悩する。彼はかつて職場の後輩であった安斉《あんざい》みゆきと恋仲で、やがて結婚するのだが、二人の間に授かった娘・瞳美《ひとみ》は耳が聞こえなかった。このことから尚人は、聞こえる者と聞こえない者がどのように家庭を築いていくべきかという問題を再び深く考えるようになっていく。

二〇二一年刊の『わたしのいないテーブルで　デフ・ヴォイス』（東京創元社）で四冊を数えることになったシリーズにはこのような縦糸が備わっている。言うまでもなく、前出の荒井みゆきは尚人の妻であり、尚人が属していた職場というのは埼玉県警である。なぜ彼が職を辞すことになったかは『デフ・ヴォイス』で明かされるが、本書の第一話にもその言及がある。実は「二階の死体」は尚人がまだ警察に勤めていた時代の、過去の物語なのだ。さらに言えば

「ロスト」に、〈ロク〉が起訴された後でしばらくして起きた殺人事件で、交通課に属していた安斉みゆきと何森は捜査員同士として初めて顔を合わせたという記述がある。本書は、〈デフ・ヴォイス〉の裏で起きていた出来事を語る趣向の連作なのだ。

何森稔は第一作からシリーズに登場していたが、キャラクターとして人気があったため作者は単独で物語を書くことを思いついたのだという。経緯は本書「あとがき」に詳しいのでここでは省くが、今回シリーズを読み返して感じたのは、丸山はこの何森という刑事を書きながらだんだん好きになっていったのだな、ということだった。

第一作の何森は、いきなり訪ねてきて尚人を叩き起こすという場面で初登場する。

「まだ寝てたのか。お気楽なことだな」

目の前に立つ短軀だががっしりとしたからだつきの男が、こちらを一瞥して嘲笑うように言った。荒井は、驚きのあまり声が出なかった。

このときの何森は「もう五十歳にはなっているはずだ」「その年でまだ所轄間を異動しているのが不思議だった」と尚人は考える。この突然の来訪者という構図は第二作『龍の耳を君にデフ・ヴォイス』（二〇一八年。現・創元推理文庫）でも繰り返される。

「何だ、出かけるところか」

埼玉県警の刑事、何森稔は不愛想にそう言い放った。

しかし半ば呆れて相手のことを見返した時、不意の訪問と傍若無人《ぼうじゃくぶじん》な物腰は同じでも、二年振りに見るその顔からは以前のような険しさが消えていることに気づいた。今荒井を見る目にも、その視線で射すくめられるとどんな性悪な犯罪者でも口を割る、と恐れられた鋭さは感じられない。

ここで尚人が感じ取る何森の変化はどこから来たものかを作者が改めて考えたことから『刑事何森　孤高の相貌』は生まれたのではないだろうか。何森が心の中に抱えているものの存在や、警察組織の中で味わった挫折の思いなどが本書では語られることになる。そうやって作者は、彼を再発見していったのである。

創作の登場人物は架空の存在だが、作者がその中に宿る心を見出せれば、実在の人間と変わらない存在感を与えることができる。本書に備わった精彩は作者が、何森稔はたしかにここで生きている、と驚嘆して上げる喜びの声に起因しているものなのだ。そうした形で登場人物に生命が与えられる物語なのである。これがおもしろくないはずはないだろう。幸いなことに本書は読者に好評を博し、二〇二三年には続篇『刑事何森　逃走の行先』（東京創元社）が刊行された。〈デフ・ヴォイス〉シリーズのスピンオフとしての役割は本書でほぼ完結しており、続篇では何森稔がキャラクターとして独自の成長を遂げていくさまを読むことができる。孤高の男は孤高のまま、いったいどこまで行くのだろうか。何森の背中を追い続けていきたいと思う。できることならば彼にも幸せな日々を望みたい。

本書は二〇二〇年、小社より刊行された作品を文庫化したものです。

著者紹介　1961年東京都生まれ。早稲田大学卒。松本清張賞に投じた『デフ・ヴォイス』（後に『デフ・ヴォイス　法廷の手話通訳士』に改題）でデビュー。同作は書評サイト「読書メーター」で大きく話題となった。

検印
廃止

刑事何森　孤高の相貌

2023年11月30日　初版

著者　丸《まる》山《やま》正《まさ》樹《き》

発行所（株）東京創元社
代表者　渋谷健太郎

162-0814/東京都新宿区新小川町1-5
電話　03・3268・8231-営業部
03・3268・8204-編集部
URL　http://www.tsogen.co.jp
DTP　フォレスト
暁印刷・本間製本

乱丁・落丁本は、ご面倒ですが小社までご送付ください。送料小社負担にてお取替えいたします。

ISBN978-4-488-42223-3　C0193

〈デフ・ヴォイス〉シリーズ第4弾

DEAF VOICE 4◆Maruyama Masaki

わたしのいないテーブルで

デフ・ヴォイス

丸山正樹

四六判並製

◆

世界的なコロナ禍の2020年春、
手話通訳士・荒井尚人の家庭も様々な影響を被っていた。
埼玉県警の刑事である妻・みゆきは
感染の危険にさらされながら勤務をせざるを得ず、
一方の荒井は休校、休園となった二人の娘の面倒を
見るため手話通訳の仕事も出来ない。

そんな中、旧知のNPO法人フェロウシップから、
ある事件の支援チームへの協力依頼が来る。
女性ろう者が、口論の末に実母を包丁で刺した傷害事件。
コロナの影響で仕事を辞めざるを得ず、
実家に戻っていた最中の事件だった。
“家庭でのろう者の孤独”をテーマに描く、長編ミステリ。